나의 조선미술 순례

나의 조선미술 순례

서경식 지음 / 최재혁 옮김

반비

한국미술, 조선미술, 우리 미술 사이에서

조선미술과의 만남

이 책은 '조선 민족' 미술가들과의 만남과 대화를 토대로 묶은 미술 순례의 기록이다.

젊은 시절 나는 유럽 각지를 다니며 수많은 미술작품과 만났다. 중년에 접어들면서부터는 그렇게 많지는 않았지만 주로 일본에서 미술가들과 직접 교류할 기회도 생겼다. 『나의 서양미술 순례』, 『청춘의 사신』, 『고뇌의 원근법』과 같은 저서는 그 결과물이기도 하다. 하지만 몹시 바라왔으면서도 미처 실현할 수 없었던 일이 하나 있었다. 바로 우리 미술가의 작품을 접하고 직접 알아가는 일이다. 일본에서 나고 자라 일본에 집과 직장을 둔 나로서는 그런 기회를 갖기가 쉽지 않았다.

서양미술이라는 광대한 숲을 돌아다니며 많은 작품과 작가를 만났지만 숲이 너무 깊어 아직 보지 못한 것도 많다. 목적지는 가까이 가면 갈수록 멀어져가는 신기루와 같다. 하물며 나에게는 '조선 민족'이 일구어낸 미술이라는, 아직 밟아보지 못한 영역이 남아 있었다. '우리 미술에 대해 깊게 알아갈 기회는 더 이상 없을지도 몰라, 우리 미술이 무엇인지 이해하지 못한 채 인생을 끝마칠지도 몰라……' 슬슬 초로라고 불릴 법한 나이에 접어들어 그런 마음이 들기 시작했을 때, 생각지도 못했던 좋은 기회가 찾아왔다. 55세가 되었던 2006년부터 2년 동안 연구년을 맞아 한국에 체재하게 된 것이다. 너무 늦어 때를 놓친 감이 없지 않았지만 이참에 같은 민족의 언어, 습관뿐만 아니라 문화, 특히 미술에 대해 가능한 많이 알고 싶다는 바람을 조금씩 이루어나갔다. '나는 무엇인가? 지금 어디에 서 있으며 어디로 향하고 있는 것인가?'에 대한 답을 미술이라는 거울을 통해 찾아보려는 순례의 여행이었다.

언제 어디서든 미술작품과 마주하고 이야기를 나누는 일은 내게 더없이 소중한 기쁨이다. 먼 외국의 작가라든가 이미 세상을 떠난 사람이라도 작품을 통해 그가 어떤 사람일지 자유롭게 상상하면서, 때로는 정겹게 대화하고 때로는 격렬한 논쟁도 벌여본다. 마음속 가상의 만남에서도 그러한데, 살아 있는 미술가와 실제로 만날 때의 그 기쁨은 말할 수 없이 각별하다.

이 책에서 다룬 미술가 중 이미 세상을 떠난 이쾌대와 신윤복, 두 사람을 제외하면 집필하면서 내가 지키려 했던 원칙은 작가 본인과 시간을 들여 대화하는 것이었다. 이는 내 관심이 작품 그 자체는 물론이고 항상 미술가라는 인간을 향해 있기 때문이다.

신경호, 정연두, 윤석남, 미희=나탈리 르무안. 이 네 명은 현존 작가이다. 저자의 입장에서 수다스런 이야기는 삼가야 옳겠지만 이들과 나눈 대화의 주제 중 하나를 미리 밝혀두자면, 바로 '가족'이다. '우리'란 무엇인가, '민족'이란 무엇인가를 생각하기 위해서는 '가족'에 관해 파고들어야 했다. 네 작가와 나눈 대화는 하나로 이어진 '가족의 이야기'라고 할 수도 있다.

파독 간호사로 독일로 건너가 지금도 그곳에 살고 있는 송현숙 작가와는 2004년 가을 그녀가 종종 귀국할 때마다 머물던 전라남도 본가에서 처음 만났다. 송현숙 작가는 인생의 반 이상을 독일에서 산 사람임에도 농촌 풍경에 자연스레 녹아들었다. 그녀는 젊은 시절부터 빠짐없이 써오던 그림 일기 한 페이지를 보여주었는데 거기에는 내 형들의 일이 그려져 있었다. 군사독재 시대에 형들이 정치범으로 투옥되자 독일에서 그 뉴스를 듣고 그린 그림이라고 했다. 그녀는 갑자기 그 페이지를 찢으려 했다. 나에게 그 그림을 주려고 했던 것이다. 마치 농촌 아낙이 밭에서 토마토를 따서 쓱 내미는 듯한 자연스런 태도였다. 물론 나는 너무 놀라서 말렸다. 2004년 11월 내가 가르치고 있는 도쿄케이자이대학에서 '디아스포라 미술의 현재'라는 학술 심포지엄이 열렸을 때, 송현숙 작가의 작품을 전시하고 인터뷰도 했다.(「붓질」, 『계간 전야季刊前夜』 제4호, 2005년 여름호.)

5·18의 증언자이며 군사독재 시대 정치탄압 피해자이기도 한 홍성담 작가와는 2004년 12월 그가 일본을 방문했을 때 도쿄에서 이야기를 나눌

수 있었다.(「인간이 아름다웠다」, 『계간 전야』 제3호, 2005년 봄호.) 이후에도 내가 서울 교외에 있는 그의 작업실을 찾았고, 2012년 3월에는 경상남도 합천에서 열린 반핵평화대회에 발언자로서 함께 서기도 했다.

송현숙, 홍성담 두 분도 이 책에서 다루어야 마땅할 중요한 미술가이지만 새롭게 인터뷰를 할 기회를 갖지 못했기 때문에 과거의 인터뷰를 축약해 부록으로 수록했다.

제목에 관하여

이 책의 제목에 나는 '조선미술'이라는 용어를 사용했다. 한국의 많은 독자들은 이 용어에서 '조선왕조 시대의 미술' 혹은 '북조선(북한)의 미술'이라는 이미지를 떠올릴 법도 하다. 그러나 읽어보면 알겠지만 이 책에서 '조선미술'의 함의는 그런 닫힌 뜻이 아니다. 나는 '조선'이라는 말을 시간적으로나 공간적으로 더 넓은 차원에서 바라본 총칭으로 사용했다. '한국미술'이라는 호칭을 일부러 쓰지 않은 이유는 '한국'이라는 용어가 제시하는 범위가 민족 전체를 나타내기에는 협소하다고 생각했기 때문이다. 이러한 생각과 관련해서 나는 '민족문학작가회의'가 '한국작가회의'로 명칭을 바꾼 데 대해 반론의 글을 쓴 적이 있다.(「한국문학의 좁은 틀을 넘어서」, 『디아스포라의 눈』, 한겨레출판, 2012.) '한국'이라는 호칭에는 '조선민주주의인민공화국'은 물론이고 재일과 재중 동포 등 코리안 디아스포라가 포함되어 있지 않기에, 모든 조선 민족에 의한 미술 행위를 '한국미술'로 한데 묶어 부르기에도 무리가 따른다.

요컨대 우리가 경험한 식민지 지배, 남북 분단, 군사독재 정권이라는 근현대사의 과정이 민족의 호칭 자체에도 분열과 혼란을 초래하고 있는 셈이다. 호칭의 혼란은 곧 아이덴티티의 혼란을 반영한다. 호칭의 통일은 현실 자체의 분열과 혼란을 극복함으로써만 이룰 수 있다. 그러기 위해서는 먼저 현실에 드러난 분열과 혼란을 있는 그대로 바라보는 데서 시작하여 '우리에게 민족이란 무엇인가'라는 질문과 다시금 마주해야만 한다. '민족이란 무엇인가'라는 질문은 '우리란 누구인가'라는 물음이기도 하며 '나는 누구인가'를 묻는 것이기도 하다. 결국 스스로의 아이덴티티를 되묻는 일이다.

민족의 총칭을 '한韓'이라고 하는 편이 옳다는 설이 있다는 사실은 알고 있다. 문학평론가 염무웅 선생은 먼저 나의 생각을 이해해주신 후, 따뜻하게 위와 같은 지적을 하신 적도 있다. 물론 이 문제를 두고 내 의견만을 고집하려는 생각은 없다. 다만 언젠가 다가올 어느 날, 남북 동포는 말할 것도 없고, 코리안 디아스포라까지 평등한 구성원으로 참여하는 민족공동체가 평화 속에서 실현된다면, 나는 그 새로운 공동체의 호칭을 어떻게 정해야 할지 기쁜 마음으로 논의하고 싶다. 아니, 이미 그때는 논의가 필요 없을 것이다. 그 이름은 공동체가 형성되어가는 과정에서 구성원의 자발적인 의사에 의해 저절로 정해지리라. 다만 그날까지, 그날을 향해 나아가기 위해서라도 분열은 분열로서 이산은 이산으로서 그 상처나 아픔까지 있는 그대로 솔직히 표현할 호칭으로 '조선'을 선택했다.

'조선'이라는 용어를 고른 또 하나의 이유는, 이 말이 '학대'를 받아온 호칭이기 때문이다. 일본에서 나고 자랐던 나에게는 더욱 그렇게 느껴진다. 민족의 호칭은 식민지 지배 과정에서는 차별의 멍에를 지게 되었고, 민족 분단 과정에서는 이데올로기의 짐을 떠안았다. 그리하여 우리는 '조선'이라는 말을 입에 담을 때 긴장과 불안, 때로는 공포마저 느껴왔는데, 이 역시 우리가 살아가는 현실의 정직한 반영이다. 나는 억울함을 당한 이 호칭을, 그것을 말하지 못하게 하는 '학대'에서 더욱 구출하고 싶은 것이다. 그러기 위해서는 학대의 원인을 없애지 않으면 안 된다.

'우리 미술'에 빗금을 넣다

이제껏 내가 써온 책의 특징을 들어보자면 첫 번째는 제목이 어색하다는 점, 두 번째는 출발할 때 내세운 질문이 하나의 명확한 결론에 도달하지 않고 항상 새로운 물음으로 확장되면서 끝난다는 점이다. 이번 역시 그런 특징을 고스란히 드러내는 책이 되고 말았다.

이미 말했듯 이 책의 이름을 짓기 위해 무척 고생했다. 번역자, 편집자와 논의하는 과정에서 '우리 미술 순례'라는 말이 떠오르기도 했다. 하지만 '우리'를 의문의 여지가 없는 전제로 사용한다면, 그 내용은 오히려 자기중심적이며 국수주의적이 될 뿐이다. 이는 나의 의도와는 정반대되는 것이다. 그래서 나는 '우리'와 '미술' 사이에 '빗금(/)'을 넣어 '우리/미술'로 표기하려고 잠시 생각했다. 그런 생각을 한 까닭은, '우리'란 무엇이며 '미술'이란 무엇인가, 그리고 그 둘은 어떻게 맺어지는가를, 회답으로서가 아니라 질문으로서 독자에게 제시하고 싶었기 때문이다.

대학에서 강의를 할 때 학생들은 종종 "정답이 무엇인지 빨리 가르쳐주셨으면 좋겠어요."라는 희망사항을 이야기하지만 그때마다 나는 이렇게 대답한다. "답보다도 질문이 중요해. 질문을 세워놓고 타자와, 혹은 자기와 끝없는 대화를 시도하는 태도가 더 중요한 거야." '우리 미술'을 자명한 개념으로 생각하는 사람들은 '우리'라는 말에도, '미술'이란 말에도 의문을 품지 않을 것이다. 그렇지만 나에게 '우리, 미술'이란 의심투성이의 대상이다. 그렇게 의심하는 마음에 오히려 생산적인 이야기로 나아갈 수 있는 가능성이 있다고 생각한다.

'우리 미술'이라는 개념이 형식화되고 고정되면 쉽사리 권력으로 변한다. 가령 어떤 언어를 자유롭게 사용하는 자만이 '우리'이며 '우리'란 어떤 특정한 언어를 공유하는 사람들이라는 순환논리는 배타적인 자의식을 공고히 한다. '언어'를 '미의식'으로 치환해보면 '우리 미술'이라는 이데올로기가 지닌 위험성을 잘 이해할 수 있을 것이다. '국어'와 마찬가지로 미술학교, 미술관, 공공 전시회, 미술 시장의 형성 등을 통해 만들어진 '미술'이라는 제도역시 근대 국민국가의 산물이며 국가주의와 깊숙하게 연결되어 있다. 나치독일도, 천황제 국가 일본도 저들이 이해하는, 저들만의 '우리 미술'을 자민족 중심주의 이데올로기의 핵심으로 구축해갔다고 볼 수 있다. '우리 미술'이라는 말에 군이 칼집처럼 빗금을 넣어 '우리/미술'로 표기하려 했던 이유는 거기에 있다. 이 '빗금'을 통해 드러나는 것들이 중요하다. 따라서 이 책에서 내가 말하고자 하는 바는 정통파 미술평론이나 미술사와는 꽤 거리가 있다. 다른 저서에서 나는 에드워드 사이드Edward Said의 영향 아래, 주류의 이야기master narrative에 대항적인 이야기counter narrative를 대치하려는 태도를 견지해왔다. 이 책 또한 동일한 입장을 취한다.

그렇다 하더라도 나의 의도는 '우리'(여기에서는 '민족'으로 바꿔 말해도 상관없다.) 같은 것은 존재하지 않는다고 주장하려는 것이 아니다. 또 '우리'에서 한 걸음 나아가 '지구인, 세계인'으로서 자신의 존재를 추상화하려는 것도 아니다. 오히려 '우리'를 자명한 본질로 보기보다 역사적, 사회적, 정치적인 여러 조건으로 규정된 '콘텍스트'로서 이해해야 한다고 주장하려 한다. 즉 공통의 언어와 미의식, 나아가 '혈통'(이것은 물론 허구다.)이라는 관념으로 뒷받침되어온 '우리'가 아니라, 근대사의 과정 속에서 식민지 지배를 경험하고, 지금도 분단과 이산이라는 현실을 살아가는 '우리'를 말한다. 이런 콘텍스트에서 벗어나기란 불가능하지만 동시에 그 콘텍스트는 고정되어 있지 않고 끊임없이 변용하기도 한다. 그렇기에 '우리' 안에 담을 수 있는 내용 역시 변화해가는 것이 당연하다. 이렇게 주장하는 이유는 새로운 '우리'를 만들어나가고 싶다는 바람에서이다. 그러기 위해서는 기존의 '우리' 개념을 끊임없이 탈구축하고 재구축하는 작업이 요구된다. 월북 작가 이쾌대와 입양인 작가 미희는 저마다 다른 이유에서 '우리'의 범주에서 배제되어왔다. 내가 이 책에서 이쾌대와 미희를 불러온 의도는 그들을 포함한 새로운 '우리' 개념이란 어떠해야 하는가라는 질문을 독자들에게 던지기 위해서였다.

결국 읽는 이에게 익숙지 않은 '우리/미술'이라는 표현을 제목에 쓸 수는 없었지만, '우리 미술'이라는 기성관념에 칼집처럼 빗금을 그으려 했던 의도는 달라지지 않았다. 나는 이 책을 통해 과연 '우리'란 무엇이며 '미술'이란 무엇인가, 이러한 질문을 둘러싼 폭넓고 깊은 대화를 독자와 나누고 싶다. 그 대화가 독자들로 하여금 새로운 발견을 가능케 하고 시야를 넓히는 단계로 이어진다면 그 이상의 기쁨은 없겠다.

긍지 높은 촌놈 ╲ 신경호

담양에 있는 작업실은 크고 작은 작품들로 꽉 들어차 있었다.
내가 받은 첫인상은 감격이나 충격은 아니었다. 솔직히 고백하자면
당혹스러웠다. 그 작품들은 내 머릿속에 있던 민중미술의 개념,
즉 오윤, 홍성담, 신학철, 걸개그림 등으로 형성된 이미지와 들어맞지 않았다.

신경호

1949년 전라남도 광주에서 태어났다. 서울대학교 회화과를 졸업하고 1980년 임옥상, 민정기 등과 함께 민중미술 운동의 효시인 '현실과발언' 동인으로 참가했다. 「넋이라도 있고 없고」 연작처럼 문학성이 짙은 제목의 작품을 통해 독특한 색채 표현이 두드러지는 리얼리즘 회화를 제작했다. 1977년부터 전남대학교 미술대학 교수로 재직하며 리얼리즘 미술의 정착과 확산을 위해 후학을 길러내는 데 힘을 쏟고 있다.

/ 5·18의 목격자

신경호 선생의 자택 겸 작업실은 광주에서 조금 떨어진 담양군에 있다. 지난 2012년 2월 19일, 우리 일행은 그곳을 찾았다. 나와 아내, 번역자, 편집자, 사진가, 모두 다섯이었다.

무척 맑고도 추운 날이었다. 신 선생은 난로에 장작을 지폈다. 모두가 자리를 잡고 앉자 나는 질문을 시작했다.

"먼저 제게 숙제처럼 남아 있는 질문부터 드려볼까 합니다. 2007년 광주에서 뵈었을 때, 영화 「화려한 휴가」를 보셨는지 여쭌 적이 있습니다만, 그때 일시적인 붐이 지나가면 보겠다고 말씀하셨습니다."

신 선생은 숨을 한 번 내쉰 후 차분한 말투로 답했다.

"봤습니다. 극장 개봉이 끝나고 한참 뒤 컴퓨터로 보았습니다. 광주항쟁을 다룬 극영화니까 이해 못할 것은 아니지만, 실은 더 리얼한 장면이 너무나 많았는데……."

서경식 선생님이 직접 목격하신 일을 말씀하시는 것이죠?

신경호 밀도가 떨어진다고 할까요? 마카로니 웨스턴처럼 이른바 세트를 만들어놓고 배우들이 제스처와 액션을 이어나가잖아요? 진정성의 밀도랄까 그런 점에서 조금은 만족스럽지 않았습니다. 하지만 이 정도가 어디냐, 그런 생각도 했지요.

나는 그 영화를 2007년 여름, 친구 몇 명과 함께 신촌의 극장에서 보았다. 광주민중항쟁으로부터 27년이 지난 후, 그제서야 정면으로 광주를 다룬 작품이 공개되었다고 하여 큰 화제를 모았다. 극장은 젊은이들로 만원이었다. 우는 사람도 많았다. 한 편의 극영화로 본다면 잘 만들었다고도 말할 수 있었을 것이다. 하지만 영화를 보며 계속 신 선생에 대한 생각이 머리에서 떠나지 않았다. 그였다면 이 영화를 어떻게 보았을까? 이는 단지 신 선생이 현장을 경험한 목격자이기 때문만은 아니다. 그가 미술가이자 표현자이기 때문이다. 얼마 후 광주에서 그와 만났을 때, 「화려한 휴가」를 보셨습니까?"라고 물어보았다. "예, 봐야지요." 신 선생은 온화한 표정으로 대답하고는 "지금의 붐이 지나고 조금 조용해지면요."라고 덧붙였다.

그때로부터 또 4년 반이 지난 지금, 인터뷰는 이 질문으로 시작하리라고 마음속으로 정해놓았던 것이다.

내가 신 선생과 처음 만난 것은 2004년 가을 무렵이었다. 요절한 재일조선인 미술가 문승근의 개인전이 광주시립미술관에서 열렸기 때문에 다른 일정을 겸해서 전시를 보러 한국으로 나섰다. 당시 도쿄의 모리미술관에서 큐레이터로 활동하던 광주 출신의 김선희 씨가 가끔씩 귀향하던 재독 여성화가 송현숙 작가와 신경호 선생을 소개해주었다. 신 선생은 김선희 씨의 전남대학 시절 은사라고 했다. 생각해보면 이 무렵이 나의 '우리/미술 순례'의 출발점이라 말할 수 있을지도 모른다.

처음 만났을 때 신 선생은 화가처럼 보이지 않았다. 시골 학교의 교장 선생님과도 같은 인상이었다. 아니, '화가란 이런 사람이다.'라는 내 선입관 때문일지도 모르겠다. 어쨌거나 신 선생은 그런 선입관에 포함되지 않는 사람이었다.

그 후로 몇 번을 만났지만 손님을 대접하고 맛있는 음식을 소개해주는 것이 신성한 의무라고 생각하는 듯, 언제나 송구스러울 정도의 최상급 예우를 갖췄다. 특히 식사 시간이 되면 신 선생은 무슨 어려운 문제에라도 부딪힌 양 심각한 얼굴을 하고 생각에 잠겼다. 어떤 가게에서 무엇을 대접하면 가장 좋을까를 혼신을 다해 숙고하는 모습이었다. 덕분에 홍어, 굴비, 흑염소, 떡갈비, 추어탕, 청국장, 굴전, 오리구이……. 재일조선인인 나로서는 좀처럼 먹을 기회가 없었던 맛있는 음식을 마음껏 즐길 수 있었다. 엄선한 식당에 들어가서 주문한 요리가 식탁에 펼쳐지면 신 선생은 또 한 번 심각한 얼굴이 되었다. 반찬의 양이 줄었다던가, 맛이 예전만 못하다던가 하는 불만 때문이었다. 때로는 주인에게 직접 불만을 이야기한다. 물론 자기 입맛 때문이 아니라 손님인 나를 잘 대접하기 위해서다. 내가 맛있게 먹으면 바로 굳어진 표정이 풀리며 얼굴에 웃음이 피어난다. 호남 음식이 영남과는 비교할 수 없을 정도로 맛있다고 칭찬을 하면 그의 표정은 더욱더

밝아진다.

손님을 대접하는 행위에 저만큼 열의를 보이는 일이 저리도 지극히 자연스럽게 가능할 수가……. 나는 감탄할 수밖에 없었다. 내가 광주를 방문했을 때뿐만이 아니었다. 2~3년 전 신 선생은 학생 몇 명을 인솔하여 일본에 연수여행을 왔다. 경비를 절약하려고 우에노 근처에 있는 임대형 숙소인 위클리 맨션에 투숙하여 밥을 지어 먹어가며 도쿄 근교의 미술관을 돌아보았다. 가벼운 몸으로 와도 지칠 법한 여행인데 우리 부부에게 줄 김치와 된장을 담은, 10킬로그램은 족히 될 커다란 상자를 끌고 나타나 놀라기도 했다. 60년 인생을 사는 동안 이런 인물은 본 적이 없다. 이것이 '한국식'인 걸까? 아니면 '호남식'인 걸까? 혹은 신경호라는 사람의 특이한 개성에서 나온 것일까? 아직도 잘 모르겠다.

그런 신 선생이지만 그저 친절하고 순하기만 한 사람은 아니라는 것도 나는 알고 있다. 만난 지 얼마 안 되었던 어느 날, 자신의 승용차에 나를 태워 광주 시내를 달리면서 구 도청 앞을 지날 때, 그는 혼잣말처럼 되뇌었다.

"5·18 이전에는 이 근방에서 부랑자나 구두닦이 아이들의 모습을 많이 볼 수 있었습니다. 그들도 시민군에 가담해 싸웠고 희생당했는데……. 그들의 주검은 어디에 버려졌는지 지금까지 찾아내지 못했어요. 지인이나 친인척이 없어 아무도 제대로 찾아보려 하지 않았기 때문입니다."

그의 말은 조용한 분노로 가득 차 있었다.

이번 '우리/미술 순례'를 쓰기 시작하면서 첫 번째로 신경호 선생을 등장

시킨 것은 나에게 가장 친근한 한국의 미술가라는 이유도 있었지만, 단지 그뿐만은 아니다. 그의 분위기, 말과 행동이 무척 흥미로운 수수께끼로 가득 차 있어 어쩌면 '민족이란 무엇인가?'라는 물음 그 자체가 그에게 체현되어 있는 듯 여겨졌기 때문이다. 게다가 그는 5·18의 생생한 증인이기도 했다. '5·18을 어떻게 봐야 할까?', 또는 '어떻게 표현해야 할까?'는 '우리/미술'에서도 피할 수 없는 과제임에 틀림없다.

다시 2월 19일의 인터뷰로 돌아가자. 나는 성급히 핵심적인 질문을 던졌다.

"5·18을 겪은 광주 사람으로서 이 사건의 진실을 예술적으로 증언하거나 표현한 작품이 있다고 생각하십니까?"

"없습니다." 신 선생은 주저 없이 답했다. 나는 연거푸 물었다.

"30여 년이 지났는데도 그 사건의 진실을 제대로 표현한 작품이 없다는 말인가요?"

조금은 침울한 표정이 된 그가 천천히 대답했다.

"네. 물론 저도 하지 못했고요……. 5월을 그린 화가는 많이 있겠지만, 그 현장의 치열한, 그야말로 죽음을 목전에 둔 투사들의 절규를 화면에 담아내지는 못했습니다. 왜냐? 그 현장에 없었으니까요. 그저 멀리서 바라보고, 무서워서 나오지 못하고 주위들은 풍월로……. 물론 극소수는 그 현장에 있었죠. 그렇지만 시민군이 총을 들고 들어갔던 그 순간, 도청 안에는 화가는 아무도 없었습니다. 아마 그 공간에 가장 근접해 있었던 친구가 홍성담일 겁니다. 하지만 그 친구도 외곽에서 투사회보를 만든 것이니 현장에 있었다고 하기는 어렵죠. 조금 전에 말한 제가 알고 있다고 말한 것도 사실과는 거리가 있겠고요. 그러니 매체를 통해 알려진 5월의 광주는 훨씬 더 멀리 떨어진 거리에서 조망한 것에 불과하겠죠."

신 선생의 말은 거기서 끊겼다. 얼마나 솔직한 대답인가. 그의 대답을 들었던 나의 감상이다.

2007년 여름, 신 선생이 들려주었던 광주의 기억을 잠깐 소개해본다.

광주가 계엄군에 포위당한 채 완전히 고립돼 있던 시기의 어느 날 밤. 대학에서 시내에 있는 집으로 돌아가던 중 어둡고 좁은 골목에서 복면을 한 사람이 총을 들고 서성거리는 걸 봤다. 그 사람에게 다가가 말을 걸어봤다. 가까이 가보니 수척한 젊은이였다. 계엄군의 침공에 대비해 경계를 서고 있던 시민군이었다. 젊은이는 말수가 적었고 곧 전투가 시작될지 모르는데 흥분한 기색도 없었다. 어디서 왔느냐고 묻자 함평 방면의 농촌에서 왔다고 했다. 농산물이나 비료, 농기구 등을 운반하고 배달하는 일에 종사했다고 한다. 고달픈 육체노동이지만 그 노동에 걸맞은 대우를 받았을 리 없다. 그런데 당신은 무슨 일을 하느냐고 젊은이가 되물었을 때 학교에서 가르치고 있다고만 대답했다. 대학 교수라고 대답하는 건 왠지 내키지 않았다.

그날 밤 집에 돌아온 신 교수는 젊은이 얘기를 아내에게 했고 자신도 도청에 들어가야 하나 말아야 하나 의논했다. 그런 젊은이가 밤을 새우며 거리에 서 있는데 우리는 따뜻한 집에서 잠을 자려 한다. 그래도 괜찮은가 하고. 아내는 당신에게 무슨 일이 생기면 이 아이는 어떻게 하느냐며 걱정했다. 무리가 아니다. 장남은 아직 세 살이었다. 그날 밤 긴 이야기가 어떤 결론에 도달했는지 정확하게 듣진 못했다. 어쨌든 신 교수는 매일 자전거를 타고 도청에 갔다. "주검도 봤습니다." 그 젊은이는 어떻게 됐을지 묻자 신 교수는 "저, 잘 모르겠습니다만……." 하고 말을 끊었다. (「스러져간 넋들과의 교감」, 『디아스포라의 눈』, 한겨레출판, 2012.)

당시 신 선생은 이미 전남대 교수였다. 계엄군이 포위하고 있었어도 직무를 다해야 한다는 생각에 자택과 대학을 오가고 있었다. 총을 들고 도청으로 들어가지 못했기에 자신이 본 것도 진실과는 거리가 있다고 했다. 도청에 들어가 목숨을 걸고 싸웠던 자만이, 아니 극단적으로 말해 죽은 자만이 진정한 목격자이자 증언자인 셈이다. 이런 생각이 시간이 30년 이상 흐른 지금까지 신 선생을 사로잡고 있다. 선생의 머릿속에는 함평에서 왔다던 저 청년이 아직도 말없이 골목 어귀를 지키고 있는 것이다.

신 선생의 술회는 프리모 레비Primo Levi를 떠올리게끔 했다. 아우슈비츠의 강제 노동을 참아내며 살아남은 그는 생환 후, 문학가가 되어 40년 이상에 걸친 증언활동을 이어오다가 지친 나머지 자살로 삶을 마감했다. 그는 마지막 에세이집 『가라앉은 자와 구조된 자』에서 '증언의 불가능성'이라고도 부를 수 있는 문제를 향한 뼈아픈 고찰을 남겼다.

레비는 자신이 진정한 증언자로서 자격이 있는지를 자문한다. 살아남은 자신들은 우연한 행운, 특권적인 지식과 기술, 처세술로 인해 더 약하고 더 성실한 누군가를 대신해 살아남은 것이다. 진정한 증언자들, 밑바닥까지 추락한 자들은 돌아오지 않았다. 가스실에서 죽음을 당한 자들이야말로 진짜 증인인 셈이다.

하지만 죽은 자들만이 진정한 증인이라면 도대체 누가 증언할 수 있을까? 이 풀 수 없는 의문이 무거운 짐이 되어 생존자의 어깨를 짓누르고 있다. 한편 제3자들은 증언에 귀 기울이지 않고 무관심이란 벽에 스스로를 가둬둔다. 신 선생 자신이 어떻게 생각하는지는 알 수 없지만 그의 심리에는 프리모 레비와 공통되는 점이 있다고 나는 생각한다. 그것은 아우슈비츠나 5·18과 같은 사건을 경험하고도 살아 있는 증인들, 그것도 표현에 관계하고 있는 문학가와 예술가 들이 공통으로 짊어지고 있는 짐이다.

/ 동시대인

신경호 선생과 알기 전부터 나는 한국의 민중미술운동에 관심을 가지고 빈곤한 지식이라도 조금씩 모아오던 터였다. 5·18을 거쳐 1980년대 초 오윤과 홍성담에 의한 민중미술이 조금씩 일본에 소개되기 시작했기 때문이다. 망명 중이던 소설가 황석영이 일본에 잠시 체재하면서 민주화투쟁과 연결시켜 한국의 민중문화운동을 소개한 일도 일본에 사는 사람의 관심을 불러일으켰다. 재일조선인인 내가 동시대의 한국미술에 흥미를 가지기 시작한 것도 이 무렵이다.

처음에는 관심을 가지던 정도였으나 1980년대를 거치며 일본 땅에서 한국의 민주화투쟁의 전개를 일희일비하면서 바라보던 중에 1987년 6월항쟁 전후로 출현한 거대한 걸개그림을 보고 경악했다. 아마추어의 작품처럼 세련되지 않았지만 격렬하고 힘찼다. 일본에서는 본 적도, 볼 수도 없는 그림이었다. 미술이란 행위가 가두투쟁의 현장과 이렇게도 연결될 수 있다니. 한국에서는 그러한 사건이 실제로 일어나고 있었던 것이다. 하지만 재일조선인인 나 자신은 그 '바깥'에 있었다. 어떻게 하면 그 광기와도 같아 보이는 파토스를 조국의 사람들과 공유할 수 있을까……. 그런 생각을 했다.

그 무렵이었을 것이다. 유신시대를 계속 옥중에서 보낸 형(서준식)이 1988년에 겨우 옥에서 나왔고, 또 다른 형(서승)도 출소를 앞두고 있어 나도 한국을 왕래하게 되었다. 1969년 이후 약 20년 만에 조국의 땅을 밟은 것이다. 서울에서 버스를 타고 대전교도소에 있는 형을 면회하러 가는 길은 적갈색의 흙으로 덮여 있었다. 머리 위에서는 때리는 듯한 강렬한 햇살이 쨍하게 비췄다. 김지하의 시를 읽고 내 마음에 새겼던 정경 그대로였다.

그 형도 1990년에 출소했다. 마침 서울에 체재하고 있던 나는 어느 날 문득 혼자 광주로 여행을 떠났다. 망월동 묘지로 향한 것이다. 일본에서 바라보기만 했던 장소, 김준태의 시를 읽고 상상하기만 했던 장소, 무자비하고 가혹했던 역사의 현장. 너무 늦었다고는 하나 그곳에 몸소 발을 딛고 서보기 위해서였다. 그때 내 마음속에 펼쳐진 심상은 예를 들면 오윤의 판화 「애비」와 같은, 그때까지 단편적으로만 보았던 민중미술의 세계였다.

6월항쟁을 거치며 노골적인 군부독재는 끝났건만 1989년 7월에는 홍성담이 안기부에 연행되었고 8월에는 신학철도 구속되었다. 민중미술의 투쟁은 끝맺는 것조차 쉽게 허락받지 못했다.

그리고 10년이 지난 2000년 5월에 나는 다시 광주를 방문했다. 광주비엔날레를 보기 위해서였다. 같은 기간에 광주시립미술관에서 '재일의 인권전'이 개최되었다. 이 전시회를 기획한 이가 당시 이 미술관의 큐레이터였던 김선희 씨였다. 이때는 인사할 기회가 없었지만 후에 그녀가 도쿄의 모리미술관에 근무하게 되면서 알게 되었다. 그리고 요절한 재일조선인 미술가 문승근의 전시회를 보기 위해 2004년에 다시 광주를 방문했을 때 그녀의 대학 시절 은사인 신경호 선생을 소개받았다. "무척 엄격하고 청렴한 선생님"이라는 말과 함께 민중미술운동에 참여했던 인물이라는 이야기도 들었다. 젊은 날 멀리서 바라보기만 했던 민중미술 작가와 직접 만날 기회가 찾아온 것이다.

담양에 있는 작업실(그곳이 이 책에 실린 인터뷰를 한 장소이기도 하다.)은 크고 작은 작품들로 꽉 들어차 있었다. 내가 받은 첫인상은 감격이나 충격은 아니었다. 솔직히 고백하자면 당혹스러웠다. 그 작품들은 내 머릿속에 있던 민중미술의 개념, 즉 오윤, 홍성담, 신학철, 걸개그림 등으로 형성된 이미지와 들어맞지 않았다.

노란색 개가 초승달을 향해 짖고 있는 그림 「넋이라도 있고 없고: 남아평생도 1979」가 먼저 눈에 띄었다. 단순한 구도와 색채가 재미있었다. 그 그림을 바라보고 있자니 신 선생은 싱긋 웃으며 "(개의) 자지가 발기하고 있습니다."라고만 말했다. 나는 어떤 말로 답을 해야 할지 몰라 그저 가볍게 고개를 끄덕였을 뿐이었다. 그 말을 듣고 주위를 둘러보니 남녀의 성기 같은 도상이 많이 그려져 있었다. 혼란스러웠다. 분노하며 절규하는 군중, 가혹한 노동으로 피와 땀을 흘리는 민중, 그들에게 가해진 잔인한 폭력, 영웅적인 자기희생……. 그런 도상은 어디에도 그려져 있지 않았다. 우화적이고 암시적이며 어딘가 소박한primitive 느낌이 드는 그림이었다. 이것도 민중미술인 걸까……?

오윤, 「애비」, 1981.

　　그러한 의문을 가진 것은 민중미술에 대해 내가 지닌 이미지가 단순했기 때문이었음을, 동시에 신경호라는 화가가 독특한 존재, 굳이 말하면 고독한 존재였기 때문이었음을 그때의 나는 깨닫지 못했다.

　　신경호 선생은 나이로 치면 나보다 한 살 위이지만 일본이라는 장소에 갇혀 있던 나와는 어떤 접점도 없었다. 거의 동시대를 다른 문맥에서 살아온 이 인물의 학창 시절에 대해서 알고 싶어졌다. 어떤 경위로 '민중미술'에 참여하게 되었을까도 궁금했다.

　　서경식　선생님은 68학번이시죠?

신경호 네, 그리고 학생회장을 맡게 된 것은 1969년도의 일입니다. 학생회 활동으로 축제를 개최하며 풍물을 치고 놀았습니다. 1960년대 말 대학 축제는 카니발, 쌍쌍파티 같은 선진국 놀이판을 그대로 베껴오는 식이었죠. 그래서 사람들한테 "광주 촌놈이 와서 한다는 게 풍물이 뭐고, 지신밟기가 다 뭐냐? 이런 미친놈이 다 있냐?"라는 이야기를 듣기도 했습니다.

광주에서 그림을 공부하러 간 촌놈이라서 이런저런 사람들에게 그림에 대해서 물어보고 답을 찾을 도리밖에 없었죠. 친구들—임옥상, 민정기 등—과 항상 부딪히는 문제가 한국적이라는 것이 과연 무엇이냐? 라는 것이었습니다. 친구들에게 "네가 고민하는 것, 네 머릿속에 있는 한국적인 것이 뭐냐?" 이런 것을 묻곤 했지요. "네가 쓰는 물감이 한국에서 만든 것이면 그것으로 된 거냐? 조상님들은 뭘로 그림 그렸냐? 오일로 그렸냐? 아니잖아?"라고 따지기도 많이 했고.

저희 대학 시절엔 국가란 무엇인가? 이런 질문 자체가 없었습니다. 국가가 나에게 무엇을 강요하는가? 그런 것은 생각할 필요가 없었죠. 내가 한국 사람이라는 건 너무나 당연했으니까요. 다만 정부가 하는 짓이 좋은가 나쁜가. 주체성이 무엇인가, 그런 질문들은 했습니다. 주체성은 김일성이 말한 거라 나쁘다고 하면서도 한국 정부가 장려하는 새마을운동에서도 주체정신이라는 말을 썼으니까, 이게 과연 뭔가 하는 혼란이 있었죠.

그래서 우리에게 한국적인 것은 무엇인가 하는 명제는 뜨거운 논쟁의 화두가 되었다가도 곧 논쟁 자체가 흐지부지되어버리곤 했습니다. 박정희가 '한국적 민주주의'라는 말을 썼습니다만, 결국은 "이걸로 끝이야. 더 이상 민주주의에 대해 왈가왈부하지 마."라는 식으로 만들어버린 셈이었죠. 하물며 공산주의가 무엇인가? 여기에 대해서는 물어볼 생각을 아무도 못했어요. 하지만 저는 '이것도 알긴 알아야 할 텐데……'라는 생각을 했습니다. 전반적으로 나의 아이덴티티와 관련해서 국가, 민족, 역사라는 문제에 몰두하는 일과는 별개로 저는 인간의 죽음에 대해서 깊이 생각하는 편이었습니다.

1969년은 내가 대학에 입학했던 해이다. 격렬함이 극에 달했던 전국적 학생운동 때문에 도쿄대학의 입학시험이 중지되는 역사상 초유의 사태가 벌어졌다. 나는 와세다대학에 들어갔지만 봉쇄된 캠퍼스에서는 수업이 전혀 이루어지지 않았다. 하지만 나는 일본인 학생들의 운동과는 선을 긋고 '재일한국 학생 동맹'이라는 재일동포 학생 운동단체에 몸을 담았다. 그 활동 내용 중 하나는 일본 정부의 재일동포 차별정책에 반대하는 것이었고, 다른 하나는 한국의 민주화투쟁과 연대하는 일이었다. 바로 그해에 신경호 선생은 서울대 미대 학생회장이었다는 말이 된다. 당시에는 만날 수도 없었던 상상 속의 연대 대상과 40년 후에 얼굴을 마주하게 된 셈이다.

1969년에는 이미 형 하나가 모국으로 유학을 떠나 서울대 법대에 재학 중이었다. 여름방학을 맞아 생애 두 번째 조국 방문을 했던 나는 종로 4가 근처 뒷골목에 있던 형의 하숙집에서 며칠을 묵었다. 밤 12시 이후는 통행금지가 실시되던 시절이었다. 새벽 2시쯤 문밖에서 요란한 소음이 들려와서 옆에서 자던 형에게 물어보니 탱크부대가 이동하는 소리라는 대답이 돌아왔다.

어느 날 하숙집 아주머니가 계단 아래에서 큰 소리로 형을 불렀다. 밑으로 내려간 형이 한참 지나서 돌아왔기에 무슨 일이냐고 물어보니 종로경찰서의 형사가 와서 "너, 어젯밤 농성에 참가했지?"라고 느닷없이 캐물었다고 한다. 3선개헌 반대운동이 절정으로 치닫던 시기였다.

시위에 참가하지 않았던 형은 형사에게 있는 그대로 대답했지만 형사는 좀처럼 믿으려 들지 않았다. 결국 '주민등록증'을 내놓으라고 윽박지르는 형사에게 "나는 재일동포라서 주민등록증이 없다."라고 형이 대답하자 "뭐야? 교포였어?"라며 업신여기는 투의 말을 남기고 돌아갔다고 한다. 잘 먹고 잘 사는 교포가 조국의 정치에 관심이 있을 턱이 없지, 교포가 3선개헌 반대 농성에 참가했을 리 없지 생각했을 것이다.

나는 형사가 돌아가서 안심했지만 형은 굴욕감을 느낀 듯 복잡한 표정을 감추지 않고 '조국의 학우들'에 대한 생각을 토로했다. 가난한 시골에서 집안의 명예와 지위를 드높여주리라는 기대를 한 몸에 안고 입학했던 그들은 사회 엘리트층으로의 진입을 약속받은 입장인데도 불구하고 일단 데모가 일어나면 주저 없이 떨쳐 일어난다는 것을. 이른 아침부터 많은 학생이 도서관에서 전공서적을 붙들고 씨름하고 있을 때, 어떤 학생이 뛰어 들어와 "학우 여러분, 지금부터 거리로 나섭시다!"라고 외치자 거의 전원이 그 순간 책을 덮고 일어나는 광경에 대해 형은 놀라움과 존경을 감추지 못하고 말하곤 했다.

그때 형이 한 이야기를 40년이 지난 지금도 확실히 기억하고 있다. 신경호 선생은 그 시기에 학생회장이었던 것이다. 그러나 신 선생은 뭔가 쓴 것을 씹은 듯한 표정을 바꾸지 않고 자신의 활동에 대해서는 더 이상 이야기를 하지 않으려고 했다.

서경식 1969년에 학생회장을 하셨는데 그해에는 '현실동인 선언'이라는 오윤, 김지하의 움직임이 있지 않았습니까? 미대를 다니던 시절에 이 활동에도 관계하셨는지요?

신경호 아닙니다. 오윤 형과는 오히려 그 후에 더 가까워졌습니다. 오경환 형이 1년 선배, 임세택 형은 2~3년 선배, 오윤 형은 4년 선배일 거예요. 임옥상은 저와 동창이고요.

오윤 형은 소설가 오영수 선생의 자제인데 누님인 오숙희 씨도 미술대학 출신이에요. 오윤 형은 아주 반골이라 아버지에게도 저항했죠. 주류 문단의 거목인 아버지의 가르침을 거부하고 반항한 것이죠. 오윤, 오경환, 임세택 이렇게 셋이 멕시코 벽화미술에 감화 받아 오로스코José Clemente Orozco, 디에고 리베라Diego Rivera의 주장을 한국식으로 바꾸는 그림을 그렸죠.

거기에 김지하 형이 결합해 「현실동인 제1선언」도 쓰고 1969년에 신문회관 화랑에서 전시를 하려고 했답니다. 그런데 밤에 모여 그림을 그리는 모습이 미대 교수들 눈에는 좀 수상해 보여서 학생들에게 물어보았더니 학생들이 자랑스럽게 사실대로 불었대요. 그 바람에 내용이 밝혀져 공안기관까지 알게 된 거죠.

당시에 임세택 씨 아버지가 제일은행의 은행장이셨어요. 말하자면 박정희의 돈줄 중 하나지요. 그래서인지 결국 사건은 유야무야 덮이고 전시만 무산되는 선에서 마무리되었습니다. 하도 쉬쉬해서 학교 안에서도 그다지 아는 사람이 없었어요. 저도 일주일 정도 지난 후에 알았고 그렇게 큰일로 인식하지는 않았어요. 그저 전시회를 준비하려다가 못 했나 보다라는 식이었죠.

/ 달을 보고 짖는 개

2004년 처음으로 만났을 때 신 선생은 나에게 자신의 개인전 도록을 주었다. 도록의 제목은 『넋이라도 있고 없고 1968~1992』이다. 이 제목부터 벌써 재일조선인인 나에게는 난해하다. 일본어 번역도 가능하지 않다. 한국 친구들에게 물어보고 설명을 들어보아도 나에게는 그다지 명쾌하게 다가오지 않는다. 고유의 문화, 고유의 역사적 문맥과 결부된 어떤 정서를 표현하는 말임은 틀림없지만 그렇게 고유한 것일수록 다른 문맥에서 살아온 나에게는 간단하게 이해되지 않는다. 하지만 "한국인이라면 누구라도 알아요."라던가 "그러니까 재일조선인은 이미 같은 민족이라고는 말할 수 없어."라는 식으로 단언해버리는 것은 옳지 않다. 또 그 '고유'라는 것이 '한국'과 동일하지도 않다. 우리에게 필요한 것은 참을성 있게 그 고유의 문화를 풀어내고 이해하며 서로 다른 문맥을 인정하면서 거기에서 공통점을 찾아내려는 지적인 노력이다.

이 도록의 첫머리에는 신 선생이 서울대 미술대학에서 가르침을 받았던 임영방 교수의 추천글이 실려 있다.

쾀의 작품에 나타난 수많은 무덤 앞에서 해골과 온갖 존재물의 삶의 흔적을 보면서, 무엇이 젊은 날로부터 그의 넋을 죽음에 매달리게 하였나 궁금해진다. 요즘 세상이야 워낙 그렇다지만 쾀의 대학 시절은 그런대로 낭만도 있었지 않았던가 하는 의문도 갖게 된다. 삶에 있어서도 "우리는 어디로부터 왔으며 어디로 갈 것인가?"라는 존재론적 방황과 머뭇거림에 망연한 적이 한두 번이 아니지 않은가.

처음 이 글을 읽었을 때, 아! 그랬구나, 이 사람도 나와 마찬가지로 '죽음'에 매달리고 있구나라고 느꼈다. 나는 30대 초반부터 유럽 각국의 미술관과 성당을 돌며 그곳에 넘쳐났던 죽음의 도상에 매혹되었고 다름 아닌 '죽음'에 매달리고 있었기 때문이다. 나와 거의 같은 세대의 한국 미술가가 나처럼 죽음에 매달리게 됐다면 바로 거기에서 우리 두 사람의 접점을 찾아낼 수도 있으리라, 어쩌면 이야기가 통할 것 같다. 그런 생각을 했다. 하지만 도록을 넘기며 아무리 바라봐도 나의 뇌리에 있는 (이를테면 아르놀트 뵈클린Arnold Böcklin 또는 에곤 실레Egon Schiele와 같은) 죽음의 도상을 찾아내는 일은 불가능했다.

'죽음'이라는 동일한 말에서도 나와 신 선생은 다른 것을 떠올리는 건 아닐까? 다르다고 한다면 어떻게 다른가를 알아내는 데서부터 시작하지 않으면 안 된다.

2월 19일 인터뷰에서 신 선생은 다음과 같이 말했다.

신경호   제가 초등학생일 때 증조부가 돌아가셨는데 그것이 최초의 경험이에요. 그때 죽음이라는 의식이 그렇게 즐겁다는 것, 너울너울 춤을 추면서 장지로 가는 것이라는 생각이 각인되었습니다. 상여를 따라가면서 울긴 울지만, 그것도 마치 좋아서 우는 것처럼…….

서경식   하나의 축제처럼 말이죠?

신경호   그렇지요. 어릴 때는 죽음이 상실의 아픔 같은 것이 아니라, 괴로움을 벗고 환장하게 좋아서 춤추며 가는 것으로 각인되어 있는데 철이 들면서 그것이 굉장히 무서운 의미로 변해갑니다. 책이나 소설을 통해 죽음은 공허하고 암담하며, 캄캄한 절망의 나락으로 떨어지는 경험으로 묘사되기도 하지요. 그때는 제가 시를 열심히 썼을 때였으니까, "호주머니에 딸랑거리는 은전 몇 닢처럼 죽음을 손아귀에 항상 쥐면서, 오늘이 죽는 날인가 아니면 내일인가."라는 글도 써가며 동전 한 닢 두 닢을 가지고 계산을 해본다거나, 죽음이라는 것이 항상 나와 밀착되어 있으니까 그것을 두려워 않고 벗처럼 대할 수 있는 상태여야 한다고 스스로에게 이야기했어요.

서경식   그렇다면 임영방 선생님은 신 선생님의 본질을 잘 파악하신 거네요.

신경호　매일 같이 술을 마시던 사이거든요. 대학원 시절에요.(웃음) 죽음 문제에 천착했던 또 다른 이유는, 그 당시는 지금처럼 세계적으로 활동하는 화가들을 자세히 알 수 있는 상황이 아니라서 그랬겠지만, 제가 알고 있는 한 죽음을 그린 화가는 없다고 생각해서였어요. 그래서 나는 죽음을 그려야겠다고 생각했던 것 같아요.

　이렇게 어린 시절에 경험한 장례의 기억을 불러와 그렸던 대학 졸업작품이 「초혼행」이다.

　근대 이전의 인간에게 죽음은 가까운 대상이었다. 노인과 병자는 오늘날처럼 병원에서 죽는 것이 아니라 집에서 가족들의 눈앞에서 죽었다. 우리는 그 감촉과 냄새까지 느껴가며 죽음이 피할 수 없는 운명임을 생활 속에서 인식했고 죽은 자를 저세상으로 배웅했던 것이다. 물론 산 자와 죽은 자의 슬픈 헤어짐이긴 했지만 부조리한 운명은 아니었다. 과학의 힘을 총동원해서 죽음을 극복하는 것을 선으로 여기고 죽음의 감촉과 냄새를 청량한 병원 속에 가두어버린 근대인은 이렇게 죽음과 멀어지게 되었다. 이러한 과정─말하자면 죽음의 소원화疎遠化─은 유럽에서는 계몽주의 시대를 거쳐 산업혁명기에 빠르게 진행됐다.

　여기서 여담 하나가 떠오른다. 어느 문화인류학자에 따르면 일제시대에 일본으로 건너온 조선인 1세들, 즉 나의 조부모 세대는 일본인들이 죽은 자를 화장하는 것을 보며 강한 저항감을 느꼈다고 한다. 조선의 '근대 이전'

신경호, 「초혼행」, 1971.

에는 거의 없었던 풍습이었기 때문이다. 죽은 자는 축제와도 같은 떠들썩한 장례와 곡소리 속에서 배웅을 받으며 흙으로 돌아간다. 이승과 저승은 그렇게 연결되어 있다. 화장을 해버리면 저세상으로 제대로 건너갈 수 없다는 식의 감각이었다. 때문에 '죽은 후에는 조국의 땅에 묻혔으면……' 하는 재일 1세들의 강한 바람은 단순한 비유가 아니라 문자 그대로의 의미였을 터이다. 하지만 식민지 지배라는 근대화는 단순히 옛날(근대 이전)의 풍습을 지금(근대)의 입장에서 부정하는 것이 아니다. 장례 절차의 차이는 본래적으로는 불교와 유교라는 종교적 습관의 차이에 지나지 않겠지만 근대화는 타자의 문화와 풍습(나아가 존엄과 아이덴티티)마저 '뒤처진 것'으로 부정해버리는 형식을 취하며 진행되었다.

내가 태어나 처음으로 한국 땅을 밟았던 해는 1966년이다. 이미 박정희 군부독재의 시대였지만 아직 '근대화' 정책이 본격화되기 이전이었다. 당시 한국의 국민 소득은 라오스 정도였다. 이른바 '제3세계적 빈곤'에 해당된다. 일본은 이미 고도경제성장 시대에 돌입하여 1964년에는 도쿄올림픽도 개최했기에 한일 두 사회의 격차는 극단적이라고 할 수 있었다.

고등학교 1학년이었던 나는 충청남도 공주에서 합승버스를 타고 깊은 산골에 있는 아버지의 고향을 찾았다. 비포장도로의 길옆으로 늘어선 산들이 거의 산소로 뒤덮여 있는 모습에 강렬한 인상을 받았다.

산소를 부숴라[*]

반짝이며 흔들리는 포플러 나무들을 둘러싸고
완만하고 누런 언덕을 뒤덮어버린
저것이 산소

---

[*] 서은혜 옮김.

(포플러는 멸망의 나무다)

길가에서 흙먼지를 뒤집어쓰고 울어대는 조선말[馬]의

연분홍으로 벗겨진 등짝 너머로 연달아 보이는

저것이 산소

(저 말은 멸망을 나른다)

백성들은 오늘도 '멸망'을 기르고 있다

오늘 어둔 마을에 아이고- 소리 울리면

내일 아들들은 흙을 쌓아 올린다.

아이고-는 은은히 밤까지 메아리치고

흰 옷 입은 아들들은 흙을 쌓는다, 흙을 쌓는다

아아, 면면한 4천년 반도의 역사

흙을 쌓아올리던 백성들의 역사여

무수한 산소들이 언덕을 덮고 골짜기를 메워

그리고 풍화하고

풍화하고 풍화하여……

그러나 백성들이여

'피안'을 믿으며 스러져간 백성들이여

알고 있는가?

산소 속 너희들의 주검

썩어가는 창자를 밤이면

슬픈 짐승 늑대가

파헤쳐 물어뜯고 있는 것이다.

(……)

이 땅에 낳아 떨궈진 맨발의 아이들

미간에 주름을 잡고 길바닥에 침을 뱉는

동요를 부르지 않는 너희,

말라비틀어진 '멸망'의 적자들이여

네 아비의 괭이를 잡아라!

산소를 괭이로 내리찍어라

흉작 4천년의 종언을

너희들의 어두운 울부짖음으로 이루어내는 것이다.

(……)

　열여섯 살이 쓴 미숙한 시지만 당시의 인상을 나름대로 정직하게 전해준다고 생각해 소개해보았다. 나에게 산소는 민중 자신의 손으로 파헤쳐야 할 것이었다. 당시 나는 처음으로 본 조국의 빈곤에 압도당했다. 식민지 지배자인 일본과 군사독재자인 박정희 정권을 향한 가눌 길 없는 울분을 느껐고 동시에 인습에 묵묵히 굴종하고 있는(당시의 나에게는 그렇게 보였던) 조국의 민중들의 모습에 초조해했다.

개발독재형의 근대화를 강압적으로 추진한 박정희는 국민에게 화장을 장려했다. 그렇게 해서 장례의 형태가 바뀌고 확실히 국민들이 '죽음'에 대해 가졌던 관념도 크게 변했음이 틀림없다. 식민지 시대 일본제국주의에 의해 재일조선인에게 드리워진 '근대화'의 그늘이 그 이후에는 자국의 독재자로 인하여 초래되었던 것이다.

신경호 선생의 이야기를 들으며 나는 마치 근대 이전의 사람과 대면하고 있는 듯한 기묘한 감상에 사로잡혔다. 오해는 없으리라 생각하지만 노파심에 덧붙여두자면 나는 여기서 '근대화'를 무조건 긍정하는 것이 아니다. 즉 신 선생은 '뒤처졌고' 내가 '앞서 있다'라는 이야기가 아니다. 비유하자면 이런 것이다. 이름만 들었을 뿐 만난 적 없는 먼 '사촌'과 우연히 만났다고 해보자. 다른 환경에서 자라나 이제는 죽음에 대한 관념조차 달라져버렸기에 언제부터 어떻게 이런 차이가 생겨났을까 하는 궁금증이 생긴다는 것이다. 이는 또한 나 자신을 바로 아는 데에도 도움이 되는, 무척이나 흥미로운 생각들이다. 기묘한 감상이란 바로 그러한 감정을 의미한다. 동시대를 살아온 같은 민족인데도 한쪽은 국내의 호남이라는 지역에서 성장하고 다른 한쪽은 식민지 종주국 일본의 디아스포라로서 자랐다. 서로가 몸을 두었던 문맥의 차이가 이 같은 감각의 차이, 생사관의 차이를 가져왔다. 나는, 나라는 인간이 '식민지 지배'라는 '근대화'의 과정을 거치며 '근대 이후'

라는 망막한 공간에 내팽개쳐진 존재라는 점을 다시금 절감하는 것이다.

50세의 성인이 되어 광주를 처음 찾았을 때 내가 받은 인상은 여전히 여기저기에 산소가 많이 남아 있구나 하는 것이었다. 특히 망월동 언덕에 서서 나는 아주 예전에 조국을 방문했을 때의 인상을 떠올렸다. 그만큼 이 지역이 박정희식의 근대화에서 뒤처져버렸다는 뜻일까? 혹은 그런 근대화에 저항해왔다는 의미이기도 할까?

신 선생이 '죽음'에 매달리며 「초혼행」과 같은 주제를 택한 것은, 의식적이든 아니었든 결국은 박정희 식의 근대화에 대한 저항이었을 것이다. 또 그 감성은 일제가 강요한 식민지주의적 근대화에 대한 저항을 이어받은 것이기도 할 터이다.

다만 신 선생이 그러한 근대 이전의 감각을 체화하고 거기에 뿌리를 내리고자 했던 사람이라 하더라도 「초혼행」에서 내가 받은 인상은 오히려 근대적이라는 느낌이었다.

같은 해에 제작된 「죽음에 대하여」는 더욱 근대적으로 느껴진다. 근대 이전의 전통적인 '죽음'에 대한 관념을 있는 그대로 보수적으로 재현하고 있는 그림은 아니라는 뜻이다. 「초혼행」에는 전통적인 장례행렬이 짙푸른 색으로 묘사되어 있다. 하지만 그것을 둘러싼 오브제의 형태와 색채는 오히려 표현주의적인 인상을 준다. 말하자면 자기분열적이다.

식민주의에 의해서건 개발독재에 의해서건, 싸워내기 어려울 만큼 폭력적인 과정을 거치며 '근대화'되어버린 인간에게 이러한 주제는 이미 균열이 생겨버렸음을 의미하며, 일종의 자기분열의 양상으로밖에 표현될 수 없으리라. 전통을 고수하는 태도만으로는 식민지 지배에도, 개발독재에도 맞서 이기기 어렵다. 그렇지만 이런 폭력에 굴복해서 존엄과 아이덴티티마저 파괴된다면 참아내기 힘든 일이다. 여기에서 나는 근대 이전의 감각을 몸속에 간직한 채 근대를 살아가고자 하는 자, 즉 '근대화'라는 폭력의 과정을 나와는 다른 장소에서 다른 문맥으로 경험한 '사촌'이 자신의 아이덴티티를 확립하려는 모색의 몸부림을 본다.

서경식　선생님은 학생회장이셨을 때, 이른바 학생운동에도 가담하셨습니까?

신경호　유엔 사무총장에게 보내는 메시지를 발표한 일? 고작 그런 것이었죠. 동대문경찰서에 끌려가서 가장 오래 있었던 때가 사흘입니다. 그 외에는 데모 사전 모의 같은 일 정도였지요, 뭐.

서경식　선생님을 뵐 때마다 옛날의 지식인, 특히 호남의 억압당했던 지식인, 말하자면 선비라고 할까요? 자신이 민중은 아니지만, 자기가 가진 기술이나 지식을 민중을 위해 써야 한다는 그런 윤리관을 느낍니다.

신경호　그 점에 대해서는 굉장히 부끄러워요. 왜냐하면 미술대학에 적을 둔다는 것 자체가 그야말로 운동 속으로 첨예하게 뛰어들지 못한다는 뜻이기 때문이죠. 미술대학은 졸부들 자녀가 입학하는 곳이라는 의식도 팽배했습니다. 실제로 재학 중에 결혼해 졸업하지 않는 사람도 많았고 어떤 의미에서는 별천지였죠. 사회와 정치 문제에 대해 이야기를 나눌 친구들은 별로 없었어요. 기껏

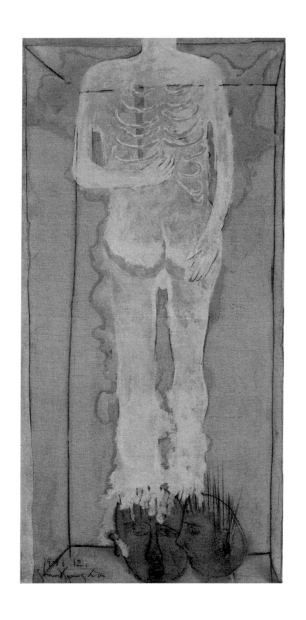

신경호, 「죽음에 대하여」, 1971.

해야 기성 화단에 대항해서 우리가 해야 할 것이 있지 않을까 하는 생각으로 '12월전'이라는 동인전을 계획하는 정도였죠.

박정희 3선 반대 데모로 몇 번 끌려가긴 했지만 그때마다 친척들이 "네가 작은아버지 얼굴에 똥칠하려고 그러느냐?" 하고 나무랐어요. 작은아버지는 말하자면 박정희 따까리였죠.(웃음) 국회의원과 공화당 원내총무, 사무총장도 지냈고. 뭐 나름대로 열심히 사셨겠지만 결국은 쫓겨나고 부정축재자 혐의로 신문에 오르내렸습니다. 당시에 작은아버지 댁이던 명륜동에서 뺨을 맞고 나오며 두 번 다시 이 집에는 오지 않으리라 다짐했죠. 집안에서 내쫓긴 기분이었어요.

결국 졸업 후 대학원에 진학했는데 처음엔 미국 유학을 계획했어요. 그런데 정부 방침이 군필자 아니면 유학을 못 간다고 해서 대학원 1년 마치고 자원입대를 했습니다. 교련 반대 데모 경력 때문에 당시 교련 이수 학생들에게 주어지던 병역기간 축소 혜택도 못 받고 34개월 이틀을 꽉 채우고 제대했습니다. 그런 우여곡절 끝에 대학원을 졸업하고 광주로 내려왔죠. 그래서 1960년대 말에서 1970년대 초 민청학련 등의 운동과는 다른 공간에 있었어요.

신경호 선생은 1977년 2월, 광주의 전남대학교에 부임했다. 그 전달에 장남이 막 태어났다. 당시는 "아이들을 가르치고 그림을 그리는 것을 양수겸장兩手兼將할 수 있다고 자신만만하게 생각했다."라고 말했다.

서경식 그런데 광주에서는 바로 중심에 서 있던 목격자가 되어버렸다, 이런 이야기시죠? 그런데 누런 개를 그린 「넋이라도 있고 없고: 남아평생도」는 1970년 대 작품이죠? 5·18이 일어나기 전에 그리신 건데요. 개의 성기가 발기되어 있다는 말씀도 하셨는데, 당시 선생님의 내면에 쌓인 울분 같은 것이 느껴집니다.

신경호 개들이 밤에 달을 보고 짖잖아요? 모든 개들이 달을 보고 짖어요. 그걸 보고 우리는 말 한마디 못 하고 사는데 너는 "야, 달이 밝구나." 하고 그냥 악을 쓰는구나, 이 새끼야. 그런 생각을 했죠. 1970년대는 그렇게 눈 감고 입 막고 귀 닫고 살았어요. 물론 1980년대도 힘들었지만 1980년대는 집단적 데모가 일 상화되었습니다. 그런데 1970년대는 그런 것조차 쉽지 않았거든요. 개새끼를 보면 네 팔자가 나보다 훨씬 낫다 싶었어요. 고개 숙인 남자들, 물건도 안 서는 남자들을 생각하며 똥개도 좆을 세우고 악을 쓰는데 하는 자괴감들을 표현했죠. 5·18 이후 광주 시내에서 살 때 키우던 개 이름을 두환이와 태우로 지었어요. 술 먹으면 두환아, 태우야, 이렇게 불렀죠. 개 두환, 개 태우. 12시 넘어서 술 먹고 들어와 두환아, 두환아! 태우야! 소리치면서…….(웃음)

서경식 지난해(2011) 6월 광주에서 임옥상 화가와 2인전 '메멘토 모리(죽음을 기억하라)'를 여셨는데 거기에는 이 작품이 전시되지 않았습니다. 특별한 이유라도 있었습니까?

신경호 광주에서 저를 바라보는 시각은 또라이다, 미친놈이다, 미친놈인데 대학교수란다, 이런 거예요. 그놈이 대학에서 말하는 게 리얼리즘이야. 근데 그놈이 그리는 그림이 리얼리즘이냐? 이런 질문이 돌고 돕니다. "그 사람 그림 보면 아주 야하고 웃기다. 자지도 그려버리는 놈 아니냐?" 이런 평이 결정적이죠. 의

신경호, 「넋이라도 있고 없고: 남아평생도」, 1979.

사 같은 직업을 가진 제 친구들은 "야 네 그림 하나 사주고 싶은데 상스러워서 못 사겠다."라고들 합니다. 그러면 저는 이렇게 말하죠. "너는 천생 신부님처럼 사는 사람이냐? 너는 각시랑도 평생 방 따로 쓸 놈처럼 보인다. 그럼 너는 부인 하고 섹스도 안 하는 놈이냐? 네가 안 사면 그걸로 끝이지 뭘 평계를 달고 토를 다냐?"

작년에는 광주에서 화랑을 운영하려는 분이 임옥상과 함께 전시를 제안해서 같이 하게 됐습니다. 제대로 된 화랑을 해보겠다는 결심을 하셔서 어떻게든 도움을 주기 위해 참가했는데, 작품 중에 야한 것은 빼고, "신경호 그림도 이렇게 그윽한 게 있습니다."라고 여겨질 수 있는 작품만 골라서요…….(웃음)

앞서도 인용한 2004년에 간행된 도록에서 임영방은 "10년을 거슬러 참담하게 견뎌냈을 이 사람의 30대는 엄청난 절망과 상실감 속에서……."라고 말하고 있다. 달을 보고 짖는 저 누렇고 야윈 개는 신경호 선생 자신의 자화상인 동시에 둘 곳 없는 울분을 터트릴 대상, 절망적인 한국 현실의 표상이기도 했으리라.

/ 색채

신경호 선생의 작품이 지닌 특징 중 하나는 색채다. 나는 처음 그의 작품을 봤을 때부터 머릿속에서 유사한 분위기를 가진 작품을 떠올려보려 했지만 끝내 실패했다.

강렬한 원색이 사용되고 있다는 점에서는 이른바 포비즘(야수파) 계열에 가깝다는 첫 인상을 받았다. 서양이라면 마티스Henri Emile Benoit Matisse, 일본에서 찾으면 나카가와 가즈마사中川一政, 한국에서는 박생광 정도가 떠오른다. 하지만 조금만 보고 있어도 그들의 화풍과는 근본적으로 다르다는 것을 알 수 있다. 신경호의 작품은 야수파처럼 물감을 두껍게 바르는 것이 아니라, 의도적으로 편평한 색채면으로 처리하여 오히려 추상적인 평면구성에 가깝다.

나는 처음에 '이것이 한국 민중미술의 색채로구나.' 하며 꽤 안이하게 생각했다. 하지만 이후 다른 민중미술 작품을 보니 신경호의 작품과 같은 색채는 쉽사리 찾을 수 없었다. 민중미술 가운데에서도 독특했다. 이러한 색채 감각은 어디에서, 어떻게 신경호라는 인물 속으로 들어왔던 것일까? 그점이 무척이나 흥미로웠다.

한국에 체재하면서 이런 색채 감각의 일부는 조선시대의 회화에서 유래하는 것은 아닐까 하는 생각이 들었다. 예를 들어 「오봉산일월도병풍五峰山日月圖屏風」이 그 대표적인 예다. 조형은 추상적이라고 말할 정도로 단순하며 색채는 밝다. 하지만 그 밝음이 일본과 유럽의 미술에서 보이는 것과는 어딘가 크게 다르다. 야수파의 색채를 '밝고 강렬하다'라고 표현한다면 모두들 당연히 받아들이겠지만 이와는 달리 신경호 작품의 색채는 '색은 밝지만 마음은 밝지 않은' 그런 것이다.

임영방은 "군의 그림이 갖는 색채조합은 대단히 명증하고 그 원색의 조합이 어우러져 발하는 소리는 지극히 밀교적이며 더러는 무속적 분위기를 강하게 풍긴다."라고 평가했다.

이 글에서 언급하는 "밀교적이며 더러는 무속적"이라는 의미를 내가 정확히 이해했는지는 자신이 없지만, 그래도 이 평가는 나에게 큰 실마리가 되었다. 감히 말하자면 저 색채의 기원은 한국의 절을 장식하는 화려한 색

「오봉산일월도병풍」, 19세기.

채(같은 불교 사원이라도 일본에는 저런 색이 존재하지 않는다.)와 무당이 굿을 벌일 때 장식으로 쓰는 색채에서 볼 수 있다. 떠들썩한 가무와 함께 방성대곡하면서 산 자의 세계와 죽은 자의 세계를 오가며 죽은 자와 교신하는 의식의 색채다. 그저 '밝기만 한' 색이 아니다.

어느 날, 나는 신 선생에게 "물감은 어떤 것을 쓰십니까?"라고 물은 적이 있다. 신 선생은 주저없이 "아크릴입니다."라고 대답했다.

"한국적인 것이란 무엇인가?", "한국인이란 무엇인가?"라는 아이덴티티의 고민을 색채 표현과 연결시켜 이야기하고 있는 점이 역시 미술가답다. '우리'란 누구를 말하는 것일까. 이 질문을 로고스적 차원에 머물지 않고 인간 감성의 기초를 이루는 색채 감각의 깊이까지 내려가 찾아내려고 했다는 뜻이다. 하지만 그렇게 고민하는 젊은 미대생은 이미 과거의 전통적 안료로 그리지는 않는다. 근대의 산물인 '오일컬러'로 그리고 있는 것이다. 이러한 자기분열적 양상을 그는 일찍부터 깨닫고 있었다.

2월 19일 인터뷰에 앞서 서면으로 몇 개의 질문을 신 선생에게 던졌다. 그중에서 중요하다고 생각되는 몇 가지를 소개한다.

서경식   민중미술운동이란 어떤 것이었는지 설명을 부탁드립니다.

신경호   1980년대 이전의 미술은 공허한 '아름다움'을 창조하는 미술이었으며 화가 자신의 진지한 각성이 없었습니다. 일제 식민지 교육과 한국전쟁을 거쳐 이후 30년 동안 우리는 박정희로 상징되는 성장과 발전 제일주의, 즉 천민자본주의의 삭막한 삶을 강요받았고, 줄곧 정신문화의 황폐화를 향해 질주해왔습니다.

물론 1969년 10월에 '현실동인' 선언이 있었습니다. 하지만, 박정희 독재가 그 임계점에 도달할 즈음 1979년 '현실과발언'이 등장했고, 이후 1980년 광주항쟁을 관통하면서 시대를 똑바로 바라보려는 각성이 젊은 미술인들 사이에 자발적으로 이루어졌다고 생각합니다. 민중미술은 수탈을 당연시했던 당시 사회의 기득권층에 맞서 기층 민중의 삶을 전면에 내세운 미술이고 과거의 형식적 미학 위주의 담론을 뛰어넘어 현실적 삶에 정착한 미술이라 할 수 있습니다. 하지만 너무 구호에 치우치거나 주의와 주장을 앞세운 나머지 미술의 기본을 무시해도 메시지만 전달하면 된다는 조금은 덜떨어진 이론이 유행하기도 했지요. 돌이켜

보면 뼈아프게 반성할 지점이라고 생각합니다.

서경식　분단 이후 한국미술의 주류를 독점했던 '모더니즘'에 대하여 '리얼리즘'의 입장에서 도전했던 것이 민중미술운동이었다고 해석한다면, 선생님이 생각하시는 '모더니즘'과 '리얼리즘'은 어떤 것인지 듣고 싶습니다.

신경호　모더니즘은 20세기의 산물이고, 아시다시피 포스트모더니즘이 20세기 말을 장식하지 않았던가요? 모더니즘은 19세기적 미술에 대한 반동으로 산업혁명 이후의 눈부신 문명의 발달과 맥을 같이하여 전개된 파란만장했던 20세기 미술입니다.

그런데 우리에게 모더니즘은 무엇입니까? 과연 우리에게도 벗어나야 할, '포스트post'를 붙일 만한 모더니즘이 실재했을까요? 저는 이 질문에 대단히 회의적이며 나아가 매우 화가 납니다. 왜냐면 우리는 우리 자신을 보지 못하고 있었기 때문입니다. 가령 그동안 발전과 성장에 치중된 모더니티에 속아왔다면, 모더니티의 목적만 이야기했지 그 현실을 살아가는 방법에 대해서는 말하지 않고 있었던 것은 아닐까요? 우리는 과정을 삽니다. 현재를 치열하게 살아야 미래가 오듯, 오늘을 제대로 사는 법을 배워야 삶이 스스로를 속이지 않기 때문입니다.

즉 우리는 20세기가 열리자마자 일제의 식민통치를 받았고, 그 원인이야 어떻든 자발적이고 필연적으로 20세기를 맞이하지 못했습니다.

그런 측면에서 한국미술에는 근대적 깨달음으로서의 리얼리즘이 없었다고 하면 어폐가 있을까요? 과거 조선시대의 미술에서는 한때 추사 김정희에 의해 사실 정신이 꺾이고 훼절당한 시기가 있었다고 하지만, 공재 윤두서를 필두로

겸재 정선의 동국진경東國眞景, 단원 김홍도와 혜원 신윤복의 풍속화에 이르기까지 훌륭한 리얼리즘의 맥이 있습니다.

리얼리즘이 무엇입니까? 예술, 즉 문학과 미술이 우리네 일상적 삶을 떠나서 독자적으로 생존 가능한 것일까요? 리얼리즘이 지향하는 세계는 당연히 오늘, 지금, 우리의 삶에 기초해야 한다고 생각합니다.

서경식 선생님의 화풍을 일단 '리얼리즘'이라고 부른다 해도, 그것은 일반적으로 미술사에서 말하는 사실주의와는 크게 다른 듯 여겨집니다. 선생님에게 '리얼리즘'이란 무엇입니까?

신경호 가장 곤란하고도 어려운 질문입니다. 통상 한국에서는 리얼리즘에 대해 핵심을 빼고 그저 '보이는 그대로 그리는' 것 정도로 얘기를 합니다. 그런데 여기에는 과거 식민통치의 후유증이 드러나 있어요. 당시 일본에서 유학했던 선배 미술인들, 그들에게서 교육받은 이 땅의 모든 미술교육자들의 눈이 멀어 있어 제대로 보지 못했다는 생각이 듭니다. 왜 조선시대에 존재했던 훌륭한 리얼리즘 미술의 결과물에는 눈을 감고 오로지 '아름다움'이라는 공허한 관념에 매몰되고 있는지 안타깝습니다.

리얼리즘을 사실주의로 번역할 때, 거기에는 사실주의事實主義와 또 다른 사실주의寫實主義가 있습니다. 문학에서는 전자를 쓰는데, 왜 미술만 유독 후자를 일방적으로 쓰는지 참 이해할 수 없는 거지요. 저는 그래서 리얼리즘을 오히려 현실주의現實主義로 말하는 편이 타당하고 지당하다고 믿습니다. 사실주의事實主義를 사실주의寫實主義로 쓰는 것도 식민교육의 후유증에서 온 것입니다.

저는 다만 한국인의 심성 근원에 내재하는 리얼Real한 것을 그리고 싶은 마음입니다.

현실에서는 보이지 않으나 그 현실을 넘어설 때 보이는 어떤 것의 실상은 우리의 전통에 숨 쉬는 미감을 통하여 무궁무진하게 나타납니다. 저는 이미 사라져가는 그것들을 현실에 오롯이 다시 살려내고 싶은 것입니다.

만약 제 그림에 아직도 관심이 있다면 그이는 아마도 예술적 삶을 살고자 하는 열망을 간직한 사람일 것입니다. 그 예술적 삶은 '함께 현실을 아파하고, 같이 뛰어넘고자 하며, 더불어 치열하게 사랑하는 삶'입니다. 이것이 저의 리얼리즘입니다.

여기서는 나의 질문에 대한 답으로 신 선생이 준비해둔 언급의 일부밖에 소개할 수 없다. 언젠가 다른 형태로 반드시 전문을 소개하려고 한다. 읽으면 읽을수록 나는 이 익숙지 않은 '사촌'과도 같은 인물이 긴 세월을 틀림없이 '치열하게' 살아왔다는 생각에 압도당한다.

하지만 '한국인의 심성 근원에 내재하는 리얼한 것'이라는 말이 나에게는 아직 잘 와 닿지 않는다. 마찬가지로 '우리의 전통에 숨 쉬는 미감'이라는 뜻도 잘 이해할 수 없다. 이런 말을 들으면 아마 신 선생은 답답해하거나, 자칫 화를 낼지도 모르겠다. 정확히 말하자면 그러한 것들이 실재하고 있음에도 불구하고 나에게는 알 수 없는 감각이라는 뜻이 아니라, 그런 '미감'이 실재한다는 사실을 전제로 하여 출발하는 자체가 불가능하다는 생각이다.

아마도 신 선생은 식민지주의와 개발독재에 의해 파괴되어버린 '한국인의 심성 근원에 내재하는 리얼한 것'과 '우리의 전통에 숨 쉬는 미감'을 구해내려는 위치에 서 있는 것이리라. 그렇다면 나는 그것이 이미 파괴된 후의 장소에 서 있다고 말할 수 있을까?

나는 종종 비유적으로 "재일조선인은 지금까지도 일본의 식민지 지배 아래에 있다."는 식으로 말하곤 한다. 1945년 일본의 패전에 의해 조국의 사람들은 식민지 지배로부터 벗어나 해방을 맞았다. 36년간의 식민지 지배는 많은 것을 파괴하고 변형시켰지만 민중의 생활 속에 있는 '리얼한 것'은 완전히 파괴되지 않고 남을 수 있었다. 이러한 사실을 신경호라는 인물이 스스로 증명하고 있다.

한편 일본 땅에 남은 재일조선인들은 해방 후에도 계속 동화의 압박 아래 놓였다. 알기 쉬운 예를 들어보자. 1940년 창씨개명에 의해 조선인 전체의 약 80퍼센트가 본래의 성을 잃었지만, 5년 후 해방으로 말미암아 성을 회복했다. 지금은 한국에서도 북한에서도 과거에 그런 일이 있었다는 기억조차 망각하고 있다. 다시 말해 국내에서는 누구도 굳이 그렇게 불쾌한 과거를 떠올리려 하지 않는다. 하지만 재일조선인은 해방 이후에도 창씨개명에서 벗어나 성을 되찾을 수 없었다. 일부 사람들만이 차별을 각오하고 스스로를 본명으로 일컬었을 뿐이다. 현재 본명을 밝히고 생활하는 재일조선인은 10퍼센트 이하이다. 가정이지만 일본의 패배가 10년이나 20년 뒤로

미뤄졌다면 조국의 사람들도 재일조선인처럼 더 많은 '리얼한 것'을 잃었을 것이며 그 회복은 훨씬 곤란해졌을 것이다. 나와 신 선생을 나누는 기로는 바로 여기에 있지 않을까?

나는 신 선생의 작품에 큰 흥미를 느낀다. 하지만 그 끌림은 자신의 '근원에 내재하는 리얼한 것'과 '우리의 전통에 숨 쉬는 미감'을 발견했다는 기쁨과는 조금 다르다. '내가 잃어버리고 만 것은 이런 것이었던가…….' 하는 생각에서 오는, 이미 잃어버린 리얼리티를 거슬러 올라가 탐색하고 재구성하기 위한 흥미이다.

그렇다면 나와 신 선생은 더 이상 서로 통하는 것이 없다는 뜻일까? 타율적인 모더니티에 저항하고자 하는 자와, 포스트모던의 황야에 내던져진 자는 이미 만날 수 없는 자리에 있을까? 우리 두 사람은 언어, 문화, 풍습에 그치지 않고 미감과 음감까지도 달라져버렸다. 하지만 그런 두 사람을 '조선', '한국', 또는 어떤 다른 호칭으로 부르건 간에 같은 '우리'로 묶을 수 있는 것은 없을까? 만약 그것이 가능하다면 어떤 논리에 의해, 어떤 길을 더듬어 가야 찾을 수 있을까? 지금 나는 그러한 것에 대해 생각하고 있다.

/ 빨간 치마

신 선생의 작품 중에서 가장 내 마음을 빼앗은 그림은 「넋이라도 있고

없고: 초혼 1980」이다. 매우 간소한 그림이다. 민가의 지붕 위에 대나무 한 그루가 똑바로 서 있고 거기에 걸려 있는 빨간 천이 바람에 나부낀다. 왼쪽에 떠오르는 노란색 원은 달일까?

　작품을 처음 본 곳은 선생의 작업실이라고 기억한다. 그때는 빨간 천이 치마라고는 깨닫지 못했다. 기묘하게 고요한 인상을 주는 그림이라고 생각하며 과연 무엇을 그린 걸까 하고 관심을 가졌다. 그 후로도 계속 마음이 쓰였고 실은 이 그림을 다시 한 번 보고 싶어서 작년 6월 '메멘토 모리전'이 열리는 광주까지 찾았다. 몇 달 후 도쿄에서 학생 몇 명을 데리고 서울과 광주로 연수여행을 와서 담양에 있는 신 선생의 개인미술관까지 발걸음을 옮겼던 것도 학생들에게 이 그림을 보여주고 싶었기 때문이다. 현대 일본의 젊은이가 이 그림에 어떤 반응을 보일까도 궁금했다.

　서경식　「넋이라도 있고 없고: 초혼 1980」은 5·18 직후에 그리셨지요? 여전히 사태가 현재진행형이었을 때 그렸다는 것은 문자 그대로의 사실주의가 아니라 지금 말씀하신 고뇌를 표현하신 것 같은데요. 당국이나 안기부는 빨갱이 깃발이라고 보았다는데 미술계나 일반인은 어떻게 생각했을까요?

　신경호　항쟁으로 소문이 흉흉했을 때였으니, 혹시 레드 콤플렉스 때문에 빨간 치마에 또 시비를 걸어오진 않을까, 그런 생각을 하긴 했어요. 왜냐하면 "한국 사회에서는 화면의 3분의 2가 붉은 색이면 안 된다."라는 말이 있을 정도였으니까요. 실제로 그런 규제가 있던 시대였습니다.

서경식　일본에서는 한국미술의 중요한 특징 중 하나를 백색 모노크롬으로 보기도 하는데, 거기에도 정치적인 이유가 있겠네요.

신경호　백색 모노크롬은 그야말로 사기꾼들이 벌인 쇼와 같은 거지요. 한국인을 백의민족이라고 한다는 말은 도대체 어디서 온 걸까요? 가난한 사람들이 삼베로 옷을 만들어 입잖아요? 삼베는 빨면 빨수록 하얗게 색이 바래지요. 혹시 그 때문인가?(웃음)

빨간 치마는 그런 식으로 의도한 것은 아닙니다. 보통 우리는 치마저고리 하면 저절로 '빨강 치마에 노랑 저고리'를 떠올려요. 파란 치마라는 상징은 없어요.

하지만 어떤 면에서는 무의식적으로 광주항쟁 때 죽은 임산부 생각을 했을지도 모르겠습니다. 어느 젊은 부인이 남편을 기다리다가 유탄에 맞아 죽었다는 이야기가 사람들 사이에 파다했습니다. 그 당시에는 진위를 알 수 없는 소문이었지만, 나중에 사실로 밝혀졌습니다.

그렇게 죽은 여성이 바지를 입었을 것 같지는 않았어요. 전통 장례에서는 초상을 치르고 땅에 묻고 사흘 뒤 다시 제사를 올립니다. 삼우제라고 부르죠. 그러면 사흘 뒤에 불귀의 객이 된 혼이 다시 찾아온다고 해요. 그래서 밥상을 올리고 제사를 지내거든요. 그런데 죽은 이가 혹시 집을 못 찾을까봐 살아생전에 입던 옷을 걸어 올리는 거예요. 혼을 부르는 형식이죠. "여기가 당신 집이에요." 라고. 초혼제의 아주 일반적인 형식이었습니다. 요즘 젊은 사람들은 잘 모르죠.

서경식　무당이 지내던 의식이 아니라요?

신경호　네, 무당뿐만 아니라 일반인들도 가정에서 지내던 제사였어요.

신경호, 「넋이라도 있고 없고: 초혼 1980」, 1980.

서경식 저 그림은 어디서 그리셨어요?

신경호 집에서 그렸을 거예요. 광주항쟁이 거의 끝나갈 무렵에 그렸던 그림이죠. 광주 상황이 끝나고 나니까 거지와 넝마주이, 구두닦이가 하나도 안 보이는 거예요. 그 기간에 다 사라져버렸죠. 그들은 대부분 고아였거든요. 찾거나 신고하는 사람도 없었고 아무도 기억하지 못합니다. 그래도 그들이 언젠가는 광주로 돌아올 텐데 하는 마음으로 그렸던 그림입니다.

서경식 도청 앞에 대나무 가지를 올려놓고 실제로 이렇게 했어야 한다는 바람을 담았던 것이군요.

신경호 네, 그랬어야죠.

이 그림은 광주민중항쟁의 과정에서 희생된 사람들, 그것도 말 그대로 무명의 민중을 위한 진혼가였다. 사태가 진정된 후에 그린 것이 아니라 바로 사건의 한가운데서, 시간이 지나서 전시를 한다거나 팔기 위해서라는 생각조차 떠오르지 않는 시점에서 그린 그림이었다. 신경호라는 인물이 완전한 고독 속에서 무명의 사자死者들을 위해 올리는 제사였다. 저 어두운 뒷골목에서 서성이던, 함평에서 온 젊은 시민군 병사를 향한 응답이기도 했을 것이다.

그렇다면 대나무에 걸린 빨간 치마를 '공산주의' 이데올로기를 표현하는 붉은 깃발로 보는 치안 당국의 논리는 얼마나 단순한가. 붉은 기라는 해석만큼 쉬운 답은 없을 터이다. 하지만 인간의 현실은 그렇게 쉬운 것이 아니다. 이데올로기에 좌우되지 않고 조직에게도 보호받을 수 없는 민중이, 그랬기 때문에 싸웠고 그랬기 때문에 희생되었을 따름이다. 또 희생된 후에도 신 선생이 한탄했던 것처럼 많은 사람들은 그들을 떠올리지조차 않는다.

서경식 이 그림은 다른 화가들과 상의를 하거나 작업에 대해 이야기를 나누지 않고 홀로 고독하게 하신 작업의 결과인가요?

신경호 네. 그렇습니다.

서경식 그림이 압수된 것은 1981, 1982년 즈음의 일입니까?

신경호 정확히 말하면 조사받거나 강탈당한 식은 아니었습니다. 대학의 선배 교수를 통해 저에게 연락이 와서 나갔더니 문화공보부에 파견 나와 있던 안기부 직원이랑 문공부의 무슨 과장이 있었어요. 그 사람들이 방에서 "「초혼」이라는 작품 어디 있습니까?" 하고 물어봐요. 그래서 내가 갖고 있다고 하니 서류뭉치를 보여주면서 "이게 전두환 각하 사인입니다." 그러는 거예요. 제목이 「불온작가 보고서」였나, 뭐 그런 식이었는데 정확한 제목은 기억이 잘 안 나요.

어쨌건 페이지를 딱 넘기자마자, 제 그림이 푸르스름한 빛이 도는 조악한 상태로 인쇄되어 있고, 그 밑에 설명이 있었어요. 저를 두고 전국적으로 많은 서클에 가입해서 암약을 한 놈이다, 하지만 딱히 불온하다고 걸고넘어질 사항은 찾지 못했다, 하지만 이 그림을 보면 이놈이 수괴, 두목이라는 사실을 알 수 있다, 이 빨간색 깃발은 적화야욕을 획책하는 불온한 집단의 상징적인 깃발이다, 그러니 아마 배후조종자 내지는 수괴로 추측된다. 뭐 그런 식이었어요. 그 문서에 따르면 제가 가입한 서클이 서울에 두 개, 광주에 두 개라고 되어 있었는데 그렇게 많은 단체에 가입했는지는 저조차도 모르는 일이었죠. 고작 서울하고 고향 광주를 왔다갔다하는 정도인데 딱히 제가 뭘 할 수 있었겠어요? 그런데 제가 가입한 단체는 모두 불온 서클의 물망에 올라와 있는 거예요. 그래서 "이거 누가 썼습니까?"라고 물어봤더니 "전문가들에게 의뢰해서 나온 분석이에요."라고 대답을 해요. 전문가라면 누구를 말씀하시는 것이냐 했더니, "그건 알 필요 없고 작품을 가지고 가서 심층분석을 해봐야겠습니다."라고 했습니다. 언제 돌려주냐고 물으니 "조사가 끝나면 당연히 돌려드려야죠."라고 합디다. 하지만 그 분위기가 상당히 억압적이어서, 못 내놓겠다고 할 수 없었어요.

문서 뒤에는 강광이나 홍성담 등 메시지를 전달하는 미술을 해야 한다고 주장하는 사람의 이름은 전부 들어 있었어요. 강광은 인천대학 교수인데, 권옥연 씨 스타일의 작품을 했어요. 지평선에 사람이 다리를 쩍 벌리고 누워 있는데 다리 사이에 뭔가 덩어리가 하나 놓여 있는 그림. 그걸 5·18 때 임산부가 칼에 맞아 죽은 후 사산한 아이를 가랑이 사이에 표현한 것이라고 날조해서 해석해놓았더라고요. 옥상이 그림은 가을에 나락 걷고 나면 짚단을 불태우는 모습을 그린 것이었어요. 그 작품에는 적화야욕으로 남한을 쓸어버리자고 선동하는 거라고 해석을 해놓고. 또 암표 장수, 야바위꾼 들과 같은 사람들이 웅성거리면서 모인 모습을 그린 노원희 선배의 그림도 있었어요. 노원희 형이 들은 바로는 "전두환이 사람들을 잡아가 고문하고 죽였다더라 하는 이야기가 많이 나돌았는데

65

그런 소문을 듣고 웅성거리는 현장을 그린 것이다."라고 했다는데 그건 제대로 해석했더라고요. (웃음)

서경식　그럼 혹시 당국은 신경호를 수괴로 하는 화가 간첩단 같은 사건을 날조하려는 구도를 그렸던 걸까요? 결국엔 그렇게는 안 되었지만요.

신경호　네. 그렇겠죠. 어쨌건 그림만 뺏어가고 말았지만요. "인간적으로 선배 입장에서 한마디 하겠는데 앞으로 조심해라." 그런 식으로 위압적인 분위기를 조장하면서 그림을 뺏어가는 식이었어요. 그러니 억지로 강탈당했다는 뜻은 아니고, 어찌 보면 제가 협조를 충실히 한 셈이죠.

이런 경위로 압수되었던 그림은 십수 년이 지나 겨우 화가에게 되돌아왔다. 하지만 공식적인 사죄와 함께 반환된 것이 아니라 화가들 중 대표가 당국을 방문해 되찾아온 형식이었다.

"선생님의 예술 인생에서 5·18은 어떤 의미를 갖고 있는지요?"

만약 일본인 예술가와 지식인에게 이러한 직설적인 질문을 던졌다면 많은 경우 우회하는 형태로밖에 대답이 돌아오지 않았을 것이다. 하지만 신 선생은 매우 직설적으로 대답했다. 이는 한국적인 특성일까, 아니면 그의 개성일까?

"5·18은 내 삶의 꼭짓점이었습니다. 그 전에는 평범하게 성장했죠. 한국인으로서 특별한 의식이 있었다기보다 그냥 모범생이면서도 반항적 기질의 문학청년, 화가지망생으로서 거침없는 유아독존의 대학시절을 보냈습니다. 하지만 만 30세가 되자마자 겪은 5월, 그 후의 삶은 한국 역사와 민중의 삶에 대한 각성을 혹독하게 요구했죠. 독서나 진보적 성향의 선후배들과의 교감 덕분에 현실비판 의식이 싹텄고, 제한적이기는 했지만 항쟁에 동참한 각계각층 사람들과의 교류를 통하여 세계를 확장할 수 있었습니다. 그리고 내가 해야 할, 또는 하고 있는 미술의 근원적 역할과 기능에 대해서 많은 성찰을 할 수 있는 기회를 가졌습니다. 오래전에 카뮈는 "외로이solitaire인가, 아니면 함께solidaire인가?"라고 질문을 던졌습니다. 5·18은 제게 나침반과도 같이 책무를 지시하고 있습니다."

이런 신 선생의 입장에서 보면 광주의 현재는 화가 치밀고 한탄스러울 뿐이다.

서경식　도청이 재개발되고 그곳에서 현대미술을 전시하려는 계획이 있다고 들었습니다. 제 생각엔 유원지처럼 되는 건 아닐까 하는 느낌도 드는데 선생님은 어떻게 생각하십니까?

신경호　광주비엔날레가 시작되었을 때의 분위기는 이거(비엔날레) 너희에게 줄 테니 5·18에 대해서 조용히 하고 그만 울어라 하는 식이었습니다. 광주 사람 누구도 먼저 비엔날레를 하자는 의견을 내지 않았습니다.

어쨌건 국제공모를 해서 구 도청 재건축을 시작했고 어마어마한 굴착기를 써서 지하에 무언가를 건설한다고 했습니다. 건축 공모에 당선한 사람이 재미한국인인데 그 사람의 설계안이 당선되고 나서도 아무런 얘기가 없었어요. 그런데 막상 삽을 뜨려고 하니까, 왜 도청을 없애냐, 보존해야 한다 하면서 또 몇 년을 끌었습니다.

지역 주민 스스로가 "어떤 필요로 이렇게 하면 좋겠다."라는 식의 합의와 의견을 내는 형식이 아니라 항상 위에서 시혜를 베풀듯 "이거 어떠냐, 저거 어떠냐, 이렇게 해라."라는 식으로 하기 때문에 일어난 일이죠. 저도 근본적으로 이런 방식이 못마땅합니다.

1980년 이후 제가 《서울신문》에 칼럼을 썼는데 그때 했던 제언 중 하나가 항쟁의 진원지인 도청에서 광주의 제일 중심도로인 유동 삼거리까지 중앙선에 1980년 5월에 산화한, 또는 참여했던 시민, 시민군의 조각상을 만들어 세우면 어떨까? 물론 차 없는 거리로 만들고, 조각상도 시민의 손으로 직접 만들게 하자, 조각가나 미술대학 교수는 다만 조언자, 조력자 역할로 남고, 어린이부터 노인까지 평범한 시민들이 제작한 조각을 세우자, 이런 의견을 냈는데 아무도 귀기울이지 않았습니다.

그 후 결국은 김대중 정권 때 도청이 목포로 옮겨 가고 텅 비게 되었죠. 광주 신도심도 상무대로 옮기면서 구도심은 황폐해져갔고요. 그런 상황에서 건물을 없애느냐 마느냐 하면서 소모적인 논란으로 빠져 일부는 남기고 일부는 없애고, 이런 식으로 봉합되었습니다.

이야기에 빠져 있던 사이에 정신을 차려보니 시간은 한참 흘러 있었다. 작업실에는 점점 한기가 서리기 시작했다. 서울로 돌아갈 KTX의 발차 시간이 다가오고 있었다. 상황을 알리자 신 선생은 재빨리 일어섰다. 우리를 송정리역까지 바래다주겠다고 했다.

문 밖으로 나오니 2월의 하늘은 장엄할 정도로 아름다운 저녁놀을 보여주었다. 신 선생이 운전하는 자동차는 언제나 그랬던 것처럼 질주했다. 그는 언제나처럼 핸들을 잡고 액셀을 밟으면서 조금은 초조한 말투로 이야기를 이어갔다.

서경식 후배 세대, 아랫세대에 대해 어떤 생각을 갖고 계신지요? 그중에서 주목하는 화가가 있는지요?

신경호 싹이 보이는 놈들은 있죠. 그런데 공부를 안 해요.

서경식 세대 간의 단절이 있습니까?

신경호 이제는 미술에서 노선으로 싸울 상황은 아닙니다. 다만 미술을 리얼리즘이냐 아니냐의 문제로 봐야 한다는 점은 여전하지요. '민중'이라는 기준을 다시 들이댈 수 있다면, 가령 아주 발달한 첨단 미디어를 이용하는 미술이 민중의 소용이나 필요와 얼마나 관계가 있겠습니까? 아니잖아요? 게다가 현실적으로 그런 재료를 이용해 제작할 돈도 부족하고요.

후배들이 공부 좀 했으면 좋겠다는 말에서 공부란 내 눈으로 확인할 수 있는 진실이라면 기가 막히게 그려낼 수 있는 기량을 쌓는 그런 공부, 그리고 무엇을 그리고자 했을 때 역사를 제대로 볼 수 있는 눈을 기르는 공부를 의미합니다. '우리가 이렇게 살아가고 있으므로 그 삶 자체를 있는 그대로 그린다.' 하는 수준에 머물지 않고 내 삶이 무엇을 지향하는지 그 지향점을 보여주는 그림, 또 혼자가 아니라 더불어 살아가는 삶에 대해 확신을 주는 그림을 그려야 한다는 말이죠. 혼자 폼 잡지 않고 함께 살아가는 삶을 그림을 통해 보여줘야 한다는 뜻입니다.

이런 고민을 하는 젊은 친구들이 더러 있습니다. 그런데 문제는 화가는 그림을 팔아서 살아야 한다는 겁니다. 그것 말고는 해결할 방법이 없어요. 그럼 누군가는 그림을 사줘야 하잖아요. 그렇다고 내 삶의 현실을 그리면 누가 사주나요? 다 추접스럽고 수준 낮은 그림이라고만 하죠. 예술이라는 것은 원천적으로 부르주아의 것이지, 무슨 민중의 예술이 있겠습니까?

샐러리맨이 한푼 두푼 아껴서 1년을 모아도 그림 한 점을 못 산다면 이런 현실이 더 큰 문제라고 생각합니다. 저는 그림 값은 월급쟁이들 평균 월급을 넘어가면 안 된다고 생각해요. 그런데도 제가 그 가격에 팔려고 하면 배가 아파요.(웃음) 그래서 아예 안 팔아버리죠. 저는 학생들에게 싸게 팔아라, 싸게 팔아라, 그래서 네 그림이 앞으로 점점 가치가 오르는 기쁨을 소장가에게 주어야 한다, 이런 말을 하는데……. 많은 학생들이 일확천금을 꿈꾸거나 제대로 그리지도 않으면서 콧대만 세죠.

신 선생은 마치 청년 시절에 그린 '달을 보고 짖는 개'를 떠올리게 하는 바로 그 모습으로 울분을 토하며 차를 몰았다. 나는 교통사고가 날까 걱정되어 "선생님, 늦어도 상관 없으니 천천히, 천천히 가시죠."라고 진정시킨다.

이 역시 언제나 그랬던 것처럼.

신 선생의 마음속에서는 빨간 깃발이 지금도 펄럭펄럭 나부끼고 있는 것이다. 그것은 이데올로기와 조직을 상징하는 기치가 아니라 가난한 여인의 치마다. 세상 사람들은 그가 부르짖는 소리에 귀를 기울이지 않고 빨간 치마에 눈길도 주지 않으며 '재개발'로 돌진할 것이다. "외로이인가, 아니면 함께인가?"라고 물음을 던지는 신경호 선생은 아무리 봐도 고독하다.

나는 생각한다. '일본에 과연 이런 화가가 있을까?' 그렇다면 이 사람을 '우리/미술'의 화가라고 부를 수 있을까?

아직 내게 그 답은 보이지 않는다. 다만 이 고독한 '사촌'과 과거의 식민지 지배, 현재의 분단이라는 정치적 경험을 공유하고 그 질곡을 넘을 수 있는 정치적 과제를 공유한다면, 그것이 이렇게 다른 장소에 서 있게 되어버린 우리들의 공통성을 이루는 기반이 될 수 있으리라. 물론 간단치는 않다. 하지만 그 간단하지 않은 길을 더듬어 새로운 '우리'를 구축하는 일은, 그 과정에서 새로운 '리얼한 것'과 '미감'을 공유하는 일이 될 것이다.

완고한 맏아들

／ 정연두

두 사진 모두 웃음기가 없고 현실적이면서 꽤 굳은 표정이다.
어려운 상황에서도 씩씩하게 살아가는 생활인으로서의 젊은이 상이
거기에 있었고, 서툴고도 애처로운 꿈을 담은 모습 또한 거기에 있었다.
리얼리즘만도 아니고 판타지만도 아니었다.
학생들이 매료되었던 것도 바로 그 때문이 아니었을까.

정연두

1969년 경상남도 진주에서 태어났다. 서울대학교 조소과와 런던 골드스미스찰리지를 졸업했다. 우리
의 삶을 통해 등장하는 꿈(허구)과 현실, 과거와 미래, 눈에 보이는 것과 보이지 않는 것의 경계를 넘
나들며 상반된 둘 사이의 긴장감을 사진, 영상, 퍼포먼스 등 다양한 매체를 통해 드러내고 있다. 국립
현대미술관의 올해의 작가상(2007) 수상을 비롯하여 베네치아비엔날레와 상하이비엔날레 등에 참가
하며 국내외에서 활약하고 있다.

'우리/미술 순례'라는 기획을 구상했을 때, 내게 가장 어려웠던 문제는 젊은 세대 아티스트 중에서 누구를 인터뷰 상대로 선택하고 어떻게 만남을 가질 수 있을까 하는 것이었다. '젊은 세대'라고 해도 1951년에 태어난 나보다 젊다는 의미이니, 대략 '민중미술' 이후의 세대를 뜻한다. 일본에서 생활하고 있는 나는 한국의 젊은 세대와 거의 접점이 없다. 물론 국제전에서 그런 세대에 해당하는 작가의 작품을 볼 기회는 있었다. 예를 들어 서도호와 이불의 작품은 도쿄에서도, 베네치아비엔날레에서도 본 적이 있다. 하지만 그들 같은 슈퍼스타에게 일부러 연락을 취해 만나는 일은 그다지 마음이 내키지 않았다. 분명 너무나 바쁜 작가들일 테니 만남이 성사되지 않을 가능성도 컸다. 설령 용케 진행되더라도 아주 짧은 시간의 인터뷰밖에 허락되지 않을 터였다.

한국에 터를 잡고 살면서 일상적으로 미술관과 화랑을 찾아가거나 전시와 관련된 이벤트에 부지런히 참가하지 않고서는 슈퍼스타 외에 어떤 신세대 아티스트가 활동하고 있는지 알기 힘들다. 그런 환경을 허락받지 못한 내가 젊은 아티스트를 인터뷰한다고 해도 마치 뜬구름 잡는 듯한 이야기일 수밖에 없겠다는 생각이 들었다.

그렇다면 어떻게 해야 할까……. 몇 개월 동안 이런 생각 때문에 조금 지쳐갈 무렵이었다.

최근 몇 년 동안 9월이 되면 내가 대학에서 가르치는 학생들을 인솔하여 한국으로 연수를 온다. 평화박물관의 협력을 얻어 일주일가량 '나눔의 집'을 비롯하여 각지를 방문하고 전쟁과 식민지 지배의 역사를 되돌아보는 평화 교육 프로그램이다. 나는 매번 이 일정에 미술관 견학을 포함했다. 학생들에게 미술을 접할 기회를 제공하는 동시에 미술을 통해 '타자'에 대해 깊이 이해할 수 있도록 도와주고 싶은 생각 때문이었다.

2011년 9월에는 학생들과 함께 삼성미술관 리움을 찾았다. 나는 몇 번이나 와본 곳이지만 학생들은 처음이었다. 먼저 고미술을 감상한 뒤 현대미술 전시실로 향했다. 아실 고키Arshile Gorky, 잭슨 폴록Paul Jackson Pollock, 마크 로스코Mark Rothko, 이브 클라인Yves Klein, 자코메티Alberto Giacometti……. 내게는 보물이 산처럼 쌓인 듯한 광경이었지만 학생들은 별반 관심을 내비치지 않았다. 그 모습이 못내 안타까웠지만 될 수 있으면 학생들이 스스로 관심을 보이기를 인내심을 갖고 기다렸다. 선생이 먼저 "좋지?"라고 재촉하여 "네."라는 반사적인 대답을 이끌어낸다면 미술과의 자발적인 대화를 가로막을 따름이기 때문이다. 그렇지만 대개 나의 인내는 허무하게 끝난다. 뭔가 석연치 않은 표정으로 견학을 마치는 학생들을 보면서 어떻게 하면 이 젊은 친구들 마음속에 감춰진 감수성의 문을 열 수 있을까 고민한 적도 적지 않았다.

하지만 그날의 모습은 달랐다. 폴록에도, 로스코에도 반응이 없었던 학생들이 전시실 끝쪽에 이르자 어떤 작품 앞에서 걸음을 멈추고 좀처럼 움직이지 않았다. 드문 일이었다.

대형 화면은 다양한 젊은이들의 모습을 비추고 있었다. 예컨대 아이스크림 가게에서 대걸레를 양손에 들고 서 있는 소녀. 학생들은 거기서 자기 자신의 모습을 발견했는지도 모른다. 일본의 학생들 역시 한국 학생들처럼 학비와 생활비를 벌기 위해 아르바이트에 쫓기면서 살아가고 있다. 잠시 후 화면은 옷을 잔뜩 껴입고 남극인지 북극인지 모를 곳에 서 있는 소녀의 사진으로 바뀌었다. 자세히 보니 아이스크림 가게의 아르바이트생과 같은 사람이다. 일상적인 스냅이 비일상적인 꿈의 장면으로 미끄러지듯 넘어갔고 학생들은 그 변화 속으로 빠져들었다.

작가의 이름은 '정연두', 기억에 없는 이름이었다. 그 역시 서도호와 이불에 버금가는 슈퍼스타라는 사실을 그때 나는 알지 못했다. 게다가 내가 이 작품에서 받았던 첫인상도 그다지 슈퍼스타다운 것은 아니었다.

작품 제목은 「내 사랑 지니 2 Bewitched 2」라고 쓰여 있었다. 무슨 뜻인지 당장은 알기 힘들었다. 나중에 알게 된 사실이지만 마법사가 주인공인 미국 홈 코미디 드라마의 제목을 의미했다. 일본에서는 「아내는 마녀」라는 제목으로 방영되었고 나도 예전에 보았던 기억이 있다. 이 드라마의 한국어판 제목이 「내 사랑 지니 I Dream of Jeannie」였던 것이다.

평소 나는 '변신'에 대한 열망이라던가 '마법사'가 등장하는 이야기에 냉

정연두, 「내 사랑 지니 2 Bewitched 2」, 2001.

담한 편이다. 그런 만화나 애니메이션에도 흥미를 느끼지 않는다. 하지만 천천히 작품을 보고 있자니, 학생들의 발걸음을 붙잡았던 그 힘에 의해 냉담한 내 안에서도 알 수 없는 애착이 싹트기 시작했다. 아마 피사체의 표정 때문이었을 것이다. 두 사진 모두 웃음기가 없고 현실적이면서 꽤 굳은 표정이다. 어려운 상황에서도 씩씩하게 살아가는 생활인으로서의 젊은이 상이 거기에 있었고, 서툴고도 애처로운 꿈을 담은 모습 또한 거기에 있었다. 리얼리즘만도 아니고 판타지만도 아니었다. 학생들이 매료되었던 것도 바로 그 때문이 아니었을까.

'정연두'라는 작가를 만나보고 싶다는 생각이 들었다. 별다른 근거는 없었지만 분명 차가운 사람은 아니리라는 확신도 들었다. 작가에 대한 그런 인상 역시 그의 작품을 통해 전해졌음이 틀림없다.

그때부터 정연두에 대해 이것저것 찾아보기 시작했고 알고 지내던 미술계 인맥을 통해 만날 방법을 찾았다. 지인을 통해 연락을 취해보니 그 무렵 정연두는 미국에 체재하면서 무척 바쁜 일정을 보내고 있다고 했다. 그리고 2012년 2월에는 일본 도쿄도사진미술관에서 열리는 '영상의 피지컬'이라는 전시에 출품하고 갤러리 토크도 할 예정이라는 정보를 얻을 수 있었다. 그런 기회는 놓쳐서는 안 된다. 나는 시간에 맞춰 미술관을 찾아 정연두를 만나볼 작정을 했다.

도쿄에서 만난 정연두는 편안한 차림새와 자연스런 태도를 지닌 청년이었다. 1969년에 태어났으니 이미 '젊은이'라는 호칭과는 어울리지 않겠지만 내 눈에는 실제 나이보다 젊게 보였다. 저명한 아티스트라기보다 성격 좋은 전기공이나 극단의 소품 담당자 같은 인상이었다. 늘 조금은 수줍은 듯한 미소를 짓고 있었고, '작가와의 대화'에서도 난해한 미술이론을 내세우는 일은 없었다.

게다가 놀랍게도 그는 정확한 일본어로 자신의 이야기를 진행했다. 일본어를 어디에서 배웠는지 나중에 물어봤더니, 웃으며 "군대에서요."라고 대답했다. 철야로 보초근무를 설 때, 별달리 할 일도 없었기에 얇은 일본어 교재로 독학했다고 한다. 1990년대 초반, 군사독재 시대의 자취가 채 사라지지 않았던 시절의 이야기다.

다시 만날 약속을 하고 도쿄에서 헤어진 지 한 달 후인 그해 3월, 서울 관악구 봉천동 작업실에서 인터뷰를 할 수 있었다. 우리 일행은 어딘가 1970년대의 흔적이 남아 있는 봉천동 길을 정연두의 안내로 줄을 맞춰 걸었다. 세계 각지를 무대로 활약하는 아티스트가 거점으로 삼고 있는 거리라고 하기에는 무척이나 서민적인 분위기였다. 그런 분위기가 자신에게 잘 맞는다고 정연두는 말했다. 그의 작업실은 낡은 건물에 있는 작은 공장의 한구석과 같은 인상을 풍겼다. 정말이지 작업에만 열중하기 위한 장소 같았다.

나는 바로 '그 작품'에 대한 이야기로 말문을 열었다.

2002년 나와 F(나의 아내)는 광주비엔날레에서 우연히 그 작품을 보았다. F는 금세 빠져들었다. 그 후에도 잊지 못하고 "그 작품, 정말 재미있었

죠? 작가는 어떤 사람일까?"라며 종종 화제에 올리곤 했다. 일본어에는 '불현듯 생각이 나 짓게 되는 웃음^{思い出し笑い}'이라는 표현이 있는데 정확히 그런 느낌을 주는 작품이었다.

그해 광주비엔날레에서는 시린 네샤트^{Shirin Neshat}, 윌리엄 켄트리지^{William Kentridge}를 비롯하여 흥미로운 작품을 많이 만났다. 하지만 그때는 이런 글을 쓰게 될지 예상하지 못했기에 그저 단순히 한 사람의 관객으로서 즐겼을 따름이었다. 그래서 아쉽게도 '그 작품'을 만든 작가의 이름도, 제목도 메모하지 않았다. 정연두의 작품이었다고 알게 된 것은 이번 인터뷰를 준비하며 여러 조사를 하면서부터였다. 제목은 「보라매 댄스홀」이었다.

/ 보라매 댄스홀

"보라매라는 새는 1970~1980년대 군사정권 시절의 자주국방과 공군의 상징이기도 하죠. 대방동에 있는 보라매공원은 아저씨, 아줌마 들이 산책이나 운동을 하러 많이들 나오시는 곳인데 실은 옛날 공군사관학교 자리입니다. 실제로 '보라매 댄스홀'이라는 장소는 없어요. 사관학교의 비행기 격납고가 체육관으로 변했고 그 후에 한국체육진흥원에서 운영하는 댄스스포츠 교실이 열렸어요. 거기서 아줌마, 아저씨 들이 춤을 추거나 운동을 하는 모습이 재미있었습니다. 제가 어렸을 때인 박정희 정권 시절에는 아주머니들이 춤을 추다가 쇼핑백이나 장바구니를 든 채로 경찰서에 줄줄이 잡혀 들어가는 게 뉴스가 되곤 했어요. '춤바람'이라는 말도 있었고요. 서로 모르는 남녀들이 폐쇄된 공간에서 춤을 추는 것이 퇴폐적으로 여겨졌을 뿐 아니라 그 자체가 불법이었죠.

보라매공원의 댄스 교실에서 춤추는 아저씨 아주머니의 사진을 찍어서 작품을 제작했지만 그분들은 할리우드 스타처럼 멋진 선남선녀도 아니고, 배도 나오고 머리도 벗겨진 보통 사람들이잖아요? 물론 그분들은 눈을 감고 춤을 추면서 세상에서 가장 로맨틱한 존재로 스스로를 상상하시겠지만요. 어쨌건 그 모습 그대로 사진을 찍으면 우스꽝스럽게 보일 수도 있겠다는 생각이 들었어요. 그렇게 보이게 하고 싶지 않아서, 벽지에 춤추는 수십 명의 사람들을 패턴화시켜서 공중에 떠다니는 것처럼 느껴지게 만들었어요. 관객들이 미술관에 들어왔을 때 그곳이 바로 댄스홀로 바뀌는 거지요.

동시에 또 지방에 살던 사람들이 대거 상경하던 시대를 떠올리게도 하는데요. 예를 들면 대방동과 구로동 일대 공장에서 자신의 젊은 나날을 보냈던 공장 노동자들이 이제는 중년 남녀가 되어 한국 공군을 상징하는 장소에서 서양의 고급 사교문화를 하나의 스포츠로써 즐기고 있는 모습으로 볼 수도 있습니다. 뭔가 대단한 분들이 아니라 우리 주변의 평범한 동네 아저씨, 아주머니 들이에요. 이분은 웨딩드레스를 수선해서 댄스 의상으로 만들었어요."

정연두는 「보라매 댄스홀」을 제작하면서 느꼈던 고충에 대해서도 이야

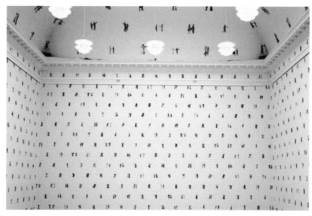

정연두, 「보라매 댄스홀」, 2001.

기했다. 춤사위가 정점에 오른 순간을 찍으려고 했지만 카메라의 반응 속도는 한 박자 늦게 마련이어서 '지금이다!'라고 생각한 때에 셔터를 눌러봤자 최고의 순간을 잡아내는 데는 번번이 실패했다고 한다. 고민 끝에 정연두는 직접 댄스 교실에 다니기로 했다. 처음엔 어색하기도 했지만 댄스를 배우면서 왈츠는 세 박자, 탱고는 여덟 박자라는 식으로 음악에 맞춰 셔터를 누르는 방법을 몸에 익혔다.

"작품을 만들 때, 상대방의 기쁨과 슬픔까지 최대한 함께 느낄 수 있도록 저 나름의 시도를 합니다. 하지만 동시에 가장 달콤한 순간에 한 발 물러나 대상을 바라보고자 합니다. 이 두 순간의 차이가 제 작업에서 가장 중요한 태도라고 생각합니다. 비평가들은 제 작품이 사실성과 판타지라는 양면성을 가지고 있다고 말하지만 사실은 그 둘 사이의 거리감이 중요한 거지요."

/ 예술가는 관찰자

정연두는 피사체가 되는 일반 시민들과 대화를 나누고 커뮤니케이션을 하면서 작품을 만든다. 「내 사랑 지니」 시리즈도 바로 그렇게 만들어졌다.

이 작품은 '꿈'을 테마로 한 아트 프로젝트의 일환으로 제작되었다. '아트 프로젝트'를 하고 있다고 말하면 사람들은 보통 타인에게 말하지 않는 자신의 꿈을 이야기해준다고 한다. 그런 식으로 만남을 시작한 후 주유소, 아이스크림 가게에서 일하는 젊은이들과 이야기를 주고받으며 함께 이미지를 상상해서 작품을 준비했다. 그 과정에서 "예술이 가진 커뮤니케이션의 힘이 다른 어떤 매체보다도 강하고 독특하다고 생각하게 되었다."고 정연두는 말한다. 방송국에서 인터뷰를 요청하면 사람들은 긴장할 때가 많지만 자신이 예술가라고 밝히면 부담 없이 자기 이야기를 들려준다고 했다. 예술가에 대한 막연한 존경심 때문은 아닐까요 하고 겸손히 말했는데, 이것은 일본이나 다른 나라에서도 마찬가지일까, 아니면 한국에만 있는 특유한 현상일까?

정연두 예술가는 사회적인 리더도, 세상에 대한 비전을 제시하는 사람도 아니고 어려운 사람들을 이끌어주는 사람도 아니라고 생각합니다. 어떻게 보면 관찰자에 가까운 존재입니다. 그런 의미에서 제가 사람들과 대화를 나눈다기보다 예술 자체가 하나의 좋은 매개체가 되는 것 같아요. 이해하기 힘들어도 "아아, 이건 예술이니까, 아트 프로젝트니까……."라면서 관대히 봐주시는 것 같습니다. 예를 들어 주유소에서 기름을 넣는 친구에게 대뜸 "꿈이 뭐예요?"라고 물으면 이상하게 생각하겠지만, "지금 제가 예술 작업을 하고 있습니다."라고 말하면 "아하……." 하면서 이해해주는 식이죠.

서경식 저도 예술가는 관찰자라고 생각해요. 그런데 만약 관찰자의 시선이 차갑다면 상대방이 그걸 느끼잖아요? 냉담한 눈길은 상대방에게 거부감을 일으킬 테고, 결국 이런 작품은 못 만들 테지요.

정연두 시선에 대한 반응도 재미있는데요. 「내 사랑 지니」라는 작품은 어느 아트 스페이스 지하의 깜깜한 방에 프로젝터 두 대를 두고 현실과 꿈을 번갈아 보여주는 전시 방식을 취했어요. 그 전시장 입구에 둔 방명록에 누군가가 "선생님의 작품은 너무 아름답고 착해요. 꿈을 현실 속에서 실현시켜주셔서 너무너무 감사합니다."라고 썼어요. 그런데 또 다른 분은 같은 페이지에 "당신의 작품은 두 사진 모두 현실을 찍은 것으로서 결국 우리의 꿈은 이런 식으로밖에 실현될 수밖에 없다는 차가운 현실을 제대로 응시하고 있습니다."라고 쓰고 가셨어요. 저는 그런 상황 자체가 너무 좋았어요. 무언가를 꼭 긍정적으로 혹은 부정적으로 바라보는 것도 아닌 상황이죠. 관찰자의 입장에서 예술이란 어떤 면에서는 '중립적'이라 할까요? 균형감각을 가지고 관객들에게 그대로 보여줌으로써 관객들이 다양한 해석을 만들어내는 것이 굉장히 중요하다고 생각합니다.

F 어제 리움에서 「내 사랑 지니」 연작 중에서 불법으로 약을 파는 중국인 소녀가 학교에 가고 싶어하는 꿈을 다룬 작품을 보고 눈물이 났어요.

정연두 빈랑이라는 과일을 파는 친구였는데요, 빈랑은 마약처럼 가슴을 두근거리게 하는 효과가 있어서 불법까지는 아니지만 사람들이 좋은 눈으로는 안 보는, 일종의 각성제예요. 초등학교를 졸업한 후로 자기의 삶은 한 번도 평탄했던 적이 없었고, 복잡하고 고생스럽기만 했대요. 친구들과 아무 생각 없이 뛰어놀던 시절로 한 번만이라도 돌아가고 싶다고 해서, 그 친구가 다녔던 학교의 6학년 4반으로 가서 아이들과 함께 찍은 작품입니다.

/ 손맛

서경식 어느 평론가가 "정연두는 사람 냄새가 풍기는 작품을 만들고 싶어한다."라는 식의 언급을 한 적이 있는데요.

정연두 그분의 의견이겠죠.(웃음) 저는 '사람 냄새'에 대해 조금 다른 측면에서 말해보고 싶어요.

저는 공상과학 소설을 좋아해서 『해리 포터』가 처음 나왔을 때 아주 열심히 읽었습니다. 거기에 나온 마법 용어도 모두 기억하고 있어요. 런던에서 살았기 때문에 반연립주택Semi detached House의 구조도 잘 알고 있습니다. 계단 밑 쪽방은 보통 청소기 같은 걸 넣어두는 곳인데 고아 해리가 온갖 구박을 받으면서 거기서 살잖아요? 자존감이 굉장히 낮은 상태였지만, 어느 날 학교에서 부름을 받고 자신의 존재감을 마법 속에서 찾아가요. 이런 내용이 인간적이고 따뜻하다고 볼 수 있겠죠.

그래서 영화가 나왔을 때 몹시 기대하면서 봤어요. 요술 빗자루를 타고 날아다니며 쫓고 쫓기는 장면을 컴퓨터 그래픽을 통해 완벽하게 찍었더라고요. 소설에 나오는 것이 모두 시각화 되었지만 정작 저에겐 재미가 없는 거예요. 제가 상상한 버전은 어릴 때 본 MBC 「인형극장」 같은, 인형 밑에 조종하는 막대기도 있고, 효과를 위해 선풍기도 틀어놓고, 똑같은 구름 모양이 반복해서 지나가기도 하는 모습이었어요. 차라리 그랬더라면 더 인간적으로 느껴질 수 있었을 텐데 하이 테크놀로지로 완벽하게 구현하다 보니 오히려 재미가 없었어요.

완고한 맏아들 / 정연두

정연두, 「다큐멘터리 노스탤지어」, 2008.

기술의 발전이 반드시 인간을 만족시키는 것이 아니라, 조금은 손으로 만든 티가 나지만 오히려 그런 부분이 '사람 냄새'가 나는 기술이라는 생각이 들어요. 이런 생각은 「수공기억」이라는 작품에서 많이 반영되었습니다.

서경식　조금 전에 말한 평론가는 "민중미술 이후, 사람 냄새가 미술관에서 사라져버렸기에 정연두는 사람 냄새를 주장한다."라는 식으로 썼다고 기억합니다.

정연두　일단 하이 테크놀로지를 사용한다는 것은 굉장히 중요합니다. 하지만 그것이 표면에 드러나서는 안 된다고 생각해요. (옆에 앉은 편집자가 탁자에 올려둔 휴대폰의 케이스를 가리키며) 이 휴대폰 뒤에는 표범 무늬가 있잖아요? 현대 기술의 결정체인 최첨단 스마트폰에 호피 무늬를 씌운다는 것 자체가 사람들에게 내재된 재미있는 심리가 아닐까 생각합니다.

제가 1990년 스무 살 무렵, 커다란 배낭을 메고 한 달 동안 태백산맥을 종주하러 가겠다고 아버지한테 말씀드렸더니, "야 이놈아! 그 문을 나가는 순간 나랑 부자의 연은 끊어진 줄 알아!"라고 하셨어요. 그런데도 저는 그저 "다녀오겠습니다."라고 말하고 집을 나왔어요. 약 한 달 동안 산속을 걸으면서 인간이 아무리 노력해도 이렇게 아름다운 정원은 만들 수 없으리라는 생각을 했습니다. 그리고 나이가 들면 다시 한 번 여기에 와야지 다짐했습니다. 15년 후에 약 5만분의 1 지도를 사서 여러 장을 붙인 다음에 기어이 나는 대로 표시를 하면서 다시 찾아갔어요. 그런데 결국 그 장소를 못 찾았어요. 물론 장소를 찾는 제 방법이 틀렸을 수도 있습니다. 예를 들어 강원도에 골프장이 새로 생겨서 그럴 수도 있고, 그때는 없었던 채소밭 때문에 못 찾았을 수도 있겠지요. 하지만 한편으로 스무 살 때는 지금보다 감수성이 뛰어나서 아무것도 아닌 풍경을 보고서도 그런 감동을 느낄 수 있었을지도 모르겠다는 생각을 했어요.

「다큐멘터리 노스탤지어」라는 작품은 제목 자체가 모순이에요. 어떻게 노스탤지어를 다큐멘터리로 찍을 수 있겠어요? 만약 그게 가능하다면 스무 살 때로 돌아가 카메라를 가지고 찍어야 했겠지요.

이젠 존재하지 않는 풍경을 하나씩 세트로 만들어 미술관이란 공간 안에 구현해본 것이죠. 아버지가 일하시던 약국 앞 거리, 농촌, 아버지가 사시던 집, 대관령 목장의 풍경, 산속의 숲, 산 정상으로 이어지는 풍경 등이 85분 동안 천천히 하나씩 등장하는 작품입니다.

물론 우리는 텔레비전에 친숙하고 영화도 많이 보고 컴퓨터를 일상적으로 켜놓고, 스마트폰의 온갖 훌륭한 기능을 사용하면서 살아갑니다. 그렇게 이음매 없이 완벽하게 만들어진 가상의 픽션에 너무나 익숙해진 채 살고 있는데, 이 작품은 관객에게 끊임없이 "여기는 국립현대미술관입니다. 이 장면은 전부 가짜입니다."라고 계속 상기시키는 거지요. 저 장면들이 모두 가짜임을 보여주지만, 거기에는 마술의 트릭을 다 알고 있으면서도 사람들이 마술에 빠져 들어가는 것 같은 효과를 주려는 의도가 있었습니다. 가짜 암벽을 만들어놓고 가출한 아들이 산 정상에 오르는 모습, 이 장면이 작품의 클라이맥스인데요, 아버지에 대한 반항의 최정상이라고 할까요?(웃음) 85분 동안 카메라를 멈추지 않고 찍을 수 있었던 것은 다름 아닌 최신 기술을 사용했기 때문이었지만 작품상으로는 드러나지 않습니다. 이런 것들이 테크놀로지에 대해 제가 갖고 있는 생각이에요.

/ 공중정원

서경식 지난번 일본 도쿄도사진미술관 전시에서는 「공중정원」이라는 작품을 보여주셨는데요. '기무사'라는 장소는 어디인가요? 군사독재 시절에는 정부의 허락 없인 아무도 올라갈 수 없었던 장소에서 찍으신 거죠?

정연두 기무사는 경복궁 옆에 있습니다. 국립현대미술관 서울관이 그 자리에 들어오기로 정해져서 지금 공사가 한창인데요, 저는 그 기무사의 옥상에서 촬영했습니다.

서경식 그곳은 예전에 육군보안사령부였고 제 형(서승)이 한때 수감된 적이 있어요. 그 건물이 미술관으로 바뀐다는 얘기인가요?

정연두 네, 국립현대미술관을 세운다는 발표가 났고 공사가 시작되기 전에 그곳에서 몇 가지 미술 관련 프로젝트가 진행됐어요. 그중 하나를 제가 담당했습니다. 이 작품 내용은 어떻게 보면 다 거짓말이에요. 그렇지만 한국 역사에 대해서 잘 모르는 분은 꽤 한참 동안 속아요.

한국에서는 전시장 출구 옆쪽에 문을 조금 열어두었어요. 보통 관객의 절반 정도는 못 보고 지나치지만 나머지 분들은 "뭐지?" 하고 들여다보는데요. 그 안에 설치된 작은 모니터를 통해 영상을 볼 수 있습니다.

그 영상에서는 만들어진 역사를 이야기해요. 화면에는 그럴싸해 보이는 아나운서가 등장해서 컴퓨터 그래픽을 보여주면서 "여기 보이는 무덤은 기원전 14세기에 있었던 고유의 양식을 보여줍니다."라는 식의 해설을 합니다. 그런데 실은 컴퓨터 그래픽으로 만든 가짜를 보여주면서 설명을 하는 거예요.

역사는 해석하기 나름이잖아요. 기무사 자체도 역사를 바꾸고 만들어내는 장소였고요. 이 작품은 결국 권력의 상징적 장소였던 건물 옥상에서 경복궁을 바라보면서 말도 안 되는 거짓말을 하는 셈이죠. 다큐멘터리 형식이기 때문에 사람들에게 신뢰감을 줍니다. 그와 동시에 뒤의 무대를 떼어서 다시 앞으로 붙이는 방식을 취해서 말이 안 되게, 어떻게 보면 바보스러운 세상에서 가장 불합리해 보이는 방식으로 영상을 촬영해서 만들어낸 작업입니다. 우리가 아는 역사라는 것도 저런 식으로 조물조물 만들어서 보여지는 것이기도 하다, 대부분의 역사는 실제로 있었던 사실과는 무관할 수 있으며 때로는 입장만 존재할 수 있다는 내용을 담고 있습니다.

서경식 커튼을 붉은색으로 하신 이유가 있습니까?

정연두 그건 배경인 초록색과 보색관계를 만들어서 가장 촌스럽게 보이기 위해서⋯⋯.

서경식 그러니까 마티스 같은 느낌도 들고, 또는 조선적이라고 할까요? 붉은 색깔이 그냥 '빨강'이라기보다 이 땅의 특유한 색깔처럼 보이기도 합니다. 신경호 교수에게 군부독재 시절에는 모노크롬이 유행해서 미술가들이 화면의 3분의 1 이상 붉은색을 칠하면 정보기관으로부터 매서운 경계를 받기도 했다는 이야기도 들었습니다만⋯⋯.

정연두 저는 그 당시 작가 분들에 비해서는 혜택을 받은 세대입니다. 기무사라는 상징적 건물의 옥상에서 화면 절반을 빨간색을 써가면서 '거짓말의 역사'에

Historians say it was because of this tree.

정연두, 「공중정원」, 2009 .

대한 이야기를 진지하게 진행할 수 있었다는 것 자체가 그렇다고 할 수 있겠지요. 경제적인 면에서 보더라도 1970~1980년대에는 유학을 가고자 마음먹으면 일단 부모님은 논부터 팔아야만 했고, 성공하지 못하면 타국에 뼈를 묻고 돌아오지 않겠다는 비장한 각오를 하고 떠났다고 해요. 많은 작가들이 그런 식으로 외국으로 나갔던 것에 비하면, 지금은 누구도 유학에 그다지 큰 의미를 부여하지 않습니다.

하지만 그 당시 힘들었던 사회 현실이 반영된 상징적인 장소가 이제는 바뀌어서 누구나 그곳에서 작품 활동을 할 수 있는 그런 시대가 되었을 때, 여전히 과거에 대한 의식을 지닌 채 현재의 모습을 다룰 수 있는 사람이 과연 얼마나 있을까요? 한국 사람들은 너무 빨리 잊어버리는 경향이 있어서……. 사람들이 민중미술에 대해 접근하는 방식도 마찬가지입니다. 우리에게 고유의 미술사적인 관점이 있다는 생각으로 바라보기는 해도 현재와 연관성이 있다고 생각하는 사람은 그다지 많지 않아요.

맥락이란 어떤 제품을 사면 무료로 딸려오는 번들 같은 것이라고 생각해요. 「공중정원」을 다른 건물에서 제작할 수도 있겠지요. 하지만 과연 세계 어느 곳에서 궁궐이 내려다보이는 저런 옥상에서 작품을 만들 수 있을까? 이런 점에서 고유의 맥락은 피할 수 없는 거겠죠. 같은 역사에 대해 다룬다고 해도 사극에서 다루는 역사가 아니라 장소가 가지고 있는 고유의 역사가 저런 조망을 가능하게 만들잖아요? 거짓을 이야기하고 있지만 거짓말이 중요한 것이 아니라 저 장소에서 경복궁을 바라본다는 것 자체, 저 건물이 존재한다는 것 자체가 우리 역사의 많은 부분을 드러낸다고 생각합니다. 결국 이 작품은 '역사에서 중요한 것은 다루는 내용인가, 아니면 그것을 바라보는 관점인가?'라는 문제와 연결된다고 생각합니다.

/ 상록타워

정연두의 작품 가운데 「상록타워」는 서울 시내의 고층 아파트를 일층에서 꼭대기 층까지 한 집 한 집 방문해서 거기 살고 있는 가족들을 촬영한 사진 연작이다. 건축 구조는 같으며 인테리어와 인물만 다르다. 어떤 집도 가구, 소파, 텔레비전의 위치가 거의 비슷하다. 평범한 가족사진처럼 보이지만 그냥 넘기기 어려운, 이상한 뒷맛이 남아 잊히지 않는다.

서경식 일본에서는 고도경제성장기에 TV, 냉장고, 세탁기를 '세 종류의 신기神器'라고 부르기도 했어요. 세 가지를 모두 갖춘 중산층 가정은 동경의 대상이었고 공익광고나 전자 회사의 선전에도 자주 등장했습니다. 그런데 「상록타워」라는 작품은 광고와는 달리, 그곳에 숨겨진 인간의 드라마가 존재한다는 생각이 듭니다. 그런가 하면 조금 비판적인, 차가운 시선도 내재되어 있는데요, 광고 형식으로 찍는 경우와 어떻게 다른가요?

정연두 간단한 문제죠. 광고는 광고를 찍고자 하기 때문에 광고가 됩니다. 회화는 그리는 사람이 붓 자국 하나하나에 자신의 마음을 실어 그리지만, 사진은 순간적으로 찰칵, 하고 셔터를 누르기 때문에 그때 모든 걸 다 담아낸다고 말할 수는 없잖아요? 찰나에 이루어지기 때문에. 그래서 사실은 촬영 이전 단계, 그러니까 구상을 하고 왜, 어떤 식으로 찍어야 하는지 고민하는 단계에서 모든 게 완성된다고 생각합니다. 사진을 찍는 사람이 그 단계에서 광고를 찍으려고 마음을 먹으면 그 결과물은 광고사진이 되는 것이지요.

이 작품을 제작하게 된 계기에 대해서는 이런 이야기를 해주었다. 아파트에서 살던 시절, 인사 정도만 나누고 잘 알지는 못하던 이웃집 여자가 복도에 나와 울고 있는 모습을 보았다고 한다. 그 여자분은 작가와 눈이 마주치자 집으로 들어가버렸는데 다음 날 "옆집 사람이 어디 갔는지 아세요?"라는 전화가 걸려왔다. 실은 그날 밤 이웃집 가족이 야반도주를 했던 것이다.

"전화를 끊고 나서 무척 이상한 기분이 들었습니다. 평소에는 옆집에 누가 사는지 신경도 안 쓰고 있었는데 시멘트 벽 너머 나와 똑같은 구조의 집에 사는 사람이 겪었을, 내가 잘 모르는 불행이란 무엇이었을까? 어떤 사정으로 그들이 사라져버리고 빈 집이 되었을까? 이런 생각을 하니 그 너머가 굉장히 무섭게 느껴졌어요. 그래서 가족사진을 찍기 시작했습니다."

정연두는 「상록타워」를 완성한 후, 모델이 되어주었던 가족에게 사례로 작품을 선물했다. 그냥 작품만 보낸 것이 아니라 미술관으로 초대해 전시를 본 후에 받을 수 있도록 했다. 이 역시 「상록타워」라는 작품 자체를 이루는 중요한 과정이었다고 한다.

"피사체가 되었던 가족 분들은 미술관에 오셔서 남의 집 가족사진에 무척이나 흥미를 갖고 유심히 보셨어요."

/ 아버지

서경식 자신을 중립적이라고 말씀하셨어요. 오늘도 "버스에 타면 빈부격차가 보인다."는 이야기를 하셨고, 「보라매 댄스홀」 같은 작품을 보면 서민에 공감하는 감수성이 드러납니다. 어떻게 그런 관심을 갖게 되셨는지요? 아버님은 약방

정연두, 「상록타워」, 2001.

을 운영하셨다고 그러셨죠?

정연두 지금은 그만두셨어요. 저는 경남 진주에서 태어났는데 아버지는 거기서 약방을 하셨지요. 약학대학을 나오셨지만, 학교는 잘 안 다니고 산에서 약초를 수집하고 그걸 연구해서 표본집이나 도감을 만들곤 하셨다고 해요. 졸업할 무렵에는 약초에 대해 많은 정보를 지식을 쌓으셨죠. 그때까지만 해도 쌍화탕은 약재를 직접 달여서 먹는 약으로 생각했는데 1970년대에 처음으로 유리병에 담은 드링크 제품을 생산하셨어요. 그런데 오일 쇼크 때 사업이 망했지요. 그때 팔았던 공장이 지금 유명한 쌍화탕 제품의 시작이 되었죠. 1980년대는 인삼도 오랫동안 달여 먹어야 한다고 생각하던 시절이었는데 진액을 추출해서 인삼차로 만들 생각으로 기술을 개발하기도 하셨어요. 이것도 사업 파트너를 잘못 만나서 실패하셨죠. 시럽 형태로 아이들에게 손쉽게 먹일 수 있는 어린이 전용 감기약 같은 약들도 개발하셨는데 이런저런 이유로 계속 실패하시고, 결국 시장 구석에 작은 약국을 개업하셨어요. 약국 뒤 작은 방에서 네 식구가 함께 살았지요.

재미있게도 개업 후 2년쯤 지나니까 버스정류장 이름이 '약국 앞'이 되었어요. 그 조그만 골목길에 대형 관광버스가 들어왔죠. 일본인 관광객들이 버스에서 한 명씩 내려서 약을 받아갔어요. 모두들 아버지가 조제한 약을 구하기 위해 단체로 비행기를 타고 온 거예요. 제가 처음에 일본어를 공부할 때 아버지가 일본에서 온 편지를 번역해달라고 해서 읽어보니까 후두암 말기 환자가 아버지의 약을 2년 동안 먹고 나았다는 감사 편지였어요.

제 아버지는 사람을 이렇게 뚫어져라 쳐다봐요. 그리고 그 사람에게 맞는 한

약과 양약을 기가 막히게 섞으세요. 양약으로는 병이 더 진전되지 않게 막고, 한약은 스스로 낫게끔 몸을 도와주는 거예요. 그렇게 두 종류의 약이 조화롭게 작용해서 사람들의 병을 잘 고치다 보니까 많은 사람들이 약을 받기 위해 몇 달씩 기다릴 정도였어요.

그런데 1999년에 의약분업이 시행되었어요. 의사와 약사를 분리하려는 정책이었죠. 저희 아버지 같은 분은 더 이상 환자를 만나 처방을 내릴 수 없게 되었죠. 아버지는 한약과 양약 양쪽에 다 걸쳐 있으니까 한쪽을 선택하라는 압력을 받으시곤 아예 약사를 그만두셨어요. 이른 나이에 은퇴하신 셈인데 제가 미술을 전공하겠다고 했을 때 아버지는 크리스털 재떨이를 저에게 던지시며 "약을 짓는 것처럼 사람을 낫게 하는 일을 해야지!"라고 크게 화를 내셨죠. 아버지는 제가 의학 쪽 일을 하면 좋겠다는 생각을 하셨고 실제로 저도 고등학교 때는 이과를 다녔어요. 재떨이는 그냥 잘 피했어요.(웃음)

서경식 아버지가 반대하는데도 어떻게 미술을 하게 되었죠?

정연두 이유라고 하면 다른 작가들은 전설을 이야기하기도 하겠지만, 저는 굉장히 사소한 일화를 이야기할 수밖에 없어요. 손을 가만히 못 두는 성격이라 수업에 집중하려면 무언가를 만져야 했어요. 예를 들면 샤프로 분필을 깎아 토르소를 만들기도 했는데 한 학년이 끝나면 서랍 안에 분필 조각이 가득 찼어요. 만든 조각은 친구들에게 다 나눠줬지요. 가끔 제 친구들이 아직도 그 조각을 가지고 있다며 페이스북을 통해 사진을 보내와요. 나중에 미술선생님을 찾아가서 저는 이런 걸 잘 만드는 것 같은데 내가 잘하는 걸 배우고 싶다고 하니까, 미술대학을 가보라고 하셔서 진학하게 되었어요. 고등학교 3학년 때 일입니다. 어릴 땐 이사도 많이 다녔고 부유하거나 예술적인 분위기가 있는 집에서 태어난 것도 아니어서 미술도 굉장히 늦게 시작한 셈이죠. 미술대학에 들어가서도 1년 중 백 일을 등산을 가거나 해서 학교 수업은 그 사이사이에 나갔고……

서경식 1969년생이죠? 유신 독재 시절에 초등학교를 다니셨는데 주변 환경, 정치적 상황에 대해서는 어떤 기억을 가지고 있나요?

정연두 아까도 말씀드렸지만 대학 시절만 조금 우울하게 보낸 것 빼고는 스스로를 복 받은 세대라고 생각해요. 1987년에 민주화운동이 있고 나서 1988년도부터는 사회 환경이 그래도 조금은 나아졌지요. 예를 들어 유학을 자유롭게 떠날 수 있는 첫 세대라고도 할 수 있고요. 젊은 작가가 화랑에서 작품을 팔 수 있었던 첫 번째 세대인 것도 같습니다. 그리고 해외에서도 관심을 가져준 첫 세대여서 어떤 면에서 선배들보다 많은 혜택을 받았다고 생각해요.

정치적인 면에서도 다양하면서도 열린 관점을 가질 수 있었죠. 그 이전은 정치적·사회적으로 너무 힘든 상황이었기 때문에 느긋하게 생각할 여유가 없었다면 이전 세대에 비해 얼터너티브한 관점을 가질 수 있었던 세대라고 생각해요. 선배 세대처럼 힘겨운 사회적 상황에 대해 격렬하게 대항할 만한 동기를 못 느끼기도 했지만, 그렇다고 지금처럼 완전히 무관심한 세대는 아니었다고 생각합니다.

서경식 서울대 조소과에 입학하셨죠? 군사정권 시절만 해도 미술관이 제대로 갖춰져 있지 않았는데요. 예를 들어 로댕François Auguste René Rodin이나 브란쿠시Constantin Brancusi 같은 서양 조각 작품을 직접 보기 힘들지 않았나요? 어떤 조각가를 목표로 삼았는지요?

정연두 미술을 좋아한다고는 해도 착실한 학생은 아니었어요. 예를 들어 주말은 물론이고 여름방학, 겨울방학에는 반드시 산에 가야 했어요. 그때는 자연으로부터 배우는 것이 선생님에게 배우는 것보다 더 많다고 생각했던 것 같아요. 물론 약간 건방진 생각이지만요. 무엇보다 모범생이 못 된 가장 큰 이유는 '80년대 식' 대학 분위기가 싫어서였어요.

웃긴 이야기인데, 저희 아버지가 약국을 하시면서 여유가 생기니까 골프를 좋아하게 되어서 골프용품 가게를 차리셨어요. 그 가게 뒤에 정원이 있는데 그곳에서 어느 날 공사를 했어요. 그런데 아침에 보니까 누군가 벽을 뚫고 들어와서 골프채를 전부 훔쳐간 거예요. 그래서 가게가 망했어요. 그러고 나서 80벌의 골프 바지를 선물로 받았어요. 아버지는 "대학 입학 선물이니까 입고 다녀라."라고 하셨지요. 아시겠지만 골프용 바지는 편하긴 해도 스트라이프와 체크무늬에 알록달록하고 굉장히 튀는 디자인이 많잖아요? 1980년대 말의 대학은 여전히 교문 앞에서는 최루탄 냄새가 나고 학생들은 거의 장발, 군복 야상, 청바지, 흰 운동화 차림이었어요. 저는 군복 야상에 장발에 운동화까지는 똑같은데 바지만 체크와 스트라이프 무늬가 가득한 화려한 바지를 입고 다녔어요.

서경식 조소과에 들어갔지만 현재는 영상 작업을 많이 하시는 걸로 알고 있습니다.

정연두 서울대 미대 조소과에서는 석조 시간에 돌 깎는 것을 가르치고, 목조

시간에는 나무를 다루고, 인체 소조 등을 가르쳤어요. 예술가가 되기 위한 중요한 재료적 방법론에 대한 제시는 해주지만 사실상 어떤 예술가가 될 것인지, 무슨 생각을 하고 작업을 해야 하는지에 대한 고민이 담긴 수업은 별로 없었던 것 같아서 항상 불만이었어요. 저는 장인도 아니고 기술자도 아닌데 수업은 기법에 치중되어 있다는 느낌을 받았죠. 결국 등산 같은 것을 통해 제 생각을 정리하는 데 도움을 받았던 것 같습니다.

저는 시각예술을 하는, 즉 눈에 보이는 것을 예술로서 다루는 사람이지만 아이러니하게도 실질적으로는 눈에 보이지 않지만 생각을 전달할 수 있는 것들에 관심이 있습니다. 아버지 이야기를 예로 들자면 한약이건 양약이건, 의사이건 약사이건 중요한 것은 환자를 꿰뚫어보고 그 사람과 깊은 대화를 나눠서 병이 왜 생겼는지 파악한 다음 적절한 약을 써서 낫게 하는 거라고 생각해요. 예술가의 경우에도 조각을 공부했으니까 조각가, 영상을 주로 하니까 영상작가, 이렇게 부르지만 결국 다루고 있는 매체는 매체일 뿐이죠. 그보다 중요한 건 누군가에게 내 아이디어를 전달해서 공감을 이끌어내고 그것을 통해 생각하게끔 만드는 게 아닐까요?

서경식 한때는 크리스털 재떨이를 던지기까지 했던 아버지셨지만 결국은 잠재적인 모범이 되었다는 말씀인가요?

정연두 네. 대학생 때는 제가 반란을 일으킨 상태니까 그런 생각을 별로 못했지만 나이가 들고 나서 내 것이 무엇인가를 파헤치다 보니까 그렇게 되었어요. 아버지의 모습이 평범하다고 생각했는데 그렇지 않았고 어떻게 보면 전설 같다는 생각을 했어요. 영향이라는 것은 받을 때는 잘 모르는 경우가 많은 듯해요. 지나고 나니까 그 영향이 있었다는 생각이 들지요.

서경식 군대 경험은 어땠나요? 복무 중 달리 할 일이 없어서 일본어를 공부했다고 들었는데 군대는 언제 가셨죠? 특별히 기억나는 일은 있나요?

정연두 군대는 기억해야 하는 곳이 아니라 최대한 빨리 그 기억을 지워야 하는 곳이에요. (웃음) 지울 수 있다면요. 미대를 3학년까지 다녔어도 군대를 갔다오면 다시 1학년이 되는 셈이에요. 그렇게 생각에 단절이 생기죠. 대학교 3년을 거치면서 형성된 사고들이 군대에서 단절되어버려요. 한 가지 좋았던 건 야간

초소 근무였어요. 부대에는 수백 명의 군인들이 있어서 누구하고 같이 근무를 설지 몰라요. 초저녁 두 시간은 은행 다니던 친구와 근무를 서고, 한밤중 두 시간은 천문학을 전공하던 친구하고 함께 있으니까 별자리 얘기를 하게 되고, 새벽 두 시간은 연애 상담도 하고……. 남자 둘이 총을 들고 서 있으니까 딱히 할 말이 없잖아요? 군대에서 별별 다양한 사람들을 만나는 것이 재미있었다는 점 이외에는 별로 기억하고 싶지 않아요.(웃음)

저는 방위병으로 복무했기 때문에 집으로 돌아오면 따뜻한 침대에 누웠다가 아침 6시 30분이면 경례를 하며 부대로 복귀하는 생활을 했어요. 익숙해질 수가 없었어요. 계속 군부대에서 긴장된 생활을 했다면 또 어땠을지 모르지만 자기 집에서 쉬다가 다시 군대로 가는 생활이 반복되었으니까요. 언제부터인가 모차르트의 「레퀴엠」을 듣고 아침 버스에 올라 군대로 복귀했는데 그러고 나니 경례마저도 한결 가볍게 느껴지더라고요.(웃음)

복무 중에 소록도의 국립 한센병 요양소에 자원봉사를 나간 적이 있습니다. 소속 부대에서 저를 포함해 2명이 갔어요. 거기서 일본인 자원봉사자들과 만난 것도 일본어를 배우기 시작한 계기가 되었습니다.

/ 아이덴티티

서경식 정연두라는 작가의 아이덴티티는 뭐라고 할 수 있을까요? 세계적으로 보면 '한국의 미술가 정연두'라는 식으로 사람들에게 비춰질 텐데 어떻게 생각하시나요?

정연두 비장한 각오로 유학을 떠났던 어떤 선배들은 미국이나 유럽에 가서 그 안에서 자신의 변별력을 강조하기 위해 갑자기 애국자가 되어서 우리 것, 우리 문화를 내세우기도 합니다. 예를 들어 아리랑과 같은 뭔가 한국적인 것을 내세워서 자기만의 변별성을 가지려고 애를 쓰는 거죠. 또는 반대로 어제 뉴욕에 왔지만 "누구나 뉴요커가 될 수 있는 거야, 오늘부터 난 뉴요커야."라며 그 문화 속에서 마치 백 년을 살아온 사람처럼 동등한 경쟁을 통해 그 문화 속에서 뛰어난 사람이 되려는 극단적인 선택을 강요받다시피 했죠.

"한국이 어디야?"라는 얘기를 들을 때마다 저는 무척 재미있다고 생각하는데요, 세계 미술계에서 서울은 far east, 극동이죠. 그런데 제 작업실은 그 서울에서도 far south, 남쪽 경계 끝에 있어요. 그럼에도 불구하고 한국에서뿐만 아니라 인터넷을 통해서도 활동할 수 있는 것은, 굳이 그 극단적인 두 가지 태도를 취하지 않더라도 '나는 나'이기 때문이죠. 물론 서울에 살고 있으니까 자연스럽게 한국적 요소들이나 문맥이 따라오기는 하지요.

저는 딱히 한국적이고자 노력해본 적은 없고, 그렇다고 한국 작가가 아니라고 강조해본 적도 없어요. 어떤 면에선 추세라고 할 측면도 있는 것 같아요. 예컨대 외국의 큐레이터가 일부러 한국까지 비행기를 타고 와서 "극동의 진흙 속에서 진주를 찾아냈어!"라고 기뻐했는데 알고 보니 그 작가가 얼마 전, 바로 지난달까지 뉴욕에서 유학 생활을 했던 사람이라면 아이러니하지만, 웃기잖아요? 그게 요즘 현실인 것 같아요.

저는 한국 출신 작가가 "한국의 예술은 이러한 변별력이 있어 외국과는 다릅니다."라는 이야기를 꺼낼 때마다 듣는 사람은 오히려 하품을 하지 않을까 생각합니다. 내 것을 강조하기보다 결국은 개별적인 문화에서 생산된 작품이 정말 가슴에 와 닿아서 그것이 무엇인가를 자연스럽게 알게 되는 쪽이 중요하고 효과적이라는 생각이 들어요.

대체로 리얼리즘을 강조하는 몇 가지 사회적인 이유가 있다고 생각해요. 마찬가지로 판타지라고 할 수 있는, 가상현실virtual reality에 빠져드는 데에도 사회적 이유가 존재합니다. 그래서 제가 취하는 태도는 어떻게 보면 애매해요. 사실성이나 현실이 배제된 판타지라는 것도 어느 순간 공허하게 느껴질 수 있는데 이것이 제 작업의 중요한 요소라고 생각합니다. 현실과 만들어진 판타지라는 가상의 요소가 동시에 공존해야 된다는 것이 저의 입장입니다.

서경식 자신의 입장이 애매하다고 말씀하시는 건 겸손함의 표현으로 들리네요. 그러니까 어느 한 편에 쉽게 속하려는 게 아니라 중간에서 버티고 서서 둘을 지양하려는 위치를 지키고 싶다는 의미겠죠?

정연두 애매한 거죠.(웃음) 3D 영화가 처음 나왔을 때 「아바타」를 보고 와서 사람들이 "그 영화 봤냐? 진짜 리얼하더라."라고 이야기하곤 했어요.(웃음) 얼마만큼 리얼해야 리얼해질 수 있을까요? 민중미술이 택했던 방향과는 극단적인 반대 방향으로 현재 사회가 흘러가는 것도 재미있는 양상이거든요. 저는 작가가 그 사이에서 취해야 할 균형감각을 중요하게 생각해요.

/ 식스 포인트

「식스 포인트」는 뉴욕의 소수민족이 사는 여섯 지구를 촬영한 작품이다. 촬영한 거리의 총 연장선은 2킬로미터. 그 거리를 아주 조금씩 이동하면서 촬영하고 그것을 이어 붙여 여섯 개의 거리가 마치 하나로 이어진 듯 보이게끔 만들었다. 고속 셔터로 촬영했기 때문에 거리를 걷는 사람들과 그 그림자는 응고된 듯 정지해 있다. 조르조 데 키리코Giorgio de chirico의 회화처럼. 실재하는 거리의 실재하는 사람들을 소재로 만들어진, 초현실적인 가공의 도시풍경이다.

정연두 (작품을 보여주며) 이 작품의 경우에는 주제가 중요합니다. 예를 들어 제가 착한 이야기를 불손한 태도로 이야기할 때와, 불손한 이야기를 선량한 태도로 이야기할 때 무엇이 다른가 하는 고민을 담았어요. 즉 내용과 그것을 말하는 방식에 대한 이야기인데요. 이 작업은 서로 다른 여섯 민족에 대한 이야기인 듯 보이지만 한편으로 중요한 포인트는 배경이 다름 아닌 바로 뉴욕이라는 점이에요. 다루고 있는 내용이나 소재, 즉 우리가 코리아타운, 차이나타운이라고 인식하는 것을 떠나서 그냥 뉴욕이라는 점이 중요하기도 해요. 도시라는 공간이 사진처럼 순간으로 정지되어 있을 때, 저곳의 한 사람, 한 사람이 갖고 있는 고통, 고립, 외로움 같은 찰나를 잡아내서 극대화시킬 수 있을 것 같았어요. 그런 의도가 더 중요하다고 생각합니다. 서로를 알 수 없는 타인과 이방인만으

정연두, 「식스 포인트」, 2011.

로 구성된, 바쁘게 돌아가는 도시의 거리에서 한 사람, 한 사람이 만들어내는 드라마라고 할까요?

　서경식　네, 저 역시 이 작품에서 그런 외롭고 쓸쓸함을 느꼈습니다. 「보라매 댄스홀」과는 정반대 지점에 있는 것처럼 보입니다. 특히 우리 긴 대화의 마지막에 외로움에 관한 이야기를 들을 수 있어서 좋았습니다.

　정연두와의 첫 번째 긴 인터뷰는 이렇게 끝났다. 그는 시종일관 친절한 태도를 잃지 않았고 참을성 있게 자리를 함께했을 뿐 아니라 인터뷰가 끝난 후에는 건물 밖 큰길까지 우리를 배웅하러 나섰다.

인터뷰를 할 때면 항상 미리 상대가 그다지 말수가 없는 사람이면 어쩌나 하는 불안감을 느낀다. 한편 상대가 말을 많이 할 경우에는 이야기가 뒤죽박죽 되거나 논리가 모순될 때도 드물지 않다. 하지만 정연두는 많은 이야기를 했으면서도 논리정연하고 명확했다.

이런 식의 매력을 지닌 작가는 일본에는 없다. 아니, 적어도 나는 만난 적이 없다. 인터뷰를 하는 동안 나는 그 점에 대해 계속 생각했다.

/ 평범한 나라의 평범한 미술가?

첫번째 인터뷰 후에도 정연두와 대화는 몇 번 더 이어졌다. 그 뒷이야기를 조금이나마 덧붙이려 한다. 첫번째 인터뷰로부터 1년이 지난 2013년 2월, 정연두는 일본에 있었다. 롯폰기에 위치한 국립신미술관에서 열린 전시회에 출품하고 이바라키 현 미토에 체재하며 미토예술관으로부터 위촉받은 신작을 구상 중이었다. 그 바쁜 와중에 하루를 쪼개 내가 머무는 산장을 찾아왔다. 산장은 신슈의 야쓰가타케八ヶ岳 산자락에 있었기에 어쩌면 이것이 그가 우리 산장을 방문하게 된 동기 중 하나였을지도 모른다. 그는 대학교 산악부 시절부터 몇 번이나 신슈의 산을 올랐었고 일본 남알프스의 북쪽 자락도 아홉 시간에 걸쳐 등정한 적이 있다고 했으니까. 2월의

산기슭은 새하얗게 얼어붙어 있다. 그 광경이 정연두를 더욱 기쁘게 만들었던 것 같다. 그는 첫 번째 인터뷰 때보다도 한결 느긋하게 보였다.

한겨울이라 모든 음식점들이 문을 닫아 유일하게 문을 연 초밥집에서 저녁을 먹었다. 이런저런 이야기를 나누다가 정연두가 펠릭스 곤잘레스 토레스Félix González-Torres를 화제에 올렸다. 그는 자신의 영웅이라고 말했다.

곤잘레스 토레스! 그는 나와 F에게도 영웅이다. 1997년 나와 F는 독일 하노버에 있는 슈프렝겔박물관을 찾았다. 파울 클레Paul Klee와 쿠르트 슈비터스Kurt Schwitters의 좋은 작품을 소장하고 있다고 들었기 때문이다. 하지만 상설전을 보고 그 목적을 달성한 후, 때맞춰 열린 기획전에서 처음 보는 작가에게 곧장 마음을 빼앗기고 말았다. 둥근 전구를 매단 작품은 과일 송이 같았고, 방 한쪽 구석에 쌓아올린 캔디는 이탈리아 토리노의 유서 깊은 카페 바라티Baratti의 것이었다. 이렇게 세련될 수가. 게다가 관람객은 그 사탕을 하나씩 빼갈 수도 있었다. F는 기뻐했다. 그 작가가 바로 펠릭스 곤잘레스 토레스였다.

정연두는 영국 유학 시절 대학원에서 뉴욕으로 수학여행을 갔다고 한다. 당시 미술계의 중심은 영국의 첼시가 아니라 뉴욕의 소호였기 때문이었다. 그는 갤러리를 여기저기 다니다가 어떤 책을 발견하고 한눈에 반해 바로 구입했다. 이 작가가 얼마나 시적이며 은유적인가를 보여주는 책이었다. 마침 뉴욕에서 유학 중이던 어느 선배도 나중에 그 책을 샀고 두 사람은 이 뛰어난 작가에 대해 질리지도 않고 이야기를 나눴다. 당시에는 이메

일이 없었던 탓에 편지를 통해 의견을 나누었다고 한다. 처음에는 전시가 아니라 책으로 곤잘레스 토레스와 만났던 것이다. 작가가 세상을 떠난 지 아직 얼마 지나지 않았을 무렵, 즉 내가 슈프렝겔박물관에서 그의 작품과 만났던 때와 비슷한 시기의 일이었다.

정연두는 이렇게 말을 이어갔다.

"이 사람은 쿠바에서 태어났고 게이 마이너리티로서 그 존재 자체가 하나의 은유였죠. 그의 작품이 가진 이야기가 너무나 강렬했습니다. 그래서 왜 나는 쿠바에서 태어나지 못했을까, 왜 나는 게이가 아닐까, 왜 평범한 한국에서 태어났을까? 학생 시절에는 그런 생각까지 했을 정도였죠."(웃음)

얼마나 솔직한 마음인가? 어설프다고 할 수 있을 만한 솔직함. 내심 그렇게 생각하면서 나는 이렇게 답했다. "학생이 총을 잡고 철야로 보초를 서야만 하는 나라가, 어떻게 평범한 나라겠어요?"

정연두는 그저 미소를 지을 뿐이었다. 그의 머릿속에서는 미토예술관에서 위촉을 받은 신작에 대한 아이디어가 발효되고 있었을 터이다. 그 작품은 2011년 3월 11일에 일어난 동일본대지진과 후쿠시마 원자력발전소 사고에 대해 아티스트로서 응답하려는 시도가 될 것이다. 피해자도 아닌, 외국인인 자신이 무엇을 할 수 있을까, 그는 이점에 대해 자문하고 있었다.

하룻밤을 산장에서 보낸 그는 다음 날 아침 일찍 일어나서, 거기에 있던 골동품 일본 장롱에 무척 흥미를 보이며 사진 몇 장을 찍어 갔다. 그 사진들은 그의 작품「도쿄 이야기」에 사용되었다.

/ 무겁거나 혹은 가볍거나

2014년 6월, 나는 서울에서 다시 정연두를 만났다. 플라토미술관에서 개최 중인 정연두의 개인전 관람은 전시 마지막 날에야 겨우 가능했다.

개관 전의 플라토미술관 앞에 우리 일행이 도착하니 잠시 후 광장 저쪽 편에서 화려한 셔츠를 입고 사근사근한 미소를 띤 정연두가 달려왔다. 시간을 내어 직접 전시를 안내하기 위해서였다. 개인전의 제목은 '무겁거나 혹은 가볍거나'라고 했다.

미술관에 들어서니 먼저 넓은 홀의 정면에는 로댕의 「지옥의 문」이, 맞은편 왼쪽에는 「칼레의 시민」이 보였다. 「지옥의 문」 맞은편 벤치 위에는 헤드폰처럼 코드가 연결된 안경 3개가 비치되어 있었다. 정연두의 신작 「베르길리우스의 통로」였다. 서둘러 벤치에 앉아 그 안경을 쓰고 「지옥의 문」을 바라봤다.

이럴 수가! 안경을 통해 바라본 지옥의 문에는 나체의 남녀가 로댕의 작품 그대로의 포즈를 취한 채 배치되어 있었다. 그것도 살아 있는 듯 꿈틀거리며! 나는 3D 영화와 텔레비전 영상은 본 적이 없지만 이 작품은 3D 영상 기술을 써서 살아 있는 인간들에 의한 지옥의 문을 새로운 방식으로 재현하고 있었다.

작가의 설명에 따르면 이번 전시는 이 작품으로 "무겁게 시작하여 가볍게 끝나는" 듯 작품을 배열했다고 한다. 그중에는 「식스 포인트」와 「상록타

정연두, 「베르길리우스의 통로」, 2014.

정연두, 「영웅」, 1998.

워」 등 이미 친숙한 작품들도 있었지만 처음 본 작품들도 인상적이었다.

그중 하나는 1998년에 제작한 「영웅」. 샌들 차림으로 오토바이를 타고
내달리는 소년의 모습이다. 오토바이 짐칸에는 커다란 플라스틱 바구니가
올려져 있고 그 속에는 햇볕을 받아 눈부시게 빛나는 알루미늄 상자가 보
인다. 그 상자에는 배달 중인 짜장면이 담겨 있을 것이다. 소년은 중국집 배
달부였다. 정연두가 직접 설명을 했다. 장소는 서울 교외의 분당. 지금은 고

층 아파트가 늘어선 신도시이지만, 작가의 기억에는 황량하고 넓게 밭이 펼쳐진 곳이었다.

"유학을 마치고 돌아오니 분당의 풍경이 완전히 변해 있었어요. 같은 규격의 아파트가 장대하게 늘어서서 마치 분당이라는 지명은 사라지고 아파트 동호수만 보이는 느낌이었죠. 어느 날 거기서 교통사고를 목격했어요. 작은 오토바이가 충돌해서 운전하던 아이가 다쳤습니다. 소년은 아픔을 참으며 달려온 사람들에게 괜찮아요, 괜찮아요 하고 대답했어요. 짜장면을 배달하러 가는 참이었나 봐요. 그 후에 그 아이가 입원한 병원을 찾아갔고 회복한 다음에 이 작품을 찍었습니다."

한국에서 중국집 배달부는 험한 노동을 하면서도 가장 처우가 좋지 않고 만인에게 무시당하는 직업이라고 했다. 손님과 가게 주인으로부터 늘 서두르라고 재촉받기 때문에 교통사고를 당할 가능성도 높다. 그래도 소년은 샌들 끝으로 비어져 나온 맨발의 발가락에 잔뜩 힘을 주면서 신도시의 거리를 질주한다. 정연두가 제시하는 현대 한국의 영웅의 모습이다.

전시장의 마지막 부분에는 넓은 방을 마련해서 그 한켠에 과하다 싶을 정도의 핑크빛으로 색칠한 무대를 놓아두었다. 벽에서 흘러나오는 영상에서는 위아래로 트레이닝복 차림을 한 수십 명의 남성이 "와~ 와~" 하는 이상한 환호성을 지르며 한데 모여 뛰고 있다. 「크레용팝 스페셜」이라는 작품이다.

설명을 들어보니 '크레용팝'이란 '그다지 주류가 아닌 아이돌 그룹'의 이

정연두, 「크레용팝 스페셜」, 2014.

름이었고 소리를 지르는 남성들은 '팝저씨'라 불리는, 크레용팝을 따르는 팬클럽 무리라고 했다. 주로 중년 남성으로 이루어진 이 응원단은 자기 가족에게는 비밀로 하고 크레용팝의 지방 공연까지 찾아가기도 하며 리더의 지휘 아래 질서 정연하게 응원을 펼친 후 옷을 갈아입고 만족한 채로 귀가한다. 그리고 다음 날이면 아무 일도 없었다는 듯 일상으로 복귀한다는 것이다. 이 작품은 무슨 이야기를 하고 있는 걸까? 작가는 이 응원단을 따뜻한 눈으로 바라보는 것일까, 아니면 차갑게?

"제 작품들이 누군가의 꿈을 실현시켜주는 프로젝트이긴 하지만, 행복하게만, 즉 좁은 의미로만 보이길 바라진 않습니다. 크레용팝 응원단을 다룬 이 작품도 단지 팬덤에 관한 이야기로 한정되어 해석되기를 원치 않고요. 팝저씨들이 외치고 있는 모습을 보면 왠지 모르게 가슴이 뭉클해집니다. 저런 감각이 어디서 오는 걸까 여러모로 생각을 해보니, 그들이 곤봉을 흔드는 모습에서 예전의 전투경찰 생각도 나고, 일사불란한 군무 동작이나 자기네들끼리 헬멧에 띠를 붙이고 추리닝을 만들어 입는 모습이 무척 한국적이라 느끼기도 합니다. 한국이라는 사회에서 군대를 경험한 남자들, 그 안에서 생존해가는 사람들이 지닌 공통분모가 그들의 모습 속에 이상하게 녹아나고 있어서 그 외침 또한 저에게 중요하게 다가오지 않았나 싶습니다. 그래서 화려한 무대와 더불어 조명과 음악으로 가득 차 있지만 그 알맹이는 비어 있는 듯한 그런 허전한 방을 만들고 싶었어요."

전시는 정연두가 3D판 「지옥의 문」을 제작하기 위해 스무 명이 넘는 모델을 스케치했던 수십 장의 드로잉으로 마무리되었다. 최첨단 3D 기술까지 자유자재로 구사하는 현대 작가가 내보일 것이라곤 전혀 생각지 못했던 정통 드로잉이다. 이번 개인전은 처음부터 끝까지 로댕과의 격투였다고 말하는 듯했다. 로댕은 근대인으로서 근대인의 신체성과 내면성의 상극을 표현했다. 정연두는 자기 나름의 방법으로 로댕에 도전하고 있었던 걸까.

서경식 개인전 제목 '무겁거나 혹은 가볍거나'에 대해 설명해주세요.

정연두 저는 중고등학생 시절부터 로댕의 전기를 탐독했고, 로댕은 제가 조각을 시작할 때부터 존경할 수밖에 없었던 대가였습니다. 나는 언제 저런 작품을 만들 수 있을까 생각했죠. 게다가 「지옥의 문」은 로댕이 인생의 최후까지 완성을 하지 못했던 작품이고 죽음이라는 무척이나 무거운 주제를 다룬 작품이죠. 그래서 리프트를 타고 작품의 세부까지 모두 사진을 찍었습니다. 매일매일 그 작품의 의미를 생각하면서 어떻게 새롭게 구현하면 좋을까를 고민했어요. 하나의 작품을 알아가다 보면 그 디테일이 너무나 뛰어나서 더더욱 존경심이 생기는 경우가 있잖아요? 내가 만드는 작품이 로댕의 작품과 비교하면 너무 초라하고 가볍게 느껴진다고 할까요? 그런 중압감을 느끼면서 '무거운 것'에 대한 감각이 생겼고, 또 한편으로는 제가 40대 중반까지 만들어낸, 제 인생에서 예술이랍시고 만들었던 작품과의 괴리감이 또 다른 무게로 다가와 전시 제목을 그렇게 지었습니다.

「지옥의 문」에 나오는 인간 군상을 현재의 사회, 도시에서 어떤 식으로 바라

볼 수 있을까를 고민하다가 결국 그것이 이번 전시의 본질이 아닐까 하는 생각이 들었습니다. 지옥이라는 것은 그 사람의 사회적 위치가 사라진 상태잖아요? 로댕이라는 작가가 그것을 하나의 문으로 만들어놓았다면 저는 그것을 그동안 제작했던 작품, 예를 들면 1990년대의 「영웅」, 크레용팝 팬들이 외치는 소리, 뉴욕 거리에서 찍은 사진(「식스 포인트」)이라는 식으로 나타냈다고 생각했습니다. 그래서 이 작품(3D판 「지옥의 문」)은 필연이라고 생각하며 작업을 진행했어요.

이 작업을 한창 진행하던 어느 날, 프랑스인 큐레이터가 와서 한마디 툭 던지고 갔어요. "너는 어떻게 이런 압박을 감당하면서 작업을 할 수 있느냐?"라고요. 어쩐지 그 말에 위로를 받는 것 같아서 나도 모르게 얼음 녹듯이 무너지는 느낌을 받았어요. 작가가 큐레이터 앞에서 그런 모습을 보여선 안 되는데…….(웃음) 사실 그 사람의 말을 듣고 나서야 제가 중압감에 눌려 힘들어했구나 깨닫게 되었어요.

서경식 미토예술관에서 열릴 개인전은 대지진과 원전 사고에 의해 초래된 불안과 비애를 표현할 거라고 하셨죠? 그런 전시에서도 '희망'을 말할 수 있을까요?

정연두 후쿠시마 원전 사고가 일어난 지 불과 3년밖에 지나지 않았지만 이제 그 일을 말하는 것 자체에 대한 거부반응이 드러나고 있습니다. 세월호 사건도 마찬가지 상황이 되지 않을까 생각합니다. 예술가가 사회적 문제를 이야기한다 해도, 그 작품에 대한 반응 속도는 다를 수 있습니다. 미술이 사회적 문제와 얼마나 평행선을 그리며 나아갈 수 있을지를 생각해볼 때, 한쪽(현대미술)은 꽤 늦은 템포로 움직인다면, 다른 한쪽(사회적 문제)은 순간순간이 중요하기 때문에 둘 사이에는 괴리가 생길 수밖에 없겠지요. 저는 한국 사회에서 반복되고 있는 일을 어떻게 받아들여야 할지 굉장히 혼돈스럽고, 동시에 미토라는 도시에서 열리는 전시에 외국 작가로 참가하는 상황에 대해서도 믿음과 현실 사이에 존재하는 거리감을 느낍니다. 제작자인 저도, 제 작품을 받아들이는 관객도 그 작품이 가진 가치를 즉각적으로 이해하기는 어려울지도 모릅니다. 작가가 작품의 모든 것을 통제하고 지배할 수 있다고 생각하진 않아요. 원전 사태나 세월호 사고를 바라보는 사람들의 관점이 작가의 개인적 관점과 맞물린 상태에서 시간이 지나고 나면 그 문맥과 함께 작품의 가치도 차차 파악되겠지요. 작가의 개인적 역량이 사회에 큰 파급효과와 직접적인 영향력을 미치리라고는 절대로 생각하지 않습니다.

정연두의 이번 작품들은 '3·11'처럼 표상의 한계를 넘어선 사태를 예술이 어떤 식으로 표상할 수 있는가, 또한 예술가는 그러한 사태를 어떻게 마주할 수 있을까라는 커다란 문제에 대한 회답일 것이다. 동시에 시각예술가로서 방사능 피해라는 눈에 보이지 않는 위협을 시각적으로 표현한다는 크나큰 예술적 도전이었을 것이다. 그의 말처럼 이 도전의 성패는 현실과 우리들의 삶이라는 긴 여정을 거치며 판가름 날 것이다.

주의를 기울일 필요가 있는 표현이겠지만, 나는 그의 작품을 보고 무척이나 '한국적'이라고 느꼈다. 「보라매 댄스홀」, 「상록타워」에 등장하는 평범한 시민들의 표정과 자세, 복장에서 드러나는 취향, 이 모든 것이 뭐라 말할 수 없이 '한국적'이었다. 목소리가 들리고 냄새마저 느껴진다. 정연두의 작품은 현대 '한국인'의 초상이자 한국 사회의 자화상이라고도 할 수 있을 것이다.

하지만 그가 전형적으로 '한국적'인 것을 선택하여 카탈로그 사진을 찍으려 했을 리는 없다. 그는 피사체인 인물에 흥미와 애착을 느끼지만, 대상에 정서적으로 일체화되지 않으면서 차가운 객관성을 잃지 않고 관찰한다. 그런 애착과 객관성의 미묘한 균형이 '정연두다움'이라고 말할 수 있을 것이다.

따라서 지금 내가 이야기한 '한국적'이란 '문화적 전통'이나 '민족적 미의식' 같은 것을 의미하지 않는다. 즉 이런저런 '본질'이 아니라 '문맥'이다. 작가 자신도 이 인터뷰를 하는 도중에 그 점을 반복해서 강조했다. 인간은 보편적인 존재이지만 동시에 누구나 고유의 '문맥' 속에 놓여 있다.

'한국인'이란 한국인이라는 '본질'을 지닌 사람들을 가리키는 것이 아니라, '한국'이라는 '문맥'을 살아가는 사람들이다. 정연두의 작품이 '한국적'인 까닭은 한국이라는 본질을 주장하기 때문이 아니라, 그 문맥을 잡아내고 있기 때문이다. 그리므로 '한국적'이면서 동시에 보편적이다.

　정연두로부터 아버지 이야기를 들을 수 있었던 것은 큰 수확이었다. 그의 아버지는 대표적인 '한국적' 인물이라고 나는 느꼈다. 한약방을 했다는 사실부터 그러했다. 윤리관에 묶여 있었으며 동시에 세속적 성공을 이루었지만 좌절도 거듭했다. 그런가 했더니 이번에는 또 깨끗이 은퇴해버리고 만다. 아들이 당신의 뜻을 거스르자 크리스털 재떨이를 집어 던졌다는 일화 역시 무척이나 '한국적'이다.

　정연두가 이런 아버지와 맺은 관계는 독특했다. 아버지에게 복종하는 것도 아니고 그렇다고 정면으로 부딪히지도 않는다. 날아오는 재떨이를 날렵하게 피하면서 결국은 자신의 의지를 실현한다. 부자의 연을 끊겠다는 선언을 들어도 묵묵히 등산을 떠나 한 달간이나 혼자 방랑한다. 정연두는 아버지와 동일화하지도, 절연하지도 않고 따뜻함과 객관성을 동시에 유지하며 그를 관찰한다. 아버지를 '문맥'으로서 포착하고 있는 셈이다. 사업에 실패한 아버지가 준 골프 바지를 거부하지 않고 그 옷을 입고 대학에 다녔던 것, 그리고 그런 자신의 모습을 익살스럽게 바라보며 웃는 모습 또한 정연두답다. 그런 유머감각은 작품에도 자연스레 스며 있다.

　리얼리즘에 대한 입장을 물었더니 정연두는 "애매합니다."라고 답했다. "겸손하게 얘기하는 거죠?"라고 재차 물어도 "애매해요."라고 반복하며 웃을 뿐이었다. 내가 보기에 이런 반응은 오히려 그의 완고함을 보여주는 것이다. 우유부단한 결론이 아니라 의식적으로 선택한 입장이다.

군사독재 시대에 억압이나 빈곤과 맞서 싸웠던 선배 세대에 비해 그는 "저 자신은 혜택 받은 세대"라고 몇 번이나 말했다. 본심에서 우러나온 진지하고 흔들림 없는 말이다. 말투는 예의 바르고 태도는 부드럽다. 하지만 그렇기에 그는 선배 세대의 모방자나 추종자가 될 마음은 전혀 없다. 설령 재떨이가 날아온대도 완고하고 묵묵히 자신의 길을 걸어갈 것이다.

어떤 일이건 가족 관계에 빗대는 것은 항상 경계해야 한다고 생각하면서도 정연두의 이야기를 들으며 '맏아들'이라는 말을 떠올렸다.

로댕에 대한 그의 의식 역시 보기에 따라서는 아버지와의 관계를 연상케 한다. 정연두라는 인물 안에는 아버지로부터 물려받은 근대인의 뜨거운 마음과 탈근대(포스트모던)를 살아가는 세대로서 아버지를 바라보는, 깨어 있는 시선이 공존하고 있다.

그의 작품이 다루고 있는 어떤 종류의 '외로움'은 '가족'과 '민족'을 '문맥'으로서 객관적으로 파악하려고 할 때 피해갈 수 없는 감각이다. 오히려 그 '외로움'의 끝에야말로 사람과 사람의 새로운 유대에 관한 가능성이 잠재되어 있으리라 생각한다. 앞으로 그는 이 '외로움'을 어떻게 예술적으로 형상화해나갈까? 지켜보는 나의 마음을 '아들의 앞길을 염려하는 아버지와 같다.'고 말한다면, 내가 스스로에게 금하고 있는 비유가 될지도 모르겠지만.

우아한 미친년

〳 윤석남

누가 나에게 "예술가란 어떤 사람인가?"라고 묻는다면
나는 "지상으로부터 20센티미터 정도 떠 있을 수 있는 사람."이라고
대답하고 싶다. 너무 높으면 자세히 볼 수 없고
현실 속에 파묻히면 좁게 볼 수밖에 없다.

윤석남

1939년 중국 만주에서 태어났다. '여성주의 미술의 대모, 페미니스트 화가 1세대'라고 불리는 그의 첫 화두는 어머니였다. 어머니를 통해 이 시대 여성의 삶을 대변하는 작업으로 마흔이 넘은 나이에 첫 개인전을 연 이후, 가부장적인 권위에 차분하면서도 서늘한 시선으로 대응하는 작품 활동을 이어가고 있다. 허난설헌, 이매창 등 과거의 여성뿐만 아니라 현실의 여성을 화폭, 혹은 조각으로 건져냈고, 유기견 조각을 통해 여성뿐만 아니라 동물을 포함한 모든 생명에 대한 배려로 작품 세계를 확장해나가고 있다.

/ 만남

  화장실 거울에 비친 그 여자의 시선을 정면으로 마주했을 때 등줄기에서 조용한 전율이 일었다.

  아침이다. 파자마 차림인 채로 화장실에서 세수를 하려는 이 여자는 푹 자지 못했는지 언짢은 표정이다. 이미 젊지도 않다. 얼굴에는 희미하게 푸르스름한 선 같은 것이 보인다. 원래부터 있었던 반점일까? 남자에게 얻어맞기라도 했던 것일까? 그것도 아니라면 스스로 얼굴에 무언가를 칠한 걸까?

  일상 속 아주 작은 균열로부터 얼굴을 내미는 광기, 덧없는 안정감을 뿌리로부터 흔들며 위협하는 위기, 하지만 어쩐지 보는 사람을 끌어들일 수밖에 없는 불가해한 힘을 숨기고 있는 것. 그리스 신화의 메두사가 현대에 나타난다면 이런 모습이지는 않을까? 이 사람은 누굴까, 어떤 인생을 살아왔던 것일까? 그런 흥미를 억누를 수 없었다.

  그녀와 처음 만난 것은 2000년 5월, 광주 시내의 상무지구에서였다. 광주비엔날레의 일환으로 예전에는 군 사령부 자리였던 이곳에서 군사법정과 유치장, 고문시설로 사용되었던 막사를 이용하여 미술 전시가 이루어졌다.

  나와 눈을 마주쳤던 것은 실제의 여성이 아니다. 사진작품이다. 사진가

박영숙, 「미친년 프로젝트」, 1999~2005.

박영숙의 「미친년 프로젝트」 중 하나이다. 이 정도로 강렬한 작품이 실현
될 수 있었던 것은 물론 작가의 힘 때문이었겠지만 피사체의 존재감 역시
중요한 역할을 했음에 틀림없다. 「미친년 프로젝트」의 후속 작품 가운데
이 작품을 뛰어넘는 것은 본 적이 없다는 것이 그 증거다. 피사체가 된 여
성은 대체 누구일까? 당시에는 아무것도 몰랐지만 나중에 그 여자와 나는
아는 사이가 되었다.

2003년 즈음이었을까, 나는 도쿄의 어느 작은 갤러리에 전시된 그녀의 작품을 보게 되었다. 지인이 소개해준 이 여성 아티스트의 이름은 윤석남이라고 했다. 분명 광주에서 본 사진 속의 그 '미친년'이었다. 하지만 인상은 전혀 달랐다. 항상 미소가 끊이지 않았고 온화한 말투를 지닌 사람이었다. 첫 만남은 속 깊은 이야기는 나누지 못한 채 끝이 났다. 대화다운 대화를 하게 된 것은 내가 2006년부터 2년간, 안식년을 맞아 한국에 체재하게 되었을 무렵부터였다.

2006년 가을, 나와 F는 서울 시내의 어느 홀에서 열린 카운터테너 이동규의 콘서트에 갔다가 연주회장 로비에서 우연히 윤석남 선생을 만났다. "클래식 음악을 좋아하세요?"라고 묻자 그녀는 우아하게 고개를 끄덕이며 대답했다. "작업실에서 작품을 만들 때는 늘 클래식을 틀어놓아요." 그러고는 "카운터테너의 목소리는 왠지 이 세상이 아닌, 천상에서 들려오는 소리 같은 기분이 들어요."라고 덧붙였다. 동감한다. 뛰어난 카운터테너는 신체라는 악기를 통해 천상의 음을 지상에 살고 있는 우리들에게 전해주는 존재인 것이다.

무대에 모습을 나타낸 가수는 친구의 아들을 쏙 빼닮은 친근한 보통 젊은이 같은 인상이었다. 그렇지만 그가 첫 곡, 헨델의 「라르고Ombra mai fu」를 노래하기 시작했을 때, 나와 F는 놀라 서로를 쳐다봤다. 흔치 않은 자질을 지녔구나 싶었다. 하지만 팝음악을 섞은 후반 프로그램이 끝났을 때, F는 "악기는 스트라디바리우스인데, 조금 아쉽네……."라고 혼잣말을 했다. 이

우아한 미친년 / 윤석남

재능 있는 성악가가 눈앞의 관객을 즐겁게 하기 위해서만 너무 열심인 듯했기 때문에 생기는 아쉬움이었다. 듣는 이를 생각해야 하는 것은 당연한 의무겠지만 동시에 연주자는 고립을 두려워하지 않고 자신의 바람과 동경을 천상을 향해 드높게 간직하지 않으면 안 된다. 그런 긴장감이 관객에게 단순한 친근함과 즐거움을 뛰어넘는 감동을 전해주는 것이다.

연주회장에서 윤석남 선생으로부터 "나눔의 집에는 이미 가보셨지요?"라는 질문을 받았다. '나눔의 집'은 식민지 시기 일본군 위안부였던 여성들이 공동생활을 하는 복지 시설로 서울 교외에 있다. 그해 4월 한국에 온 이후 어서 가봐야겠다고 생각하고 있었지만 좀처럼 마음이 내키지 않았다. 바쁜 나날이 이어지긴 했지만 그 탓만은 아니었다. 굳이 표현하자면 '뵐 낯이 없어서'였다. 좋지 않은 비유일지 모르겠으나 친척이나 선배에게 빚이 있어 언젠가 전부 갚을 수 있을 때 당당히 인사를 드리러 가고 싶은 데 언제 갚을 수 있을지 기약 없는 상황, 그러는 사이 시간은 흘러 점점 더 찾아뵐 면목이 없어져버린 그런 느낌과 비슷했다.

며칠이 지나 윤석남 선생에게서 메일이 왔다. 나눔의 집에 기증한 작품이 있는데 본인도 몇 년이나 보지 못해서 지금 어떤 상황인지 궁금하다고. 그 작품의 상태를 보러 갈 참인데 자신이 운전할 테니 함께 가지 않겠냐는 내용이었다. 우물쭈물하던 내 처지를 알아차리고 함께 가자고 청해주었던 것이다. 결심을 하고 나눔의 집을 찾게 되었다.

강남 어느 지하철역에서 만나 차를 타고 남한산성 근처를 지나 나눔의 집으로 향했다. 가을 하늘은 깨끗하고 맑았으며 논밭에서는 이삭이 아름다운 색으로 익어가는 중이었다. 도로 어귀에는 막 딴 빨간 토마토를 파는 천막 가게가 줄을 이었다. 현지에 도착해보니 예전에 뵌 적이 있는 할머니 한 분이 뜰에 서 계셨다. 이옥선 할머니다. 3년 전, 내가 근무하는 도쿄의 대학에서 이옥선 할머니를 모시고 증언집회를 열었던 적이 있다. 무척 명석하셔서 당신이 해야 할 이야기를 조리 있게 전달하던 할머니셨다. 3년 사이 꽤 나이가 드신 듯 보였다. 하지만 내 얼굴을 보자 할머니는 불과 1~2초 동안 잠깐 생각하더니, "서 선생님……." 하고 말을 걸었다. 한 번뿐이었던 만남을 기억해주셨던 것이다.

함께 점심을 하자고 권하셔서 식당에 들어가니 열 분 정도의 할머니가 식사를 하시던 중이었다. 영화와 사진을 통해 낯이 익었던 강덕경, 김순덕, 박두리 할머니 들은 거기에 계시지 않았다. 직접 뵌 적도 없으면서 나는 그녀들과 마치 오래전부터 알고 지냈던 사이 같았다. 내가 얼굴을 내비치면 "야, 이 무정한 녀석아, 이제야 왔냐?" 하며 웃으며 맞아주실 것 같은 기분이었다. 하지만 그분들은 이미 이 세상에 계시지 않고 다른 할머니들도 모두 여든을 넘겼다. '면목이 없다.'라는 생각이 또 한 번 솟아났다.

윤석남 선생과 함께 전시관을 견학했다. 작품은 상상했던 것보다 훨씬 컸다. 압도적인 존재감으로 전시관의 중심을 차지하고서 곁에 있는 할머니들을 흔들림 없이 지탱해주고 있는 듯 보였다.

그때로부터 6년이 흘러 이 책을 위한 인터뷰를 어디에서 진행할까 생각했을 때, 자연스레 나눔의 집이 머릿속에 떠올랐다. '그 작품 앞에서 윤 선생의 이야기를 듣자, 그곳 말고는 없다.'라고.

/ 토템으로서의 예술

서경식 2006년에 선생님께서 저를 여기에 처음 안내해주셨는데요. 그때 참 감명 깊었습니다. 이 작품의 제목은 무엇인가요?

윤석남 처음에는 제목을 「기도의 방」으로 했는데, 지금은 어떻게 변했는지 모르겠습니다.

서경식 이 방 전체가 선생님의 설치 작업입니까?

윤석남 아니요. (기도문을 적은 쪽지 등을 제외한) 저것만 저의 작품입니다. 「999」라는 작품의 일부를 벽에 설치했는데 나중에 기증했어요. 1998년 이곳이 개관했을 때요.

서경식 저도 일본 학생들과 함께 나눔의 집 전시관에 두세 번 왔습니다. 이 작품 앞에서 일본 사람들이 기도를 하거나 종이학을 접어두기도 하는 모습을 보면서 어떤 생각을 하셨나요?

윤석남 실은 너무 놀랐어요. 처음에는 조금 낯설었죠. 왜 작품에 와서 기도를 하고 쪽지를 붙이나 싶어서요. 그런데 가만히 보고 있으려니까 그 마음이 읽히고 가슴에 와 닿았어요. 아, 이 작품은 아직 완성된 것이 아니라 세월이 흐르면

서 차차 완성이 되겠구나. 오늘 와서 보니까 작품 주변에 붙인 쪽지나 종이학이 더 많아진 것 같네요. 여길 꽉 채우면 어떨까 하는 생각도 들어요.

서경식 선생님은 관객들의 그런 행위를 전혀 의도하지 않았다고 말씀하셨는데요. 김혜순 시인과 나눈 대담을 보니 선생님의 작품은 원래 토템이라는 성격도 가지고 있다고 생각됩니다. 꼭 어떤 종교라고 말할 수는 없더라도 기도라는 의미가 담겨 있다고 볼 수 있겠죠?

윤석남 그렇죠. 오늘 와서 보니 더 풍부해졌네요. 정말 이렇게 기도하는 마음들이 꽉 차서 마음이 더 좋아요. 혜진 스님께서 이 전시관을 만들면서 작품을

윤석남, 「Seeding of light: 999」, 1997.

부탁했을 때 속으로 너무 감사했어요. 위안부 할머니 생각도 많이 하고. 한국 사람이라면 가슴에 응어리 같은 게 있기 때문에 기꺼이 응했습니다. 특정한 분을 모델로 삼은 건 아니지만 제가 마음속에 생각했던 분들 중 한 분입니다. 그중에는 이미 돌아가신 분도 있으니까 좋은 세상으로 승천하시라는 생각도 덧붙여 제작을 했습니다.

그런데 더 놀라운 것은 여성사전시관 개관전 때 일본 관객들이 오셨는데, 제가 인사를 했더니 와, 하고 놀라셨어요. 왜 그런가 했더니 나눔의 집에서 이 작품을 본 분들이 제 이름을 기억하고 알아보시며 반가워한 것이었어요. 저도 상당히 기쁘고 놀랐습니다.

서경식 선생님께서 작품을 기증하신 지도 오랜 시간이 흘렀고 돌아가신 할머니들도 많은데 안타깝게도 일본 정부는 아직 공식적인 사죄를 안 하고 있으며 상황 자체도 별로 진전이 없습니다.

윤석남 제가 일흔넷인데 죽기 전에 사죄를 받을 수 있을까요?

1990년대에 전 일본군 위안부를 비롯해 일본의 침략전쟁과 식민지 지배 피해자들이 차례차례 커밍아웃을 하여 일본 정부의 공식 사죄와 진상규명, 책임자 처벌, 보상, 역사 교육 등을 요구했다. 그때까지 일본 정부는 종군위안부 제도에 관여했다는 것을 부인해왔지만 1993년 마침내 관방장관의 담화 형식으로 국가와 군대의 관여를 공식적으로 인정했다. 하지만 이 무렵을 기점으로 일본은 피해자와 더불어 화해와 공생의 길을 모색하기는 커녕, 반대로 우파의 공세가 격렬해져 사회 전체가 우경화의 길로 가파르게 내닫기 시작했다. 공식 사죄와 보상을 요구했던 피해자들의 소송은 거의 패소로 끝났다. 위안부 문제를 다룬 교과서는 격감했으며 1993년 관방장관 담화를 뒤엎고 위안부 제도라는 엄연한 역사적 사실을 부정하려는 움직임이 집요하게 반복되었다. 교육 현장에서는 히노마루(일장기)를 게양하고 기미가요를 부르게끔 강요했고 여기에 저항하는 교사들은 엄한 처벌을 받았다. 2011년 이명박 대통령은 일본의 노다 총리와 정상회담을 하면서 위안부 문제에 인도적 차원에서 조치를 취해달라는 이례적인 제의를 했지만 일본 정부는 어떤 반응도 보이지 않았다. 지난 십수 년을 냉정하게 뒤돌아볼 때, 적어도 일본에서 인권과 정의를 요구하는 측에게는 패배의 세월이었다. 전장에서 인권을 유린당했던 위안부 할머니들은 또 한 번 치욕과 학대를 받았다고 해도 과언이 아니다. 그러는 사이 산 증인이었던 할머니들은 차례차례 세상을 떠났다.

2003년에 열린 윤석남의 개인전 '늘어나다'(일민미술관)의 도록에는 김혜순 시인과의 대담 「애타는 토템들의 힘찬 눈물」이 수록되어 있다. 자신의 작품을 토템이라고 했던 김혜순의 지적에 윤석남은 이렇게 대답했다.

"맞다, 정확한 지적이다. 토템들이다. 사라져버리고 땅속에 묻혀버린 우리 여성들을 다시 세우고 싶었다."

나눔의 집에 설치된 이 대형 작품은 부조리한 운명에 질식하여 땅에 묻힌 여성들에게 바친 토템인 것이다.

/ 사회 참여

윤석남이 자기 자신의 예술에 대해 내렸던 매우 흥미 깊은 정의를 소개하고 싶다.

"누가 나에게 '예술가란 어떤 사람인가?'라고 묻는다면 나는 '지상으로부터 20센티미터 정도 떠 있을 수 있는 사람.'이라고 대답하고 싶다. 너무 높으면 자세히 볼 수 없고 현실 속에 파묻히면 좁게 볼 수밖에 없다."

서경식 선생님께서는 위안부 문제를 중심으로 사회 문제에 지속적으로 관심을 가지고 참여하셨습니다만 이렇게 구체적으로 참여하는 사람이 드물다는 생각이 듭니다.

윤석남 처음 그림을 시작한 동기도 나의 삶, 나의 이야기가 어떻게 여기까지 왔을까? 하는 의문이었습니다. 예술이 예술 자체로 승화되는 것도 물론 중요한 과제지만, 그 사회에 대해 작품을 통해 말할 수 있으면 좋겠다는 것이 지금까지의 제 생각입니다. 정말 아름다운, 미적인 감각을 향해가는 길도 희구하고 있지만, 동시에 하고 싶은 이야기를 담아야 직성이 풀립니다.

서경식 사회적인 주제를 다룰 때는 보통 직설적이고 사실적인 표현이 요구되지만 선생님의 작품은 그런 방법과는 거리가 있습니다. 어떤 보편성이 있다고 할까요? 직접적인 주제와 선생님이 가진 독자적인 미의식, 그 두 가지 사이에서 고민이 있다면 어떤 것일까요?

윤석남 예술작품이라는 것은 물론 작가의 의도도 분명히 들어가야 하고, 하고 싶은 이야기도 해야 되지만 결국은 보는 사람에게 감흥을 주어야 합니다. 아무리 정치적인 얘기나 사회적인 얘기를 하더라도 보는 분에게 강요하고 싶진 않아요. 저는 지금도 민중미술과 관련된 단체의 회원이지만 정해진 형식의 작품 활동을 하고 싶지는 않은 거죠. 왜냐하면 많은 분들에게 보편타당한 아름다움의 전형을 보여주면서 동시에 윤석남이 가지고 있는 이야기가 전해질 수 있었으면 좋겠다는 게 제 바람입니다.

서경식 제가 가르치는 학생들은 전공도 미술과 거리가 멀고, 미술관에도 그다지 안 가는 경우가 많습니다. 그런 학생들과 같이 나눔의 집 전시관에 같이 간 적이 있어요. 직설적인 미술을 상상하다가 선생님의 작품을 접한 학생들은 처음에는 당혹스러워했던 것 같아요. 그런데 곧 작품에 매혹되어서 문제의식을 느끼고 왜 이렇게 표현했을까, 표현 의도가 무엇일까 하는 질문을 스스로에게 던지더군요.

윤석남 네. 저는 사실 작가로서 운이 좋다고 할까요? 그때 혜진 스님께서 전시장에 오셔서 이러이러한 취지를 가진 전시관을 만들려고 하는데 작품을 만들어 줄 수 있느냐고 제안해주셔서 첫마디에 무조건 하겠습니다, 감사합니다,라고 대답했지요.

/ 어머니

서경식 선생님은 1980년대 민중미술에도 관여하시다가 잠시 미국에 유학을 통해 새로운 형식을 장전하고 돌아오신 걸로 압니다. 소위 '운동권'과 궤도를 같이하며 작업하는 미술가는 아니셨죠?

윤석남 1982년도에 열렸던 첫 개인전은 유화 전시였는데 제목이 '어머니'였습니다. 제 어머니를 구체적인 모델로 한 전시였습니다. 그리고 1986년경에 민중미술협회가 결성되었어요. 민중미술의 방향성에도 여러 갈래가 있는데 어쨌든 회원이 되었지요. 민중미술 작가들과도 같이 전시를 많이 했는데, 1982년도에 개인전을 끝내고 미국에 가서 1년 동안 공부를 했죠. 뉴욕에서 본격적인 미술 공부로 향하는 문을 열었고, 새롭게 눈을 떴어요. 형식적인 측면도 아직 배울 게 많고 그런 형식에 대한 고민들을 바탕으로 내가 하고 싶은 이야기를 풀어나가야 한다는 걸 깨달았어요. 그랬기 때문에 1993년 '어머니의 눈'이라는 개인전에서는 조각 작품으로만 채웠습니다. 우리 어머니의 구체적인 일생을 주제로 한점 한 점씩 조각 작품을 제작하게 되었습니다.

서경식 저도 며칠 전 어느 대학에서 제 어머니를 주제로 강의를 했는데요. 한편으로 죄책감도 느낍니다. 남자로서, 가부장제 아래에서 저 역시 어머니를 착취한 것은 아닐까 하는 생각 때문입니다. 게다가 어머니의 고생스러웠던 삶을 이야기하면서 사람들에게 주목을 받는 상황을 떠올리니 이중으로 착취하는 듯한 아주 착잡한 생각도 들었습니다. 선생님께서도 어머니를 주제로 작업을 하셨는데 선생님의 어머니는 어떤 분이셨는지요?

윤석남 저는 그림을 처음 시작할 적에 이것을 하지 않으면 나는 살 만한 가치가 없다는 막연한 생각으로 출발했어요. 하지만 아마추어로 그냥 시간을 때우는 짓은 안 하겠다, 나의 삶을 여기에 바치겠다, 감히 그렇게 생각했어요. 남편에게도 "나 이제 그림을 시작하면 살림을 소홀히 할지도 몰라."라고 말했어요. 그러니까 남편이 "그래, 10년 동안 식구들을 위해서 살았으니까 자기가 살고 싶은 대로 살아야지."라고 해주었어요. 이렇게 서로 합의 아래 시작했고 방 하나를 작업실로 만들었어요. 그러면서 드는 생각이 내가 정말로 하고 싶은 이야기가 뭘까? 고민했죠. 그건 남의 얘기가 아니라 바로 제 얘기여야 되지 않겠습니까? 하지만 제 이야기를 하려니까 뭔가 아직 부끄러운 점이 많았어요. 저는 다른 사람에 비해서 엄마를 무척 사랑하는 편인 것 같아요. 제 어머니는 아버지와 스물다섯 살이나 나이 차이가 났어요. 어머니가 정실부인이 아니었죠. 아버지는 글을 쓰셨는데(윤석남 화백의 부친은 극작가, 소설가, 영화감독으로 이름을 남긴 윤백남(1888~1954) 선생이다.) 일제시대에 《동아일보》에 소설을 연재하면서 어머니 집에서 하숙을 하신 거예요. 부인은 병원에 있었고. 어머니가 하숙집 딸이었죠. 그 인연으로 훗날 남편으로 맞이했어요. 어머니에게는 정실부인이 아니었다는 점에서 오는 도덕적인 아픔 같은 것이 있지 않았겠어요? 그래서인지 굉장히 바르게 살려고 노력하셨어요. 아이는 여섯을 낳았습니다. 아버지는 글 쓰는 사람이니까 늘 돈이 부족하고 생활이 힘들었지요. 나이 많은 남편을 모시고 살다가 서른아홉에 혼자 되셨어요. 그런데도 한 번도 불평하신 적이 없어요. 참 위대

윤석남, 「어머니 I : 열아홉 살」, 1993.

하신 분 같아요. 그때 막내가 두 살이고, 세가 열여섯 살이었는데 아버지가 병을 앓다가 돌아가셔서 집도 없었죠. 길바닥에 나앉아야 할 입장인데도 어머닌 훌륭하게 저희 여섯을 키우셨어요. 안 하신 일이 없어요. 저는 그런 어머니에 대한 이야기를 꼭 하고 싶었어요.

강인하면서도 정직하고 참 가슴이 따뜻하신 분이셨거든요. 힘겹게 사는 장사꾼이 오면 꼭 집으로 불러서 밥을 먹여서 보내고, 심지어 며칠 동안 우리 집에서 머물게 하실 정도였어요. 그런 어머니에 대한 이야기를 꼭 하고 싶었어요.

서경식 아버님은 어머님을 소중히 대하셨어요?

윤석남 네, 굉장히 소중하게 여기셨어요. 그렇지만 나이 차가 너무 컸던 것 같아요. 아버지는 이미 할아버지셨죠. 아버지는 굉장히 유머 감각이 있는 분이셨고 우리들을 데리고 같이 게임도 하고 그러셨어요. 어머니에게도 함부로 대하시지 않고, 한참 나이 어린 부인한테 "진지 드시우." 하면서 꼭 존대를 하셨어요.

서경식 어머님이 몇 살 때 선생님을 낳으셨어요?

윤석남 제가 1939년생이니까 어머니와 스물네 살 차이입니다. 그런데 어떤 여성학자가 그러는데 딸들이 어머니를 싫어한대요. 90퍼센트는 어머니를 싫어한다는데 저 같은 예가 드문 것 같아요.

서경식 그렇죠, 갈등이 있죠. 이를테면 아들은 아버지 죽이기, 딸은 어머니 죽이기 같은 도식도 있으니까요⋯⋯.

윤석남 바로 그거예요. 갈등. 그렇지만 제 경우는 특수했던 것 같아요. 어려서부터 어머니가 저희에게 보여주신 하루하루의 삶의 모습을 생각하면 그런 분이 없으신 듯해요. 말씀드렸지만 동정심이 많으셔서 아무리 가난해도 걸인이 오면 없는 살림에도 쌀을 챙겨주시는 참 따뜻하신 분이었는데 어려서부터 그런 모습이 보기가 참 좋았습니다. 그렇지만 말수는 적은 분이셨어요.

서경식 어머님은 어떤 교육을 받으셨어요?

윤석남 초등학교만 나오셨어요. 중인 집안의 딸로 외할아버지가 종로의 상인이었는데 학교를 못 가게 하셔서 거의 열여섯이 되어서인가 그 즈음에 졸업하셨다고 합니다. 상급학교는 못 가시고…….

서경식 선생님은 만주에서 태어나셨죠? 아버님이 만주로 옮겨 가신 게 언제입니까?

윤석남 정확한 연도는 모르겠습니다만, 아버지가 영화 세 편을 만드는 동안에 완전히 파산하셨다고 들었어요. 어머니와의 사이에 이미 딸이 하나 있었고 만주에 있는 한인학교에서 선생님을 하면서 그럭저럭 생활을 꾸릴 수 있었다고 합니다. 지역은 만주 평톈(지금의 선양)이었어요.

서경식 만주 시절 기억은 나십니까?

윤석남 단편적인 기억이 있어요. 예를 들면 강가에 나가 수영을 하며 놀았던 기억 같은 거요. 거기서 해방되기 한 해 전에 내려왔거든요. 어머니 말씀에 의하면, 아버지가 라디오를 듣고 상황을 어느 정도 파악하셨는데 일본인 친구가 아무래도 일본이 패망할 것 같으니까 빨리 돌아가라고 했대요. 그래서까 아버지가 식구들을 먼저 서울로 보냈죠.

서경식 그러니까 해방이 되면서 피난 온 것이 아니라…….

윤석남 네. 그렇지만 거의 피난이나 다름없는 형태였던 것 같아요. 기차에서 언니가 바퀴에 깔릴 뻔했다거나, 사람으로 가득 찬 기차에서 고생했던 기억은 좀 납니다.

서경식 귀국하고 나서 아버님은 계속 문필가로 사셨나요? 어머님이 힘드셨겠어요.

윤석남 네. 계속 글을 쓰시면서 생활했어요. 저희가 세 자매이고, 밑으로 남동생들이 있어요. 6남매인데 막내와 저는 절대적인 '어머니 신봉자'예요. 언니는 아주 머리가 좋았고 공부도 잘했는데 아버지와 가까웠지요. 언니는 아직도 어머니에 대한 끈끈한 애정이 없어요. 보통 여성의 힘을 막연하게 얘기하는데 저는 모성의 힘, 여성의 힘이란 결코 막연한 것이 아니라고 생각합니다. 아버지에게 없는 어머니의 힘이란 자신의 몸을 통해 아이를 낳은 데서 오는 것도 있겠지만, 그보다는 주류로서 살지 못해 쌓인 정신적 갈등이 몸에 축적된 데서 나오는 거라고 생각해요. 그래서 남에 대한 동정심이나 포용력이 남성보다 훨씬 더 크지 않을까 생각합니다. 피해와 억압을 받아봤기 때문에 더 넓어진 거죠.

어머니도 고생을 많이 하셨거든요. 아버지가 돌아가셨을 때 맏이가 열아홉 살이었고, 두 살짜리 딸도 있었어요. 혼자 직접 흙벽돌을 찍어서 집을 지었어요. 아버지가 서라벌예대 학장을 하셨으니까 돌아가신 후에 돈이 조금은 나왔나 봐요. 하지만 그 돈으로도 집을 구할 수는 없으니까 금호동에 방 두 칸짜리 집을 지으셨어요. 그렇게 지혜롭고 꿋꿋하기도 한 분이셨어요. 어머니한테서 "얘들아, 우리 앞으로 어떻게 사니?" 이런 식의 말을 한 번도 들어본 적이 없어요.

남의 밭에서 품을 팔기도 하셨는데 돈 대신 농작물을 받아 이고 와서 그것을 삶아서 팔기도 하셨어요.

일을 마치고 돌아오다 조금 번 돈으로 과자를 사 오신 적도 있었어요. 한 방에 같이 자고 있는 우리들을 밤에 깨워서 카드놀이를 해서 일등을 한 아이에게 하나씩 나누어주셨어요. 그렇게 밝게 아이들을 키우셨죠.

서경식 제 얘기를 조금 하겠습니다. 일본에서 태어나 "조센진!"이라는 소리를 들으며 차별을 받고 풀이 죽어 집으로 돌아오는 일이 종종 있었어요. 어머니는 그 이야기를 듣고 아무 말씀도 안 하시고 그저 꼭 안아주셨어요. 그리고 "조센진은 조금도 나쁜 게 아냐."라고 하셨어요. 그 힘 덕분에 이렇게 살아올 수 있었다는 것을 어머니가 돌아가시고 제가 환갑이 된 지금에서야 느낍니다. 그 당시에는 어머니가 교육도 못 받고 글씨도 모르셔서 다른 일본인 어머니와 비교해서 부끄럽다는 죄스러운 생각까지 했어요. 그런데 신기하게도 선생님께서는 어른이 되고 나서 지성을 통해서 깨달은 것이 아니라, 어린 시절부터 육체적으로, 몸으로 어머니의 마음을 아셨다는 것이지요?

윤석남 저는 환경이 그럴 수밖에 없었죠. 저희 어머니가 참 독특한 분이셨던 것 같아요. 일가친척들도 힘들면 어머니께 와서 하소연하는 식이었죠. 저는 어머니 발뒤꿈치도 못 따라갈 것 같아요.

서경식 위안부 문제를 생각하실 때는 어머니 모습과 겹쳐지기도 합니까?

윤석남 네, 그렇게 오버랩 되기도 하죠. 이 작품을 만들면서 나름대로 여성학이나 위안부 문제와 관련된 공부도 하게 되고, 사적인 공감보다 공적인 공감이 생기게 되었어요. 한국 사람이면 누구나 갖고 있을 상처들이죠.

내가 위안부 할머니들과 처음으로 만났던 것은 1997년 도쿄에서였다. 일본에서 유일하게 커밍아웃했던 전 위안부, 송신도 할머니를 격려하는 어느 집회에 나갔을 때다.

나는 예전에 송 할머니에 대하여 「어머니를 모욕하지 말라」라는 글을 쓴 적이 있다.(최초 발표 1998년, 『난민과 국민 사이』, 이규수·임성모 옮김, 돌베개, 2006에 수록.)

그렇지만 남성인 내가 송신도 할머니와 같은 위안부 여성을 '어머니'로 비유하는 것은 위험한 행위다. 나는 이 점을 자각하고 있었다. 실제로도 일부 페미니스트들로부터 이 비유에 위화감을 느낀다는 표명을 들은 적이 있다. 나는 가부장제 아래에서 혜택을 받은 세대이다. 그런 내가 가부장제의 피해자인 여성들을 '어머니'로 칭하는 것은 가해자와 피해자의 심리적 일체화를, 나아가 가해 책임으로부터 도피하는 것을 의미하지는 않는가라는 지적이었다. 또 이러한 비유는 민족을 '한 핏줄'과 '가족 관계'의 연장으로 보는 개념을 내포하고 있기에 내셔널리즘의 위험한 징후를 품고 있다고도 했다. 어느 정도 예상했던 지적이지만 그래도 나는 굳이 이런 비유를 사용했다. 이 비유가 아니면 나의 심정을 표현할 수는 없으리라는 생각 때문이었다.

송신도 할머니는 1922년 충청남도 논산군에서 태어났다. 내 어머니 오기순도 같은 해 논산군에 인접한 공주군에서 태어났다. 일제 식민지 지배 아래에서 조선의 피폐했던 농촌에서 태어난 두 명의 소녀. 한 명은 위안부가 되어 중국 대륙으로 끌려갔고 7년 가까이 전장의 위안소를 전전하면서 일본군의 성노예로서 나날을 견뎌야 했다. 일본의 패전 후 대륙에 홀로 내던져진 송 할머니는 한 일본 군인의 요구로 부부가 되어 함께 일본으로 귀환했다. 하지만 그 병사는 안전한 귀환을 위해 할머니를 이용했을 뿐, 이내 그녀를 버렸다. 할머니는 본 적도 없고 아는 사람도 하나 없는 일본이라는 땅에 내팽개쳐졌다. 1992년 김학순 할머니가 서울에서 처음 위안부였음을 고백한 후에도 일본 정부는 역사적 사실을 인정하려 들지 않았다. 일본의 동북 지방에서 숨죽여 살고 있던 송신도 할머니는 이런 사실을 알고 두 번 다시 같은 일이 반복되어서는 안 된다는 뜻을 알리려고 일본 정부를 상대로 소송을 제기했다. 일본의 우파들은 '돈을 노리는 수작'이라며 송 할머니에게 노골적인 중상모략을 퍼부었다.

또 한 명의 소녀는 아버지를 따라 일본에 건너와 열 살도 안 된 어린 나이에 유모와 여공으로 일을 해야만 했다. 영리한 아이였지만 학교에 다니는 것은 불가능했다. 빈곤과 차별을 감내하며 교토 교외의 농촌에서 해방을 맞이한 오기순은 4남 1녀의 어머니가 되었다. 해방 후에도 형편은 그다지 나아지지 않았고 집안 살림은 부유할 리 없었지만 성장해가는 아이들을 보는 즐거움으로 살아갈 수 있었다. 하지만 아들 중 두 명이 1960년대 말 모국인 한국 유학 중에 박정희 군사정권에 의해 정치범으로 투옥되었다. 평범한 재일조선인 여성 오기순은 비전향 정치범의 어머니로서 자식들의 출옥도 보지 못한 채, 1980년 5월 교토에서 세상을 떠났다.

같은 세대인 두 조선인 여성의 수난과 고생은 식민지 지배와 민족분단이라는 하나의 뿌리에서 나온 것이다. 송신도 할머니는 내 어머니가 아니지만, 그녀와 내 어머니의 운명이 교차하고 있다고 해도 이상하지는 않다.

모욕당하고, 버림당한 사람. 얼굴을 가리고 피해갈 만큼 외면 당하는 사람. 우리의 병을 대신 앓고, 우리의 슬픔을 떠안은 사람. 이 사람을 우리도 공경하지 않았다. (……) 부도 지위도 권력도 지식도 갖지 못한 사람이었기에, 바로 그 때문에 "우리들은 조금도 나쁘지 않아."라고 한 치의 의심도 없이 믿을 수 있었던 것이다. 어머니들은 당신들이 받은 상처를 통해 우리를 낫게 해준 것이다. (……) 어머니를 향해 던져진 돌멩이를 이 몸으로 받으면서 '공식적 역사'가 묵살하고 은폐해온 어머니들의 역사를 위해, 어머니들과 함께 또 어머니들을 대신해, 자식인 내가 목소리를 내지 않으면 안 된다. (……) 나는 알고 있다. 내가 이렇게 악을 써본들, 실제로는 지금도 내가 어머니들을 위해 증언하는 것이 아니라, 어머니들이 몸 바쳐 우리들을 위해 증언하고 있다는 것을. (「어머니를 모욕하지 말라」에서)

이 글을 처음 쓴 이후 벌써 십수 년이 지났다. 그때 역시 나는 '뵐 면목이 없다.'고 생각했다. 하지만 이제 다시금 생각해보아도 그동안 할머니들에게

무엇 하나 떳떳이 보고드릴 만한 성과를 올릴 수가 없었다. 우리들이 할머니들을 도와주는 것이 아니라 오히려 그녀들이 우리를 도와주고 있다.

/ 페미니즘

서경식 미국에 가서서 페미니즘 이론을 가까이 접하셨을 텐데 선생님의 작품은 서양의 페미니즘과는 꽤 거리가 있는 것 같습니다. 그런 거리감 때문에 보편적인 선진국의 페미니스트로부터는 비판도 있을 수도 있고요. 그렇지만 선생님은 한국에 살면서 한국의 가부장제, 내셔널리스트에 완고히 저항하고 계십니다. 보편적인 페미니스트도 아니고 민족주의자도 아닌, 이 독자적인 위치를 어떻게 찾아내셨는지요?

윤석남 제가 1982년부터 1983년까지 딱 1년 동안 뉴욕에서 판화 공부를 했는데 그 이전에 개인전을 했을 때만 해도 여성미술이라던가, 페미니즘과 같은 말은 머릿속에 들어와 있지도 않았어요. 미국에 갔을 때는 박정희에 이어 전두환 군사정권 시대였으니까 한국의 정치상황에 대한 저항이 머릿속에 있었어요. 하지만 그것을 직접적으로 표현할 길은 없었죠.

서경식 1970년대, 그러니까 페미니즘을 만나기 전에 선생님은 어떤 생각으로 어떤 작품을 하셨는지 궁금합니다.

윤석남 페미니즘이라는 말도 모를 때 어머니라는 주제를 가지고 작업을 했는데 그게 전부 일하는 엄마의 모습이었어요. 예를 들면 바닷가에 앉아서 빈 광주리를 들고 있는 어머니, 생선을 말리고 있는 어머니. 우리 어머니가 실제로 생선 장수를 한 것은 아니지만 제가 어시장을 너무 좋아해서요.

서경식 노량진에 있는 수산시장 말씀인가요?

윤석남 네. 거길 너무 좋아해서 자주 다녔죠. 어쨌건 처음엔 페미니즘이라는 말 자체도 몰랐는데 1993년에 '어머니의 눈' 전을 하면서 페미니즘을 만나게 되었어요. 그때 공부도 함께 했죠. 서양의 페미니즘 운동은 1990년대에 이미 학제, 아카데미로 들어가 운동으로서는 소강상태였어요. 그때 우리는 여성운동을 막 시작할 때였죠. 또 아랍 쪽은 여전히 시작 단계이지 않습니까? 그렇게 같은 지구에서도 공간적으로 차이가 있다고 생각해요. 저는 작업을 하면서 계속 여성 문제를 이야기하고 싶어요. 그와 관련된 이야기가 제 안에는 아직 무궁무진해요. 그런데 사람들은 이제 구식이다, 이제는 지나간 이야기다, 그래요. 저는 그렇게 생각하지 않아요.

/ 광기

서경식 머릿속에 페미니즘이라는 개념이 먼저 있고 그 시선을 통해 보는 것이 아니라 이념이 없어도 자신의 신체로, 내면에서 나오는 것을 소중하게 다루신 것이 선생님의 능력이라고 생각합니다. 그림 자체도 어떤 '이즘'으로 시작한 것이 아니지 않습니까? 그래서 아주 독창적인 길을 걸어오셨는데요. 쉽지 않은 일이라고 생각해요. 미술계에서도 처음엔 아마추어, 혹은 외부인이라고 여겼을 테고, 일반 사회에서는 주부로 보는 시선이 있었겠고. 게다가 마흔 살이 되어 미술을 시작하셨기에 나이와 관련된 불리한 점 등 여러 겹의 시선과 편견이 있었지요? 이렇게 '외부인'으로 작업하는 데 많은 어려움이 있었으리라 생각되는데요……

윤석남 참 죄송한 대답인데 저한테는 해당이 안 되는 이야기예요. 내가 사는 이유를 알기 위해 시작했으니까요. 나이와 무슨 관계가 있는지 저는 아직도 이해를 못하겠어요. 사람들이 "나이가 많아서……"라고 얘기하면 저는 속으로 '왜 그럴까? 지금 이 순간이 중요하니까 하는 거지.' 하고 생각해요. 물론 여성이기 때문에 어려움이 있었지요. 시시각각의 삶에서도, 결혼생활에서 오는 어려움도 있었죠. 남편이 서 선생님처럼 이해해주는 사람도 아니고.(웃음) 물론 이해하려고 노력은 하지만 어떤 면에선 뼛속까지 가부장적인 사람이거든요. 노력해도 안 되는 부분이 있죠. 그래서 제 삶 속의 얘기가 안 나올 수 없는 거죠.

그래도 저는 다행히 남편이 어느 정도 지원해주었어요. 물감도 사야 되고 경제적으로 필요한 부분이 있었지만 그 정도는 해결해주었죠. 진짜 그리고 싶어서 시작했으니까 굉장히 유명한 작가가 되어도 그만이고 안 되어도 상관없는 게 아닙니까? 그런데 시작해보니까 욕심이 생기고 알리고 싶고 전시도 하고 싶었어요. 제가 욕심이 많아요. 그림에 대한 욕심은 굉장히 많은 것 같아요. 그래서 2년 만에 전시를 했는데 기본적으로 미술대학을 나오지 않고 데생도 해보지 않은 사람이 그 기간 안에 유화로 전시를 연다는 것이 있을 수 없는 일인가 봐요. 저는 미친 듯이 드로잉을 하며 작업을 했더니 2년 만에 개인전을 할 만큼 작품이 모였어요. 물론 정확한 눈으로 볼 땐 미숙한 점이 있었겠지만 그때의 전 몰랐죠.

서경식 놀랍습니다. 그런 광기, 또는 에너지랄까요, 동기라고 할까요? 그런 것을 통해 내부와 외부라는 사회적 편견을 돌파하고 넘어오셨다는 뜻이겠지요.

윤석남 저한테는 굉장히 자연스러운 일이었는데요.

서경식 그래서 선생님 작품은 보는 사람들에게 용기를 줍니다. 제 얘기를 해서 죄송하지만, 저도 대학교에서 가르치고 있는데, 박사도 아니고 일본인도 아니고, 그렇게 주변화된 사람이에요. 가부장제 아래의 남성이라는 것 빼고는(웃음) 모든 게 주변적인 사람이에요. 그런데 선생님처럼 필사적으로 광기를 동력으로 삼아 돌파해나가는 것이 아니라, 이론적이고 이성적으로 온화하고 원만하게 해결해나가려는 성향이 있는 듯합니다. 선생님의 그런 광기는 어디에서 나오는 걸까요?

윤석남 저도 잘 모르겠어요. 아주 어렸을 때 일이 생각나는데요, 전쟁 전이니까 초등학교 3학년이었던 것 같아요. 물감도 없고 겨우 일곱 색 크레용으로 자주색 스웨터를 입은 친구를 그렸어요. 검정색과 빨간색을 섞으면 자주색이 되겠구나 생각하며 색칠을 했는데 어린 마음에 속으로 '아유, 정말 자주색이 야……'라고 신기해하면서 그렸던 일이 지금도 기억나요. 선생님이 칭찬하시지도 않았는데요. 다른 친구들이 시작하기도 전에 저는 신나게 그리면서 이 다음에 나는 꼭 화가가 되어야지 생각했어요.

서경식 그게 중요해요. 어린아이들이 그렇게 하기가 어렵죠. 선생님이 가르쳐 주는 고정된 틀을 돌파하고 해체하기가 얼마나 힘든데요.

윤석남 어쨌건 저는 자주색 스웨터가 너무 좋아서 빨간색과 검정색을 섞어서 그렸어요. 잘 그렸는지 못 그렸는지는 기억이 나지 않지만, 지금도 그 자주색 스웨터를 잊을 수 없어요. 화가가 되어야지 했던 꿈이 생생하게 떠올라요.

서경식 마흔이 되실 때까지는 살림만 돌보시면서 그림은 안 그리셨어요?

윤석남 처음에는 크레파스를 사서 집에서 놀면서라도 해보려고 했는데, 도무지 성에 안 찼어요. 그래서 '됐어, 언젠가 할 수 있을 때 하면 되겠지.' 하면서 잠깐 그만두기도 했어요.

서경식 그렇게 내부적으로 쌓여 있던 갈증이 분출했다는 의미죠?

윤석남 그렇겠죠. 새벽 3시까지도 그리고……. 지금은 그 정도는 아닌데 그때는 정말 미친 것처럼 그렸어요.(웃음)

서경식 화가라는 사람은 미치면 미칠수록 좋죠. 저처럼 제대로 미칠 수 없는 사람은 이렇게 평범한 사람이 되지만요.(웃음)

윤석남 지금은 좀 덜 미쳐서 걱정이죠. 1982년도에 개인전을 했을 때 저는 참 운이 좋았다고 생각해요. 어머니 그림을 100호짜리로 그렸는데 지금 생각하면 무모했죠. 당시 한국 화단은 추상화 일변도였어요. 소수의 일요화가들은 풍경화를 그리기도 했지만 화단의 주류는 거의 100퍼센트 추상이었어요. 저는 어머니라는 주제로 구상화를 그렸는데 조금 다른 구상회화로 보였나 봐요. 선생님들이 많이 놀라워하셨죠.

서경식 당시는 추상화와 관련된 미학이 주류였다는 말씀이시죠? 이를테면 모노크롬 회화와 같은?

윤석남 모노크롬이라기보다는 앵포르멜이 대유행이었는데 프랑스에서 일본으로, 그리고 일본에서 다시 한국으로 들어온 것이죠. 그런 추상화를 하는 화가들이 권력을 독점하고 있을 때의 얘기죠.

서경식 앵포르멜은 원래 권력이 아니고 저항의 의미를 띠는데 한국에서는 권력이 되었던 것이군요.

인터뷰 자리에서 '앵포르멜Art Informel'이라는 용어를 이런 식으로 만난 것은 나에게 의외의 일이었다. 내가 이 말을 듣고 반사적으로 떠올린 그림은 도쿄의 브리지스톤미술관이 소장한 장 포트리에Jean Fautrier의 대표작 「인질Otages」이다. 말할 것도 없이 앵포르멜의 대표작이기도 하다. 이 작품은 포트리에가 1943년 나치 점령 아래에 있던 파리에서 게슈타포에게 붙잡혔다가 도주한 피난처에서 제작한 연작 중 하나이다. 전쟁이 끝난 후 1945년에 전시되어 장 폴 사르트르 등으로부터 '가장 전후적戰後的인 화가'라는 찬사를 받았다. 굳어진 물감 덩어리를 으깨어 부순 듯한 그의 작품은 '광물과 같은 인간상', '전쟁을 힘겹게 통과하며 얻어낸 비정한 인간상'을 표현했다는 평가를 받는다.

그러므로 앵포르멜은 정치적 주제를 직접 표현하는 것이 아닐지라도 전쟁이라는 가혹한 현실을 배경으로 현대의 '인간의 조건'을 냉엄히 되묻는 지점에서 출발한 예술양식이라 할 수 있다. 장 포트리에와 장 뒤뷔페Jean Dubuffet 등 제2차 세계대전의 파괴와 살육을 경험한 앵포르멜 화가들은 거의 형태를 잃은 인간상을 그림으로써 인간 자체에 대한 부정을 포함한 치열한 주장을 펼쳤다. 또 뒤뷔페는 정신장애인들의 예술, 아르 브뤼Art Brut에 강한 공감을 표하기도 했다. 바꿔 말하면 종래의 서구미술이 가진 전통적 가치관에 이의를 제기하며 '광기'의 예술적 가치를 단호히 지지했던 것이다.

이러한 점에서 잘 알 수 있듯 앵포르멜은 본디 저항의 예술이다. 적어도 내가 가진 상식에서는 그렇다. 그런 앵포르멜이 현대 한국에서는 본래의 맥락에서 떨어져 나와 양식으로서 수용되었고, '저항'이 아닌 '권력'으로 전화했다는 말이었다. 왜 이런 일이 벌어졌을까? 우리/미술이라는 테마를 생각하기 위해서 피해 갈 수 없는 문제 중 하나가 이 지점에서도 얼굴을 내비친다.

/ 앉을 수 없는 의자

서경식 선생님께서 그림을 시작하시기 전에 가정주부로 살아오시면서 여러 가지로 힘든 일이 있으셨을 텐데 남자로서는 잘 느낄 수 없는 그런 힘든 상황에 대해 말씀해주시겠습니까?

윤석남 저와 남편은 고등학교 동창이에요. 고등학교 때는 모르고 지냈는데요, 직장생활을 할 때 만났어요. 그 때 남편은 대학교 4학년생이었어요. 친구의 소개로 우연히 만났는데 제 성격이 하나만 보는 외골수라서 제가 남편에게 푹 빠졌죠. 스물여덟에 결혼을 했는데 8년 동안 아이가 없었어요. 어렸을 때부터 꿈꾸던 화가로서의 삶을 놓고서 살다 보니까 내가 왜 사는지 모르겠다 싶더라고요. 남편은 전통적인 가부장적 남성이었고요. 결혼하고 시어머니를 모시고 살았어요. 남편은 나름대로 자신의 사업을 일궜지만 저는 삶의 존재 이유가 없었던 거죠. 남편에 대한 제 개인적인 불만보다도 나의 삶 자체가 가진 공허감이 더 컸어요. 남편은 결혼하자마자 사업을 시작했기 때문에 아침에 나가면 밤 12시에 들어왔는데 이런 생활은 두 사람이 함께 사는 것이 아니라는 생각이 들었습니다. 한 사람이 사회적 삶을 살기 위해 저는 밥 해주는 여자에 불과했던 거죠. 물론 가정을 열심히 가꾸는 것에서 의의를 찾을 수도 있겠지요. 하지만 저는 성이 안 찼어요. 저는 그게 안 됐죠.

딸이 하나 있는데 아직 결혼을 안 했지만, 저는 아무런 걱정을 안 해요. 딸에게 "결혼을 꼭 해야 되니?" 그럽니다. 개인적으로 저는 그래요. 저는 다시 태어나면 절대 결혼 안 한다고 이야기하고 싶어요.

미술을 시작하려고 결심했을 때 살던 아파트가 24평이었어요. 곰곰이 생각하다가 남편에게 따로 살자, 이혼을 해야 되겠다, 아파트를 팔아서 반은 나에게 달라, 그렇게 해주면 난 파리에 간다고 이야기했죠. 조용하게 살던 여자가 어느 날 느닷없이 그러니까 남편이 기절할 만했죠. 남편은 "이혼은 못하겠고, 그 대신 그림을 그리든지……." 하면서 서로 타협을 한 거예요. 지금 생각하면 안 가기를 참 잘했어요.

서경식 전통적인 가부장적 남자라면 억지로라도 막으려고 했을 텐데요. 선생님께서 더 힘이 세셔서 그런 걸까요? 어쨌든 남편 분께서 이해해주신 것도 대단하지 않습니까?

윤석남 네, 저는 대단히 고맙게 생각해요. 제가 얻었던 두 번째 행운은 이런 남자를 만난 게 아닐까 생각해요. "절대로 안 돼."라고 했다면 물론 이혼했겠죠. 남편이 가부장적이긴 하지만 그래도 인간적이라고 할까요?

서경식 (도록을 보면서) 의자, 가구 등이 작품에 등장하게 된 것은 가정주부로 생활하면서 얻으신 모티프인 것이죠?

윤석남 그렇지요.

서경식 너무 무섭습니다. 저는 어떤 공포까지 느껴요. 이런 모티프가 지금 이야기하신 것과 같은 과정에서 생겨난 것입니까?

윤석남 예. 이 모티프는 식당 의자인데요. 이 식당 의자를 고른 두 가지 이유가 있어요. 우연히 길을 가다가 누가 버린 의자를 주웠는데 모양이 아주 예뻤어요. 제가 이 작품을 할 때 왜 식당 의자가 필요했냐 하면요, 남편이 나중에 돈을 잘 벌어서 집도 삼십 몇 평으로 커졌어요. 버지니아 울프의 '자기만의 방'이라는 얘기도 있지만 당시 저에겐 방이 없었어요. 방이 세 칸인데 작은 방 하나에는 아이가 자고, 다른 방은 시어머니가 계시고, 저는 남편과 방을 같이 쓰면서 침대

밑에서 잤어요. 어디 가서 조용하게 책을 읽을 수 있는, 여성에게 유일하게 해방된 공간은 식당에 있는 의자잖아요? 경제적으로는 넉넉해졌으면서도 글을 쓰고 책도 볼 수 있는 자리가 거기밖에 없는 제 상황에 울화가 치밀었어요.

서경식 (의자를 활용한 작품들 중 하나를 가리키며) 이 작품은 어떤 의미가 있나요?

윤석남 이 작품은 「대권大權」이라는 작품이에요. 굉장히 정치적인 작품인데요. 이 의자는 남성만 앉을 수 있는 의자예요. 말하자면 '사장님 의자'인 거죠. 정치적인 욕심만 남고 텅 빈 의자입니다. 모순으로 가득 찬, 그런 현실을 말한 거죠.

서경식 저도 『고뇌의 원근법』이라는 책에 쓴 적이 있는데, 특히 더 예쁘고 달콤한 걸 좋아하는 이 나라의 일반적인 미의식 속에서 선생님의 작품은 특별해 보입니다. 사람들이 이런 것을 싫어하거나 혐오하지는 않았나요?

윤석남 혐오하죠. 싫어해요. 이 작품이 전시된 맥락을 말씀드리자면, 국립현대미술관에서 '민중미술 15년전'이 최초로 개최되었을 때 출품한 작품인데, 그때 군사독재는 끝나고 김영삼 정권에 접어들어 어느 정도 정치적으로 자유로워져서 국립기관에서 민중미술전을 했어요. 물론 민중미술은 관이 주도하는 것은 아니죠. 그래서 어떤 민중미술 작가는 불참하기도 했습니다. 하지만 저는 참여했습니다. 이 작품은 정치가를 비꼰 작품이에요. 제가 정치가와 군인을 너무 싫어하니까.

서경식 미술계에서 어떤 평가가 있었습니까?

윤석남 미술계에서는 별다른 평이 없더라고요. 민중미술 쪽 사람들도 별로 관

윤석남, 「대권」, 1994.

심이 없었어요. 저보다 한 살 아래인 작가 중에 주재환 선생님께서 개인적으로 아주 좋다고 말씀하신 적은 있어요.

서경식 5·18이나 6월항쟁과 같은 역사를 겪어온 여성으로서의 내면 풍경이 분명히 있으리라 생각합니다. 그런데 오히려 아름다운 것만 그려야 한다는 것, 아름다워야 미술이라는 관념 때문에 억압도 있었겠죠. 그때 민중미술을 같이하던 남자 작가들에 대해 어떻게 느끼셨는지요?

윤석남 모든 민중미술, 아니 대부분의 운동 세력은 어느 정도 그런 면이 있다

고 미루어 짐작할 수 있겠지만 남성적 집단이에요. 거기서 생기는 위계적인 질
서나 가부장적인 면은 보통 사회와 크게 다르지 않습니다. 사회의식이 아무리
발전해도 남성의 가부장적 의식은 하루아침에 변하는 게 아닌 듯해요. 그때 민
중미술협의회의 한 분과로 여성미술이 들어가 있었어요. 다행히 젊은 친구들은
조금 달라진 것 같은데……. 운동권은 어떤 면에서 가부장적 의식이 더 강한 것
같기도 합니다. 저는 일대일로 사람을 만나는 것은 좋아하는데 집단으로 만나
면 왠지 무서워요. 그래서 민중미술도 그 뜻에는 공감하지만, 무슨 회의가 있다
고 하면 좀처럼 나가지 못했어요. 심지어 결혼식에도 거의 못 가겠어요. 병인 것
같아요.

서경식 여성 미술작가로서는 어떤 작가들이 있었습니까?

윤석남 나중에 협회 대표도 했던 김인순이라던가, 김종례, 김진숙, 사진작
가 박영숙, 그리고 그 아랫세대 중에도 많은 후배들이 있어요. 정정엽 작가 같
은……. 민중미술 조직 안에 여성미술연구회라는 모임이 있었습니다. 저희가 그
렇게 이름 붙여서 여성주의에 대해 공부도 하고, 산발적으로 토론도 하고 1년에
한 번씩 우리들끼리 회원전도 했어요.

서경식 거기에 동참하는 남성들은 없었나요?

윤석남 없죠. 남성들이 들어오는 것이 반갑지도 않았고. 거의 끝 무렵에 한번
남성들에게 문호를 개방하긴 했는데 어떤 분이 같이하셨는지는 기억이 잘 안
나네요. 아무튼 10년 동안 했는데 나중에 열의가 줄어들면서 해체하게 되었죠.

/ 나무

서경식 의자에 이어서 나무로 작품을 하셨는데요. 김혜순 시인과의 대담에서 강릉 허난설헌 생가에 갔던 일이 계기가 되어 나무로 작업을 하게 되었다고 말씀하셨습니다. 어떤 계기로 나무를 소재로 하게 되셨는지 간단하게 얘기해주시겠어요?

윤석남 허난설헌 생가를 가기 전 1991년 무렵인가 미국 브롱크스미술관에 갔어요. 뉴욕의 북쪽이죠. 거기가 약간 위험한 지역이지 않습니까? 그래도 혼자 방문했어요. 작품이 너무 좋아서요. 그런데 그 작가 이름이 기억나지 않아요. 찾아봐야 하는데……. 아마 아주 젊은 볼리비아 작가의 작품이었을 텐데 「행진」이라는 제목이었습니다. 기절할 만큼 좋았어요. 볼리비아인지 정확하지는 않습니다만 남아메리카의 독립을 위해 싸운 영웅들과 예수, 체 게바라, 이름은 잊었지만 해방신학을 하는 신부님, 그리고 어떤 장군을 거의 5미터 정도의 나무로 만들었어요. 한 사람씩 행진을 하는 거예요. 입체적으로 보였지만 실제로는 납작하더라고요. 전부 쓰레기를 잘 닦아서 이어 붙인 작품인데, 얼굴만큼은 굉장히 리얼하게 만들었어요. 체 게바라의 모자까지. 너무 감동해서 이 작품 때문에 다시 태어난 느낌이었어요. 나도 돌아가면 쓰레기를 주워서 작업을 해야겠다고 생각했습니다. 그 작품에 쓰인 재료가 진짜 쓰레기인지는 모르겠지만, 제가 보기에는 버려진 폐품이나 나뭇조각 같았어요.

서경식 일본까지 포함해서 아시아나 소위 비서양 지역에서 뉴욕이나 파리로 유학을 하면 어떤 주의나 주장, 사조를 배워 오지 않습니까? 가령 당시 유행하던 인상주의나 앵포르멜과 같은 것을 배워 오거나 아니면 거기에 가야만 볼 수 있는 명작을 보고 오는 경우가 대부분입니다. 그런데 선생님은 빈민가인 브롱크스에 가서서 이름 모를 남미 출신 작가에게 매혹되었습니다. 그건 어떤 요소가 선생님 속에 내재해 있었기 때문이 아닐까요? 선생님의 내면과 그 작품 사이에 공감이 존재했다는 의미가 아닐까요?

윤석남 네, 명작 중에서는 메트로폴리탄미술관에 가서 앙리 루소Henri Rousseau의 그림을 보고 감탄한 적은 있지만 나와 직접적인 관계가 있다는 생각은 하지 못했어요. 사조 같은 것은 별로 중요하게 생각하지 않았습니다. 그건 곰브리치의 『서양미술사』를 몇 번 읽으면 된다고 생각했죠. 물론 미술사 서적은 열심히 읽었습니다. 내가 어디쯤에 존재하는지는 알아야 하니까. 그런데 곰브리치의 책은 1945년까지만 나와요. 브롱크스에서 전시가 있다는 정보를 듣고 남미 볼리비아에서는 어떤 작가가 어떤 작업을 할까 궁금해서 지하철을 타고 찾아갔는데 그때 본 작품이 제 인생을 바꾸어놓았죠.

서경식 뉴욕이나 런던은 말하자면 제국의 수도라고 할 수 있고, 그래서 그 주변부에 있는 사람, 혹은 식민지를 경험한 사람들과 작품이 거기에서 서로 만나고 교차할 수 있는 것이겠지요.

윤석남 그들의 역사를 자세히 알지는 못했지만 행진하는 그 사람들의 눈빛에서 너무 감명을 받았기 때문에 제 작업의 뿌리도 거기서 나온 거 같아요. 하지만 그때까지는 한 번도 해본 적이 없으니까 막상 조각을 시작할 수는 없었어요.

그렇게 조각에 달려들지는 못하고 유화나 아크릴, 드로잉 같은 평면 작업만 하면서 1년 동안 망설이고 있다가 너무 허전하고 쓸쓸해서 혼자 강릉 허난설헌 생가에 갔어요. 지금은 다 없어졌지만 감나무 밭에 좋은 나무가 많더라고요. 해가 뉘엿뉘엿 질 때까지 한참을 앉아 있다가 거기 떨어져 있던 감나무의 동그란 가지 하나를 주워 가지고 와서 작업실에서 닦았어요. 도구가 없어서 문방구에 가서 초등학교 아이들이 쓰는 작은 조각도를 사다가 조금씩 파기 시작했죠. 허난설헌의 모습, 하얀 저고리에 남색 치마, 빨간 댕기를 표현했는데 허난설헌의 처녀 때 모습이라는 생각이 들었어요. 그걸 계기로 나무 작업을 시작했죠.

그때부터 쓰레기처럼 버려진 나뭇조각을 주워서 닦은 다음 재료로 썼습니다. 재목을 땔감으로 쓰려면 납작해야 하잖아요? 가장자리는 쓸모가 없으니까 목재상에서 그런 나무를 거의 헐값에 사왔어요. 그런 자투리 나무는 형태가 둥그렇기 때문에 그곳에 그리면 사람 얼굴이 나오는 거예요. 이 작품이 다 그런 방식으로 나온 거예요.

서경식 지금 선생님의 수원 근처 작업실은 목재 공장이 있는 곳이지요? 처음엔 조그맣게 조각도로 만드시다가 이렇게 대형 작업으로 옮겨 가신 거로군요. 김혜순 시인과의 대담에서 "나무의 결이 부드럽고 쭈글쭈글한 것이 늙은 여자의 피부 같다."라고 하셨는데 그 표현이 어떻게 보면 저에게는 관능적이기도 하고 너무 좋았습니다.

윤석남 정말 그래요. 나무의 껍질이 벗겨지면 속살이 보이는데 비누와 솔로 닦고 나서 가만히 들여다보고 있으면 진짜 형상이 보여요. 이 나무로 작업하면 얼

윤석남, 「벽: 허난설헌」, 2004.

굴이 이만하게 되겠구나 하고 생각하기도 하고……. 실제로 작업하면 어떤 것은
얼굴이 커질 때도 있고, 어떤 건 작아지기도 하는 과정에서 상상이 되곤 해요.
그게 나처럼 늙은 여인의 피부 같아요. 매끈하지 않고 쭈글쭈글하지 않습니까?
매끄럽진 않지만, 또 부드러운 곳은 진짜 부드럽고…….

한일협정 다음 해인 1966년, 고등학교 1학년이었던 나는 태어나 처음으로 조국 땅을 밟았다. 당시 충청남도 논산에는 해방 직후에 귀국했던 외할아버지와 외할머니가 살고 있었다. 그곳을 방문하는 것이 여행의 중요한 목적 가운데 하나였지만 일본의 도회에서 자란 나에게 그다지 즐거운 경험은 아니었다. 논산은 예상보다 더 가난한 농촌이었다. 햇볕에 타 검붉은 얼굴을 한 남자들이 대낮부터 할 일이 없다는 듯 화투를 치고 있었다. 무거운 멍에 때문에 등이 빨갛게 벗겨진 여윈 말의 모습이 조국의 가난함을 상징하고 있었다. 넓은 농지에 남겨진 근사한 일본식 가옥은 식민지 시대 지주들의 집이었다고 했다. 외할아버지는 작은 돼지 한 마리를 키우고 있었는데 귀 언저리에 커다란 종기가 생겼다. 형은 수의사에게 보이는 게 어떻겠냐고 할아버지께 말씀드렸다가 돼지를 의사에게 진찰받게 하는 바보가 어디 있냐며 웃음거리가 되고 말았다. 그렇게 귀중한 돼지는 나중에 죽어버렸다고 한다. 할아버지 댁에는 까맣게 그을린 피부에 말수가 적은 여자가 한 사람 있었다. 전라도 출신의 일꾼이었는데 1년간 일해서 손에 넣을 수 있는 수입은 겨우 낟가리 한 가마니라고 했다.

논산에서 머물던 어느 날, 외할아버지는 나를 데리고 버스를 타고 대전까지 나갔다. 큰 마을을 구경시켜주려는 생각이셨을 것이다. 시장에서 수박 두 통을 사고는 파리가 앵앵거리며 들끓는 식당에서 냉면을 먹었다. 한 그릇에 50원이었다고 기억한다. 논산으로 돌아오는 길은 무척 험해서 버스가 덜컹거리는 통에 모처럼 산 수박이 깨져버리고 말았다.

그날 밤 나는 고열에 시달리며 잠이 들었다. 꿈속에서는 관촉사의 은진 미륵이 나타나서 기분 나쁘고 가느다란 눈으로 나를 쳐다봤다. 열은 좀처 럼 떨어지지 않아 외할머니는 귀했던 금계랍을 꺼내 내게 먹인 후 밤새 아 무 말 없이 내 등과 어깨를 쓸어주셨다. '아무 말 없이'라고 했지만 할머니는 우리말밖에 몰랐고 당시의 나는 일본어로만 말할 수 있었기 때문에 대화조 차 불가능했던 것이다. 외할머니는 여위어 간단히 안아 올릴 수 있을 정도 로 작은 몸집에 손은 거칠어 마른 나무껍질 같았다. 마른 고목이 부드럽게 어루만지는 듯한 감각이 열 때문에 가위에 눌리던 사춘기의 나에게는 어쩐 지 감미로웠다. 그 먼 기억이 윤석남 선생의 작품으로 인해 되살아났다.

/ 옆으로 늘어난 손

서경식 얼굴을 그리면서 대화를 나눈다는 뜻이군요…….

윤석남 남들이 보면 절대 믿을 수 없을 거예요. 제가 생각해도 이상한 것 같아 요. 이를테면 무생물인 칼, 도마를 봐도 감정이 있는 것 같은 느낌이 들어요. 너 무 우스꽝스럽지만 그런 생각이 드는 거예요. 무심코 막 다루다가도 아, 이러지 말아야지, 하면서. 저도 이해가 잘 안 가요. 분명히 무생물인데도 때로는 감정이 통하는 것 같은……. 이상한 얘기인가요? 그래서 아무한테도 이런 얘기를 못 하는데…….

서경식 2003년 일본 가마쿠라 화랑에서 열린 개인전의 도록을 가지고 있습니다만 전시 제목인 '옆으로 늘어난 손'에는 무슨 특별한 이유가 있습니까?

윤석남 제 자화상이에요. 옆은 이매창입니다. 저는 이매창을 너무 좋아해요. 시도 좋고. 그녀를 생각하면 가슴이 아파요. 고생을 하다가 굶어 죽었다고 해요. 2000년대의 윤석남이 1600년대의 이매창과 통하고 싶은 거예요. 통할 수 있다고 믿고 싶고. 여자인 내가 여자인 너를 만나는 거야. 이런 간절한 생각이 드는 거죠.

서경식 제가 허난설헌이나 이매창에 대해 아는 바는 별로 없지만 선생님의 말씀을 들어보니 재능이나 능력이 있으면서도 제대로 발휘하지 못하고 억울하게 스러져간 사람들에 대한 공감의 표현이라는 생각이 드네요.

윤석남 네, 그렇습니다. 그들에 대한 공감이고, 그들의 이야기를 발굴하고 싶고, 더 드러내고 싶고……. 저 말고도 많은 작가들이 그런 작업을 하고 있어요. 이매창은 기생이었어요. 요즘으로 치면 5급, 아니 9급 공무원쯤 되는 아버지를 둔 딸이었는데, 너무 못생겼다고 해요. 기생은 예뻐야 하는데……. 기생이 되었어도 결혼도 안 하고 홀로 살았어요. 그런데 시에 재능이 있어서 친구가 많았어요. 「홍길동전」의 저자 허균과도 알고 지냈고. 스무 살이나 더 나이가 많은 남자를 좋아했지만 물론 결혼한 남자였죠. 결국 홀로 죽었는데 나이가 들면서 기생으로 살 수도 없고 수입도 없어서 거의 굶어 죽다시피 했다죠. 그녀의 시가 참 아름다워요.

서경식 이 작품도 김혜순 시인과 관계가 있지요?

윤석남, 「이매창」, 2003.

윤석남 심장이에요. 자기 심장을 꺼내 들고 있는 모습인데 거기에 못을 박았죠. 어떻게 얘기해야 하나? 예리하다고 할까요? 사람을 후벼 파는 그런 시를 쓰는 분이라서, '아, 이 사람의 심장에는 무수한 못이 박혀 있을 것 같아.'라는 생각이 들었어요.

서경식 강인한 심장이라는 뜻인가요?

윤석남 심장이 강하기도 한데, 반면 상처를 많이 받고 아픔이 있을 거라 생각해서…… 그런데 본인은 별로 안 좋아하더라고요.(웃음)

윤석남, 「김혜순」, 2002.

/ 계보를 거부한 그 순간부터 주체로 서는 여성

서경식 선생님은 "나무 작품은 토템들이다, 사라져버리고 땅속에 묻힌 우리 여성들을 다시 세우고 싶었다." 그렇게 말씀하셨어요. 베네치아비엔날레 특별전에 참가하시면서 100개의 촛불을 세우고 세상의 촛불이 가지고 있는 얘기가 있다, 라고 하셨는데, 저는 전통적인 제사, 무당의 굿이라던가, 천상과 지상의 교신과도 관계가 있다는 생각이 드는데요.

윤석남 촛불은 꼭 그런 의미는 아니었고요. 지금 말씀하신 무당은 「블루룸」이라는 작품에서 다룬 적이 있습니다. 그 얘기를 먼저 하자면 6×7제곱미터에, 높이가 3미터 50센티미터 정도인 전시장의 한구석에 30센티미터 크기의 푸른색 한지와 흰색 한지를 겹쳐서 오려 붙였어요. 여성의 삶 이야기를 오려서 전체를 장식한 거죠. 바닥에는 구슬을 깔았는데 제목이 「바리데기」예요. 바리데기는 우리나라 무속에 등장하는 최초의 신이에요. 우리나라 무당들은 바리데기 전설에서 시작한 거죠. 바리데기는 왕의 일곱째 딸로 태어났어요. 나라를 물려주려면 아들이 필요한데 계속 딸이 태어나니까 왕이 화가 나서 신하를 시켜서 죽이라고 명령하죠. 신하는 차마 죽이지 못하고 강에다 띄웁니다. 그 공주를 어느 할머니 할아버지가 데려가 키웠다고 합니다. 그런데 왕이 죽을병에 걸린 거예요. 그런데 딸 중에 누구라도 죽음의 강을 건너가서 생명수를 구해오면 살 수 있다는 말을 듣습니다. 다른 딸들에게 물어보니까 다 거절해요. 그런데 마지막으로 버림받았던 딸이 나서서 가져오겠다고 했어요. 바리데기는 고생

끝에 죽음의 강을 건너갔고 무장생과 결혼해서 애까지 낳아야 했어요. 하지만 결국 생명수를 가지고 돌아와 이미 죽은 아버지의 상여가 나가는 길에 생명수를 뿌려 살려내요. 감동한 아버지는 나라 땅의 절반을 주겠다고 했어요. 하지만 그 딸은 땅도 필요 없고, 왕도 되고 싶지 않다고 말합니다. 그러고는 죽음과 삶의 경계선에 살면서 혼령을 좋은 곳에 보내는 역할을 맡겠다고 합니다. 바로 무당의 기원이 된 것이죠. 그 신화를 모티프로 한 작업입니다. 저는 무당에 관심이 많아요…….

그때까지 조용히 듣고만 있던 F가 대화에 끼어들었다.

F 말씀을 듣고 보니 어려운 여건에 처해 있던 여성들을 다시 한 번 이 시대에 살려내려는 책임감이 보여요.

윤석남 네, 그런지도 모르죠. 어떤 부채 의식 같은 게 있을지도 모르겠어요. 그래서 그 전시가 끝나는 날 제사를 지냈어요. 종이를 다 불태우는 식으로. 무당들은 사흘 동안 제사를 지내는데 그럴 때 꽃 장식을 합니다. 그 후에 다 거둬서 불태워요. 전 그 형식이 재미있어서 저 종이를 다 거둬서 전시 끝나자마자 불태웠어요. 속이 시원하더라고요.

서경식 가부장제에 저항하는 의미의 작업이지만 여성들이 아버지를 위해 희생하는 것을 효도로 여기는 억압된 문화도 있지 않습니까? 서양이나 일본의 페미니즘과는 접근법이 다르기도 해서 여러 가지 논쟁이나 논란이 생기지 않았습

윤석남, 「블루 룸」, 2010.

니까?

　　윤석남　제가 작품의 주제로 바리데기를 택한 이유 중 하나는 그녀가 전통적
아버지의 계보를 단호하게 거부하는 것에 굉장한 희열을 느꼈기 때문이죠. 아
버지의 특혜를 거부하는 모습이 당당하게 느껴졌어요.

　　맹점을 찔린 듯한 기분이 들었다. 윤석남 선생은 이 소박한 설화에서 남
성 계보의 가치를 절대적으로까지 강조하는 조선의 전통적인 가족관에 대
한 근본적인 저항을 읽어냈던 것이다. 그것은 가계라는 권력에서 철저하게
소외되어왔던 차별 받은 자들이 꿈꾼 유토피아이기도 하리라. 그렇게 읽지
못했던 나는 역시 가부장제 권력의 수혜자라는 성채에서 빠져나갈 수 없
는 것은 아닐까? 조금 전에 들었던, 윤석남 선생의 어머니가 '정실'이 아니
었다는 이야기를 나는 다시금 떠올렸다. 얼마나 솔직한 이야기인가, 그리
고 얼마나 힘든 지적일까.

　　서경식　계보를 거부한 그 순간부터 여성이 주체가 될 수 있다는 뜻이죠?

　　윤석남　그렇죠. 저는 바리데기의 행위를 꼭 아버지를 위한 희생이라고 볼 수
는 없다고 생각해요. 생명을 살리는 경지라고 본 것이죠. 바리데기가 했을 생각,
말하자면 '내 비록 아버지의 목숨을 살리려고 노력했지만, 아버지가 주는 사탕
이나 보상 같은 것은 싫어. 그것은 아니야. 아버지의 나라를 거부한 후 나는 좀
더 큰 세상으로 나가 삶과 죽음을 가르는 일을 하겠어.'라는 생각, 그런 식으로

죽은 영혼을 구하는 행위 자체에 희열을 느끼는 것이죠. 저는 종교가 없지만 그런 면에서 희열을 느꼈어요. 아무리 페미니즘 자체가 한물간 낡은 생각이고 이제 여성은 해방되었다고들 이야기하지만, 저는 몇 천 년 동안 DNA에 박혀 있었던 사고가 일이백 년 사이에 없어진다고 생각하지 않아요. 아무튼 「바리데기」는 그런 생각에 초점을 둔 것입니다. 아버지의 나라를 거부하면서부터 스스로가 주인공, 주체가 된다는 것이죠.

서경식 차별이나 소외를 당했기 때문에 오히려 거꾸로 해방이 되었다는 거로군요.

윤석남 네, 그렇죠. 무당들은 거친 느낌이 드는 분들이죠. 말도 많고 눈물도 많고. 한국에서는 정말 미천한 직업으로 여겼잖아요. 남성들이 버린 일이기에 여자들이 더 적극적으로 활동하지 않았을까 하는 생각도 듭니다.

서경식 선생님께서는 종교가 없다고 하셨는데 미술을 하시면서 무속에 관심을 갖게 되신 겁니까?

윤석남 무당, 굿 같은 것을 어려서부터 봤어요. 제의가 주는 쾌감이 때문이었던 것 같아요. 춤추고 노래하는 모습이 주는 쾌감이죠. 신을 믿지는 않았고 이상하게 어려서부터 신의 문제에는 관심이 없었어요. 결국 땅으로 돌아가면 바로 그게 구원 같아요.

서경식 땅으로 돌아간다면 죽는다는 의미인가요?

윤석남 그렇죠. 물질화된다는 것이죠.

　너무나 긴 인터뷰였다. 해가 저물자 발밑에서부터 한기가 올라왔다. 윤석남 선생은 조금도 지친 기색을 보이지 않고 어떤 질문에도 정성껏 대답해주었지만 슬슬 정리하지 않으면 안 될 시간이었다. 마지막으로 나는 혹시나 하는 기분으로 가벼운 질문을 덧붙였다.

　"「붉은 밥」이라는 작품이 있지요? 일본의 여성 미술학자 이케다 시노부

池田忍는 '피에 젖은 밥이다, 여기서 모든 여성들에 대한 애도의 뜻을 읽었다.'라고 언급했는데. 저에게는 그렇게 보인다기보다 꽃이나 맛있는 복숭아, 곶감처럼 온화하고 평온한 세계처럼 느껴졌어요. 사실은 그게 아닐 텐데도요. 말하자면 저의 오독이겠죠?"

질문을 듣고 윤석남 선생은 또 후후, 하며 미소 지었다. 우아한 웃음이다. 남자의 마음을 불안하게 하는 웃음이다.

"그렇다고 해도 상관이 없죠. 그럼 제가 실패한 것이겠지만요."

"내가 실패했다."라고 하면서도 그녀의 표정은 상냥하게 정반대의 이야기를 하는 것처럼 생각되기도 했다. '그렇겠지요. 남자인 당신으로서는 알 수 없겠지요. 딱하지만……'

긴 인터뷰를 끝내고 나는 윤석남이라는 화가를 제법 이해하게 되었다는 생각이 들었지만 정말 그렇게 말할 수 있는 걸까? 나는 여성이라는 존재에 대해 실은 아무것도 모르는 것은 아닐까?

분열이라는 콘텍스트 \ 이쾌대

1941년이라는 시점에서 마쓰모토 슌스케라는 일본인 화가는
무엇을 향해 자기를 표명했던 걸까?
그리고 1948년이라는 시점에서 이쾌대라는 조선인 화가는 무엇을 향해,
그리고 어떤 힘에 맞서 자기표명을 했던 것일까?

이쾌대

1913년 경상북도 칠곡에서 태어나 도쿄의 제국미술학교에 유학했다. 일제 강점기에는 이중섭, 문학
수 등과 함께 신미술가협회를 창립했고 해방공간에서는 조선미술동맹 등 진보적 미술조직에서 활동했
다. 해부학적 수련을 바탕으로 한 고전적 기법의 인물화를 중심으로 민족성과 상징성의 발현에 고심한
작품을 남겼다. 한국전쟁 당시 인민군 종군화가로 활동하다가 포로 교환 때 월북하여 오랫동안 금기시
되었으나 1988년 해금되었다. 해방공간의 인물상인 「군상」 연작과 화가로서 아이덴티티에 대한 고심
을 표현한 「푸른 두루마기를 입은 자화상」, 비판적 리얼리즘 작품으로 평가받는 「걸인」 등의 작품을 남
겼다.

/ 이쾌대는 누구인가?

이번 원고를 어떤 식으로 써야 할까, 고민을 거듭하던 2012년 5월 학생들과 함께 도쿄국립근대미술관에서 열린 '프랜시스 베이컨 전'을 보러 갔다. 첫 번째 전시실에는 '변해가는 신체'라는 제목이 붙어 있었다. 베이컨Francis Bacon은 20세기의 거장으로 불리지만 미술을 전공하지 않은 학생들에게는 그리 익숙지 않은 존재다. 그들은 나에게 베이컨이 그린 신체는 어째서 저리도 무너져버리는지, 윤곽을 흐릿하게 처리한 이유가 무엇인지 질문을 던졌다. 그 물음에 최선을 다해 대답하던 중 갑자기 떠오른 생각은 바로 눈앞에 보이는 저 작품, 「초상을 위한 습작Study for Portrait」이 1949년에 제작되었다는 사실이었다. 평소라면 별 뜻 없이 지나쳐버렸을지도 모를 그 연도가 내 마음을 붙잡았다. 1949년은 이쾌대가 해방 후 남한에서 「군상群像」을 발표했던 바로 그해가 아니던가. 평소 나는 베이컨과 이쾌대가 작품을 제작했던 시기를 나란히 놓고 생각해보았던 적은 없었다. 하지만 지금 다시 보니 20세기 두 차례 세계대전을 겪으며 베이컨이라는 서양화가가 그리스 로마 시대부터 르네상스를 거치며 유럽 미술에서 형성된 신체(와 그 미학적 이데올로기)의 해체라는 과제와 맞붙어 싸우기 시작한 바로 그때, 조

프랜시스 베이컨, 「초상을 위한 습작」, 1949.

선에서는 이쾌대가 정통 미술해부학의 이론과 기법을 동원하여 인체 군상도와 씨름하고 있었던 것이다. 베이컨은 1909년 아일랜드에서 태어났고 이쾌대는 1913년에 태어났다. 거의 같은 세대 인물이다. 한쪽은 해체, 한쪽은 구축. 이는 어떤 의미이며 어떻게 해석하면 좋을까?

유럽에 기원을 둔 서양미술사를 단선적인 발전과정으로 파악하면서, 그 척도에 맞춰 우리가 어느 정도 '뒤처져 있었는가'를 이야기하는 태도, 그리고 그에 근거해 조선에서 제작된 서양화를 '후진성'의 증거로 바라보는 일은 상투적이다. 그러한 시각에 반발하여 어떻게 해서라도 우리 속에서 (서양미술 기준에서의) '선진성'을 찾아내려는 입장 역시 똑같은 구도의 뒷모습에 지나지 않는다. 그렇다고 서양적인 것을 전부 부정하고, 나아가 조선에서 제작된 서양화 자체를 전면 부정하는 태도에 의미가 있다고도 생각지 않는다. 내가 말하고 싶은 것은 그런 이야기가 아니다. 이런 고민에 빠져버린 내 머릿속에 떠오른 것은 '콘텍스트'라는 말이었다.

이쾌대란 누구인가. 먼저 간단하게 설명하자면 그는 '월북화가'이다. 어디까지가 개개인의 자발적 의지였는지는 불투명하더라도, 화가뿐만 아니라 정치가와 문학가를 포함한 꽤 많은 사람들이 '월북'한 것은 분명한 사실이다. 이 자체가 원래 하나의 민족으로 구성되었던 사회가 정치적, 이데올로기적 원인으로 인해 둘로 갈라진 과정에서 불가피하게 일어났던 비극이었다고 말할 수 있다. 한국전쟁 이후 대한민국 정부는 '월북인사'들을 나라를 등진 배신자로 여겨 남겨진 그들의 가족은 혹독한 감시와 탄압을 받기도 했다.

그중에서도 이쾌대는 1950년 한국전쟁 이후 북조선의 인민군이 서울을 점령했던 시기에 자발적으로 인민군 쪽에 가담했다는 특수성이 있다. '조선미술가동맹'에 가입한 그는 유엔군이 서울을 탈환했을 때, 인민군과 함께 북으로 퇴각하던 길에 붙잡혀 부산의 포로수용소로 이송되었다.

1953년 휴전협정이 발효되면서 포로 교환이 이루어졌지만 이쾌대는 남쪽에 있는 가족 품이 아니라 북쪽의 '조선민주주의인민공화국'을 선택했다. 그 후 북한에서 화가로 활동했다고 전해지지만 한국에서 그의 존재는 금기시되었다. 미술사 책에서도 그의 이름은 공란으로 비워지기도 했다. 전쟁 전부터 그의 존재를 알던 극소수의 사람들과 작품을 본 적이 있는 사람들에 의해, 전설처럼 이야기가 전해져왔을 따름이다. 한국에 살던 가족이 이쾌대의 작품을 지켜왔지만 지금도 상설로 전시하고 있는 미술관은 없다. 그나마 한국 사회의 민주화가 진전된 이후에 연구가 시작되어 현재는 논문도 상당수 발표되었다.

2013년 6월 29일 이쾌대의 고향인 대구시 대구미술관에서 열린 '이쾌대 탄생 100주년 기념학술대회: 격동의 시대, 예술로 품다'에 나도 발표자의 한 사람으로 참가했다. 이 글은 그때의 발표문을 바탕으로 한다.

이쾌대는 논하기 어려운 화가다. 무엇보다 작품을 실제로 접할 기회가 많지 않다는 이유를 들 수 있다. 일본에서는 1999년 4월부터 '동아시아/회화의 근대: 유화의 탄생과 그 전개'라는 전시회가 다섯 개 미술관을 순회했는데 그때 「군상Ⅳ」와 「푸른 두루마기를 입은 자화상」이 출품되었지만 정작 나는 이 전시를 놓치고 말았다. 다행히 2011년 11월부터 대구미술관에서 개최된 '이쾌대 특별전'을 볼 수 있었지만 그때는 「군상」이 전시되지 않았다.

이쾌대를 이야기하기 힘든 두 번째 까닭은 그와 관련되어 남아 있는 글이 무척이나 부족하기 때문이다. 따라서 일기와 편지를 실마리 삼아 교우관계와 사제관계를 찾아내고 화가의 세계관과 인간성에 대해 상상력을 동원하려 해도 어려움에 부딪힌다. 그래서 다른 여러 연구자들도 (현 단계에서는) 부족한 자료에 의거해 비슷한 논의를 거듭하고 있는 듯하다. 앞으로 많은 자료가 발굴되고 연구도 진전되기를 기대해본다.

이쾌대, 「군상IV」, 1948.

　이쾌대의 화풍이 무척 다양하다는 점도 빼놓을 수 없다. 모더니즘적인
요소와 리얼리즘적인 요소가 혼재했고, '이것이 이쾌대의 특징'이라고 부
를 수 있을 만한, 유일하거나 완성된 경지에 도달하기 이전에 '월북'했기 때
문에 그때까지 쌓아온 화풍마저 중단되어버렸다. 내가 이쾌대에 대해 가진
인상은 대략 이렇다.

이쾌대, 「푸른 두루마기를 입은 자화상」, 1948~1949년 무렵.

따라서 이쾌대라는 화가를 하나의 '텍스트'로서 독해하기보다 이 화가 안으로 들어가 서로 모순되면서도 뒤얽혀 있는 복수의 '콘텍스트'—이를테면 동양과 서양, 조선과 일본, 전근대와 근대, 식민지 지배와 피지배, 개인주의와 집단주의, 남북 분단과 대립—가 갈등하고 충돌하는 '장場'으로서 읽어보는 시도가 도움이 되리라고 생각한다. 이쾌대라는 화가 개인에 대한 평가를 바로 내리지 않고 그에게 나타나는 복합적인 콘텍스트의 상호관계를, 특히 일본과의 관계에 초점을 맞춰 이야기해보는 것. 이것이 '프랜시스 베이컨 전'을 통해 내가 얻은 착상이며 이 글의 주요한 관점이다.

/ 저 버선은 벗은 것일까? 신은 것일까?

1933년 갓 혼인을 한 아내 유갑봉과 함께 일본으로 건너간 이쾌대는 다음 해 제국미술학교에 입학하여 5년 후인 1939년에 졸업했다. 그 시기의 일본, 그리고 이쾌대가 적을 두었던 제국미술학교의 상황은 어떠했을까?

1929년에는 국립인 도쿄미술학교에 대항하던 재야 세력이 중심이 되어 '교양 있는 미술가의 양성'을 목표로 내걸고 제국미술학교를 개교했다. 마침 그해는 일본 프롤레타리아 미술가동맹이 결성되는 등 프롤레타리아 미술운동이 정점에 이르렀던 시기이기도 했다. 이러한 움직임은 제국미술학교에도 영향을 미쳐서 1933년 무렵까지 20여 명의 학생이 검거, 연행되었

다고 한다.[*]

하지만 1931년 일제는 만주사변을 일으키며 중국 침략을 본격화했고 일본 국내에서도 사상통제를 강화해나가기 시작했다. 이쾌대가 일본에 건너간 1933년의 일본 사회는 완전한 정치적 반동기로 진입하고 있었다. 또 독일에서는 바로 그해 나치스의 히틀러 정권이 탄생했고 1934년에는 결국 일본 프롤레타리아 미술가동맹이 해산했다.

1935년에 접어들자 제국미술학교에서는 재단법인화와 교정 이전 문제를 둘러싸고 학내 분규가 발생했다. 학교장인 기타 레이키치北昤吉의 우익 성향에 대한 학생과 일부 교원의 반감도 주요 원인이었다. 학교 측이 대규모로 교직원을 해고하고 학생들을 정학·퇴학시킨 데 반발하여 학생, 졸업생, 일부 교원이 기타 레이키치 등을 쫓아내자 기타는 학교를 떠나 다마제국미술학교多摩帝國美術学校를 설립했다. 요약하자면 제국미술학교는 이렇게 분열되었다. 원래의 교정은 기타 레이키치에 의해 봉쇄되었지만 남은 학생과 교원은 가건물을 세워 수업을 재개했다.

제국미술학교의 분열의 직접적인 원인이 정치적인 것은 아니었지만 "학생들이 깊이 개입했으며 분규 후에 학내에 자유로운 분위기가 살아남았다는 의미에서 꽤나 예외적인 사례"였다. 또 학생들에게는 "강압적인 교장을 '추방'한 '학내 민주화'로 경험되었을 것이다."[**]

---

[*] 小沢節子, 『アヴァンギャルドの戦争体験』, 青木書店, 1994, 28쪽.

즉 이쾌대가 몸담았던 당시의 제국미술학교는 정치적 반동화와 군국주의화가 차근차근 진행되던 당시 일본 사회에 비해 그나마 자유로운 분위기가 남아 있던 장소였다고 할 수 있다. 이쾌대가 학원 분규에 어떤 식으로 관여했는지는 명확하지 않으나 1937년 당시 서양화과 5년생이었던 김학준은 학우회의 서무부장으로서 학생투쟁에 참가하여 그때의 기억을 기록으로 남기기도 했다.[***]

당시 제국미술학교에는 조선인 학생이 많았다. 1929년부터 1945년까지 조선인 유학생 수는 147명, 그중 졸업생 40명, 제명 65명, 퇴학 23명, 학적부에 기재되어 있지 않은 사람이 19명이었다. 창씨개명 후 일본 이름으로만 기록된 학생 20명도 포함되어 있다.[****] 그 외에 중화민국, 타이완, 샴(타이) 등에서 온 유학생도 있었다.

이쾌대는 일본의 군국주의가 정점에 도달하기 이전에 제국미술학교에 입학했고 이후 태평양전쟁이 시작되었지만 조선인 징용·징병이 실시되기 직전에 졸업했다. '행운'이라는 표현은 적절하지 않겠지만 에어포켓처럼 비교적 자유로운 공간에 몸을 담고 있었다고 볼 수 있다. 당시 젊은 미술가들이 처했던 상황에 대해 고자와 세쓰코小沢節子는 다음과 같이 서술했다.

** 같은 책, 29쪽.

*** 같은 책, 29쪽.

**** 전혜숙,「제국미술학교의 조선인 유학생들 1929~1945: 서양화과를 중심으로」, 한국근현대미술기록연구회 엮음,『제국미술학교와 조선인 유학생들 1929~1945』, 눈빛, 2004, 204쪽.

젊은 미술가들은 정치를 우선시하는 주제예술의 중압감으로부터 해방되어 일제히 새로운 표현형식을 모색하기 시작했고, 동시에 예술가와 사회의 관계라는 문제의식을 프롤레타리아 미술운동으로부터 계승했다 (……) 그들 대다수는 리버럴한 휴머니스트, 혹은 '심정적 좌익'이라고 할 만한 순진한 정치의식의 소유자들이었다. 그들도 자신들이 탄압을 받았던 정치적 전위의 직계 혈통을 잇는다고는 생각하지 않았으리라. 하지만 그러한 자기인식이나 예술관과 관계없이 권력은 처음부터 그들에 대한 감시를 게을리하지 않았다. 시국이 악화되어가면서 전위예술운동은 공산주의운동으로 여겨져 탄압의 대상이 되었다.*

그렇다면 이러한 일본인 학생들의 '전위예술' 지향과 이쾌대와 같은 조선 출신 학생은 어떤 관계에 있었을까? 사상적, 기법적인 영향을 서로 주고받았을까?

고자와 세쓰코는 조선인 학생이 전위회화 그룹에 참가한 사실은 확인되지 않는다고 밝히며 "그들(조선의 유학생)이 배우고 싶어했던 '서양화' 혹은 '일본화'는 일본인 학생이 관심을 두었던 '전위'와는 방향이 달랐을지도 모른다."라고 서술한다.** 한번쯤 생각해볼 만한 지적이다.

일본 근대 서양화의 시조라고 언급되는 다카하시 유이치高橋由一가 영국

---

* 小沢節子, 앞의 책, 30쪽.
** 같은 책, 32쪽.

인 워그먼Charles Wirgman에게 본격적으로 유화를 배우기 시작했던 것이 게이오慶応 2년(1866)이었다. 이듬해 다카하시 유이치는 파리 만국박람회에 유화를 출품한다. 1866년에 태어난 구로다 세이키黒田清輝는 1884년에 프랑스로 건너가 1886년에 화가로 전향하기로 결심하고 라파엘 콜랭Louis-Joseph-Raphaël Collin의 문하에 들어갔다. 구로다는 귀국 후, 인상파의 영향을 도입한 외광파外光派로 불리는 화풍을 확립했고, 1896년에는 새롭게 발족한 도쿄미술학교 서양화과에 교수로 부임한다. 한편 또 한 명의 대표적인 유화가인 후지시마 다케지藤島武二는 구로다보다 한 살 아래였다. 구로다가 화가로 전향하기로 결심했던 1886년에는 후지타 쓰구하루藤田嗣治가 태어났다. 후지타는 1913년에 프랑스로 건너가 1920년대에는 에콜드파리의 총아가 되었다. 그가 16년 만에 일본으로 귀국한 1929년에 제국미술학교가 개교했다.

즉 근대 일본이 서양회화의 아카데미즘, 후기인상파, 야수파 등을 미술제도로서 도입하기 시작한 이후, 제국미술학교가 개교하는 시점에는 거의 3세대를 거쳤다고 볼 수 있다.

한편 조선에서 본격적인 서양화 도입은 고희동의 도쿄미술학교 유학(1909)으로 시작되는 것으로 알려져 있다. 고희동이 졸업하고 조선으로 돌아온 해가 1915년이며 "조선 국내에서는 실질적으로 그 시점부터 '미술'이라는 이식개념과의 만남이 시작되었다고 생각할 수 있다. 1930년대에 많은 미술 유학생이 해외(주로 일본)에 건너갔던 점을 고려하면, 매우 짧은 기간에 '미술'이 전파되었다고 할 수 있다."*

이쾌대가 휘문고보에서 일본 유학생 출신인 미술교사 장발張勃과 만나 화가의 길을 마음에 두게 된 것이 1928년의 일이다. 고희동이 귀국한 지 10년 정도밖에 지나지 않았던 시점이다. 게다가 일제시대의 식민지 조선에는 미술 전공이 가능한 대학은 존재하지 않았다. 따라서 1930년대에 일본에 유학했던 조선인 학생들이 일본이 그동안 수 세대에 걸쳐 쌓아온 서양미술의 지식과 견해, 기법을 단기간 안에 흡수하는 일에 총력을 기울였음은 상상하기 어렵지 않다. '압축적 근대'의 구도를 근대미술사에서도 읽을 수 있다.

1930년대 중반 이후, 기성세대를 향한 사상적, 정치적 반항이 봉쇄되고 '국가'와 '민족'이라는 집단적 주체 관념이 국가주의와 군국주의의 전유물로 흡수되어버렸다. 그 과정에서 '리버럴한 휴머니스트' 혹은 '심정적인 좌익'이었던 일본인 학생들은 비정치적인 '전위예술'과 개인적인 정신세계('초현실'과 '의식 아래'의 세계)를 통해 '자유'를 추구하고자 했다. 이 경향은 '저항'으로 부를 수도, '도피'로 부를 수도 있는 이중성을 띤다. 하지만 조선인 학생들은 어떠했을까?

당시 제국미술학교에서 교양과 어학 강좌를 담당했던 프랑스 문학자 나카지마 겐조中島健蔵는 1937년 11월 29일 일기에서 "프랑스에 가고 싶다고

* 喜多惠美子,「朝鮮美術展覧会と朝鮮における『美術』受容」,『「帝国」と美術』, 国書刊行会, 2010, 318쪽.

말하는 학생이 이야기를 걸어왔다. 그 학생은 조선 출신인 듯했다."라고 썼다.** 그 학생이 누구였는지는 알 수 없지만 어쩌면 이쾌대였을지도 모른다. 그 학생의 생각을 단순히 식민지 출신으로서는 체험 불가능한 공간이었던 프랑스에 대한 동경으로 정리해버릴 수만은 없을 것이다. 조선인 학생들의 주된 관심은 동시대의 일본에 있었다기보다, 일본이라는 좁은 창틀의 왜곡된 유리 너머로 멀찍이 보이던 서양미술의 이론과 기법에 있었을 것이기 때문이다.

일본인 학생들이 사적인 관계에 기반한 다양한 전위그룹을 만들고 있을 때 조선인 유학생들은 '백우회'라는 그룹을 만들었다. 조선 민족의 표상인 '백의민족'의 '백(白)'과 '소(牛)'를 묶은 이름이다. 1932년 김학준이 회장을 맡은 조선미술학우회가 1933년에 '백우회'로 발전했고, 1938년에는 '재동경미술협회'로 명칭을 바꿔 제1회전을 개최하기에 이른다.*** 당시 제국미술학교에 재학했던 김종하는 다음과 같이 회고했다.

"일본에서 공부하던 사람들이 1년에 한 번씩 경성(서울)에서 전시를 하는데 일본 경찰들이 와서 검열을 했어요. 게다가 이름도 흰 백, 소 우자를 써서 그걸 못 쓰게 하더군요. 재동경미술협회는 이렇게 만들어졌어요."****

당시 제국미술학교에 유학할 수 있었던 조선인은 이쾌대가 전형적으로

***

** 小沢節子, 앞의 책, 32쪽.
*** 전혜숙, 앞의 글, 207쪽.
**** 좌담회 「다시 그려보는 나의 유학시절」, 『월간미술』 2000년 7월호, 80쪽.

'백우(白牛)'라고 적힌 이쾌대의 작품.

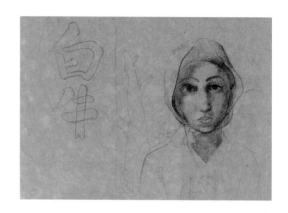

그러했듯 대부분 부유층의 자제였으며 정치적 성향도 좌파였다고는 할 수 없다. 백우회는 일본 학생들의 그룹처럼 예술적 경향과 지향성(이즘)을 공유하는 그룹이 아니었다. 그들을 묶어주었던 끈은 '같은 조선인'이라는 막연한 민족적 유대였을 터이다. 특히 식민지 종주국인 일본 본토로 유학을 갔지만 도쿄미술대학에 다니던 학생들처럼 식민지 엘리트로 성장하는 출세 코스에서는 벗어나 있던 사람들이었다면 더욱더 일본 사회의 주변부와 긴장감을 공유하고 있었던 것은 아닐까?

제국미술학교 창설자의 한 사람인 나토리 다카시名取堯는 다수의 조선인 학생이 다니고 있었던 사실을 회상하면서 "완전히 같은 국어(일본어)를 읽고 말하면서 이름까지 일본식으로 바꾸었던 조선 학생들에게는 안타깝게도 어둡고 무거운 분위기가 감돌았던 게 사실이다."라고 말한 바 있다.*

조선인 학생들이 '전위' 지향의 일본인 학생들과 거리를 두고 '어둡고 무거운' 세계에 침잠해 있었던 데에는 그만한 이유가 있었다. '국가'와 '민족'이라는 집단적 주체성을 지지하든, 거기에 저항하든 그런 이야기를 당연한 듯 말할 수 있는 것은 일본인들이었다. 식민지 신민臣民이던 조선인에게는 자신들의 국가적 아이덴티티와 민족적 아이덴티티 자체가 금기시되었기 때문이다. 조선인이 '일본 제국'의 집단적 주체에 영합 혹은 동일화한다면 '친일'로 빠지는 일과 다를 바 없었다. 일본 학생들이 일본이라는 집단적 아이덴티티를 전제로 그것에 대한 개인적 저항(내지는 도피)을 시도하고 있을 때, 조선인은 스스로의 집단적 아이덴티티(와 그 토대로서의 '근대')를 모색하고 있었던 것이다. 일제에 대한 저항의식이 크면 클수록 그러한 경향은 강렬해졌다.

이렇게 일본인 학생과 조선인 학생의 경향은 서로 반대 방향을 향했던 것처럼 보이지만, 양쪽 모두 국가권력으로부터 탄압을 받을 수밖에 없었다. 이 지점에서도 앞에서 서술했던 서로 다른 '콘텍스트'의 교차와 갈등을 발견할 수 있다.

나가노 현 우에다 시에 있는 전몰 화가 위령 미술관인 '무언관無言館'이 발행한 『신판 전몰화 학생 인명록新版戰歿畵學生人名錄』(2009년 8월 간행)에는 그

---

* 名取堯, 「わが学園の思い出(八)留学生たち」, 『武蔵野美術』 1961年 7月. 小沢節子, 앞의 책 32쪽에서 재인용.

시점까지 이 미술관에 기탁된 489명의 인명과 경력이 수록되어 있는데 그 중에는 조선인 학생 세 명도 포함되어 있다. 모두 제국미술학교 졸업생이다.

고석(高錫): 1913년생, 경기도 고양군 종인면 출신, 1939년 졸업.
황낙인(黃樂仁): 1915년생, 충청북도 괴산군 청안면 출신, 1938년 졸업.
시로야마 긴지(城山金治, 정순모(鄭純謨)): 1918년생, 1944년 졸업.

고석은 이쾌대와 같은 해에 서양화과를 졸업했고, 황낙인은 1년 먼저 사범과를 졸업했기에 서로 지인이었을 가능성이 높다. 창씨개명한 이름이 병기된 정순모는 1939년에 입학했기 때문에 이쾌대와는 만나지 못했을지도 모른다.

일제의 침략전쟁에 동원되어 목숨을 잃었던 조선인 화가들은 어떤 사람들이었을까? 어떤 마음을 품고 전장으로 내몰렸을까? 지금 무언관에 그들의 작품은 전시되어 있지 않다. 유족과 연락이 닿지 않아 유작도 발견할 수 없었기 때문이다. 말 그대로 '무언'이다.

앞서 말했던 나토리 다카시는 회상을 통해 "그들(조선 출신 학생)은 모두들 공부를 잘했다. 좋은 성적을 거두는 학생들이 적지 않았다."라고 언급했다. 이쾌대의 성적표를 보면 서양화과 3학년 당시에는 수신 7점, 프랑스어 7점, 체조 5점, 실습 7점(모두 10점 만점)이었고 4학년 때는 프랑스어 7점, 미학 7점, 실습 6점이라는 성적을 거뒀다. 5학년 때는 실습은 7점이지만 출석일수 64일에 결석일수가 41일이나 되는 점이 눈길을 끈다. 졸업 당시의 석차는 15등이었다. 나쁘다고는 말할 수 없지만 아주 뛰어났다고 말하기도 힘든 성적이다. 덧붙여 김학준의 석차는 2등이었다. 이쾌대가 '임시 막사'에서 진행된 니시다 마사아키西田正秋 교수의 미술해부학 수업을 열심히 청강했다는 사실은 이후에 다룰 내용과도 관련되는 중요한 지점이지만, 이 과목 성적은 남아 있지 않다.*

이쾌대가 제국미술학교 재학 중 인체 데생에 열중했다는 사실은 잘 알려져 있다. 2011년 대구미술관 개관 특별전에서는 관련 드로잉이 몇 점 전시되었다. 제작연도는 알 수 없었지만, 모델이 아내 유갑봉으로 추정되는 작품 이외에 동양인 여성의 신체를 묘사하려고 애쓴 듯한 작품도 있었다. 당시 이쾌대는 동시대 일본인 학생과는 달리 정통적인 인체묘사의 기법을 몸에 익히려는 수련에 힘썼다는 점을 추측하게 하는 대목이다.

1935년에 제작한 「궁녀의 휴식」은 아직까지 학생다운 '습작'의 영역을 벗어나지 않았다고 생각되기에 김진송의 다음과 같은 지적에 동감한다.

"서구적인 양식을 그대로 수용할 수도, 그렇다고 전근대적인 양식을 고수할 수도 없는 비서구권에서 미학적 갈등이 표출된 전형적인 예라고 할 수 있다."**

* 이쾌대의 성적에 대해서는 무사시노미술대학의 박형국 교수에게 많은 도움을 받았다.
** 김진송, 『이쾌대』, 열화당, 1996, 53쪽.

(좌) 이쾌대, 「긍녀의 휴식」, 1935(엽서 도판). (우) 이쾌대, 「운명」, 1938.

화면 왼쪽 아랫부분에 묘사된 여성의 오른발 끝에 걸쳐진 버선은 서양 풍 인체묘사에 그저 형식적으로만 덧붙여진 동양인의 표상으로도, 일본 제국의 미술 이데올로기가 식민지 신민에게 강제했던 '향토색'의 표상으로 도 읽을 수 있다. 이 벌거벗은 여성은 지금 버선을 신으려는 것일까, 아니면 벗으려는 중일까? 전라의 보편적인 '인간'으로 도약하려는 것일까, 아니면 민족적 표상으로 장식된 전근대적인 전통 세계 속에 갇히려는 것일까? 버 선을 벗어버리고 전라가 된다면 민족적 아이덴티티의 포기로 읽힐지도 모

198

른다. 하지만 버선을 신는다고 해도 제국의 주변부로서 단순한 이국취미와 조선 향토색으로 소비되어버릴 가능성이 높다. 이 한쪽 발에 걸친 버선은 이런 아슬아슬한 갈림길을 보여준다.

실제로는 그 후 이쾌대 작품에는 버선뿐 아니라 치마저고리까지 몸에 걸친 모습이 많지만, 그렇다고 해서 전근대적인 전통 세계에 그대로 틀어박힌 모습이라고는 할 수 없다. 1938년 작품인 「무희의 휴식」, 「운명」, 「상황」 등에 이르면, 확실히 이쾌대의 독창성이 드러난다. 이 작품들에는 전통 민족의상을 입은 조선 여성이 그려져 있지만 이는 식민지 권력이 장려하고 강제했던 '조선 향토색' 도상과는 명확히 다른 인상을 준다.

첫 번째 이유는 여성이 단순히 수동적 존재가 아니라 명확한 의사를 지닌 근대적 인격체로 그려졌다는 점이다. 이러한 인상은 이쾌대가 부인 유갑봉을 모델로 하여 그린 여성상—예컨대 「2인 초상」—에서는 더욱 강하게 느껴진다. 두 번째 이유는 색채가 어둡고, 무겁다는 점이다. 이는 이인성李仁星의 작품과 비교해보면 더 뚜렷하다. 다시 말해 이 시기 이쾌대가 그린 여성상은 조선인이 처한 '어둡고, 무거운' 현실을 반영하고 있다. 이쾌대가 '전형적인 한국 미인'을 그렸다는 일부의 평가가 있지만, 논점을 벗어난 평가이다. 이쾌대의 여성상이 이루어낸 공적은 민족의상을 입은 조선 여성을 그저 전통적인 표상으로 드러내지 않고, 그 내면에 숨쉬는 근대를 향한 지향성을 그려냈다는 점이다.

이에 비하면 이쾌대가 선과 색채로 조선 고유의 전통적 묘사법을 도입하

이쾌대, 「2인 초상」, 1939.

려 시도했던 여성상인 「부녀도」와 「부인도」에 그려진 인물은 개성을 가진 개인이 아니기에 오히려 독창성이 후퇴하고 있는 것처럼 보이기도 한다. 이는 「부녀도」의 두 여성의 눈동자 대부분이 검게 칠해져 뭉개진 표현에서도 드러나는데 '근대 지향'과 '민족적 묘사법' 사이에서 화가가 끊임없이 갈등했고 시행착오를 겪었다고 보아야 할 것이다.

/ 동시대인 마쓰모토 슌스케

「푸른 두루마기를 입은 자화상」을 처음 보았을 때, 나는 마쓰모토 슌스케松本竣介의 「서 있는 상立てる像」과 「화가의 상画家の像」을 떠올렸다. 그런 연상은 돌발적인 것이었을까?

김진송은 「푸른 두루마기를 입은 자화상」에 대하여 이렇게 서술한다.

"화면 중앙에 우뚝이 정면을 향해 서 있는 그는 '화가' 자신이다. 그는 당당하게 '그림을 그리는 사람'이다."*

지금 언급한 마쓰모토 슌스케의 자화상 두 점 역시 '화가'로서의 자기표명이다. 1941년이라는 시점(태평양전쟁이 시작된 해)에 마쓰모토 슌스케라는 일본인 화가는 무엇을 향해 자기를 표명했던 걸까? 그리고 1948년이라

---

* 같은 책, 111쪽.

이쾌대, 「부녀도」, 1941.

는 시점('해방공간')에서 이쾌대라는 조선인 화가는 무엇을 향해, 그리고 어 떤 힘에 맞서 자기표명을 했던 것일까? 1941년의 마쓰모토가 마주했던 대 상과 1948년의 이쾌대가 마주했던 대상은 당연히 같지 않다. 그렇지만 두 사람의 공통점은 '화가'가 자율적인 개인으로서 살아가는 것조차 방해하 는 사회적인 힘(마쓰모토의 경우는 일본 군국주의와 전체주의, 이쾌대의 경우 는 해방 3년째를 맞아 더욱 심각해진, 외세의 간섭에 의한 민족분단 상황)에 대 한 태도이다. 대항하기 힘든 시대적 조류 속에서도 그냥 떠내려갈 수 없다 며 힘겹게 발 딛고 서 있는 예술가 개인의 자화상이다.(이쾌대는 이렇게 '개

(좌) 마쓰모토 슌스케, 「서 있는 상」, 1942. (우) 마쓰모토 슌스케, 「화가의 상」, 1941.

인'으로서 자기표명을 하는 동시에 집단적 아이덴티티의 문제와 깊이 관련된 「군
상」 시리즈도 제작했지만 이에 대해서는 다음 장에서 언급하려 한다.)

　「푸른 두루마기를 입은 자화상」은 같은 시기에 정통적인 서양화 유채 기
법으로 그려진 「자화상Ⅲ」과는 크게 다른 특징을 보인다. 김진송도 지적했
듯 "서구적인 양식과 전통적 요소를 결합하려 한 그의 노력"이 직접적으로
드러난다.[*]

[*]　같은 책, 108쪽.

이쾌대, 「자화상 III」, 1948~1949 무렵.

한편 오광수는 이 작품을 두고 "풍경을 배경으로 한 자화상이라기보다 풍경 속의 자화상, 풍경과 더불어 있는 자화상"이라고 언급했다.* 이 해석은 실은 마쓰모토의 자화상과도 잘 부합한다. 다만 마쓰모토가 그린 자화상의 배경은 도쿄의 도시 풍경이며 「푸른 두루마기를 입은 자화상」의 배경은 조선의 농촌 풍경이다. 마쓰모토의 풍경은 얼핏 보면 폐허처럼 보이지만 제작 당시는 도쿄를 포함한 일본 본토가 아직 전장으로 변하지는 않은 시점이었다. 그러므로 마쓰모토의 예술적 직감이 몇 년 후에 닥칠 파괴와 황폐를 예감하였으며, 그 예감과 마주하며 서 있는 자신을 그린 것이라고 볼 수 있다.

오광수는 「푸른 두루마기를 입은 자화상」이 "한국의 화가라는 사실을 자랑스럽게 구현해준 것"이며 "고향의 정경을 그리는 자신이야말로 진정한 한국의 화가가 아닌가 하는 자부심을 은연중 표상하려는 것이 아닐까."**라고 했다. 하지만 과연 그런 의미였을까?

먼저 '한국의 화가'라는 표현 자체가 이쾌대의 자의식을 가리키기에 적절하지 않다. 이 그림이 그려진 때는 조선 민족의 분단이 고착될 것인지, 즉 대한민국과 조선민주주의인민공화국이라는 두 나라가 탄생할 것인지 기로에 서 있던 시기다. 식민지 시대의 이쾌대가 동세대 화가들과 '조선미술가

---

* 오광수, 「민족의식과 조형: 이쾌대의 작품세계」, 『이쾌대』(대구미술관 개관특별전 도록), 2011, 122쪽.
** 같은 글, 121~122쪽. .

협회'를 설립하고자 했던 일, 또한 이 시기 이후 그의 '월북'이라는 정치적 선택과 행동을 보더라도 그가 '한국의 화가'라는 '자부심'을 가지고 자기표명을 했다고는 생각하기 어렵다.

'한국의 미술사가'인 오광수는 물론 이 '한국'이라는 용어를 '조선 민족' 전체를 총칭하는 말로 쓰려고 했겠지만 과연 그것이 민족을 총칭하는 용어로서 적절할까? 이 부분에 대해 따져보기보다는 '한국의 화가'를 '조선 민족의 화가'라는 뜻으로 바꿔 이해하며 이야기를 이어가보자.

모델이 전통 의상을 입고 있다는 점, 조선의 농촌 풍경이 그려져 있다는 점을 들어 '한국의 화가'라는 증거로 삼는 것은 안이한 해석이다. 이런 요소들은 일제가 권장한 '조선 향토색'과 크게 다를 바가 없다. 이쾌대는 일제 시대에도 조선미술전람회에 출품을 거부했으며 단순히 '조선 향토색'으로 매몰되지 않으려는 표현(나아가서는 아이덴티티의 표현)을 위해 진지한 모색을 했던 화가가 아니었던가? 일제로부터는 해방되었다고 하더라도 민족이 분단의 위기에 처해 아직 통일국가를 이룩하지 못한 시점에서 소박하게 '나야말로 진정한 한국의 화가가 아닌가 하는 자부심'을 표명하는 일이 가능했을까?

「푸른 두루마기를 입은 자화상」은 일제에 의한 문화적 식민지 지배가 드디어 종언을 맞이한 시점에 그려졌다. 새롭고 절박한 위기가 다가온 시점에서 이쾌대가 민족으로서의 아이덴티티와 화가 개인으로서의 아이덴티티를 정면에서 문제 삼은 작품이라고 말할 수 있다. 전통 의상을 입은 화가가 서양식 중절모를 쓰고, 서양화용 붓과 팔레트를 손에 들고 있는 모습은 과연 '교차하는 콘텍스트'를 있는 그대로 솔직히 표명하고 있다. 두루마기와 같은 민족적 소재를 다룬 점과 조선의 전통적인 묘사법을 구사했다는 사실보다도 이러한 자기분열적인 자기상을 화가 스스로 직시하고 있는 점이야말로 오히려 이 작품에 대한 호감을 불러일으킨다.

이 자기분열적인 자화상은 분열을 강요당한 민족상의 반영임에 틀림없기 때문이다. 그래서 내 눈에는 화가의 표정에서 만족스러운 '자랑'과 '자부심'보다 상황에 대한 강한 위기감과 화가로서 시대와 마주하려는 의지가 읽힌다. 이 역시 근대적인 자기의식의 산물이며, 진지한 갈등이라는 측면에서 본다면 마쓰모토의 자화상과도 서로 통하는 점이 있다고 생각한다.

마쓰모토 슌스케의 「화가의 상」은 1941년 제28회 이과전二科展에, 「서 있는 상」은 1942년 제29회 이과전에 출품됐다. 이쾌대는 이미 1939년에 제국미술학교를 졸업하고 조선으로 귀국했으므로 그가 이 두 자화상을 직접 보았는지는 알 수 없다. 이쾌대는 귀국 후에도 때때로 일본을 왕래했으므로 직접은 아니더라도 도록 등에서 마쓰모토의 작품을 보았을 가능성은 있다. 설령 보지 못했다 하더라도 마쓰모토와 이쾌대 사이에 몇 가지 간접적인 접점과 유사점을 발견할 수 있다. 두 사람은 1930년대의 도쿄라는 동일한 시공간에서, 그러나 서로 다른 콘텍스트 속에서 같은 시대의 공기를 호흡했다.

마쓰모토 슌스케는 1912년 4월 12일 도쿄에서 태어났다. 이쾌대보다 한 살 위이므로 동시대인이라고 말할 수 있다. 두 살 때 가족과 함께 이와테 현으로 이주했는데 아버지는 사과주 양조업 등에 종사한 사업가여서 집안은 비교적 유복했다. 하지만 초등학교를 졸업하던 1925년에 뇌수막염을 앓고 그 후유증으로 청각을 잃게 되어 평생 듣지 못했다. 마쓰모토 슌스케의 그림에 등장하는, 깊이 있는 푸른색을 기조로 한 차분한 색조는 그가 청각 장애인이었던 사실과도 관계가 있다고 생각된다.

중학생이었던 1927년에 도쿄에서 대학을 다니던 형으로부터 유화 도구 세트를 선물 받은 것을 계기로 그림에 열중하게 된 마쓰모토는 1929년에 중학교를 자퇴하고 상경하여 '태평양화회'를 다니며 화가의 꿈을 키워갔다. 10대에 이미 두각을 나타냈고 이후 아소 사부로麻生三郎, 아이 미쓰靉光 등의 전위적인 젊은 화가들과 교우를 맺으며 특색 있는 풍경화와 인물화를 제작했다. 독서가이자 교양인이기도 했던 마쓰모토 슌스케는 1936년 결혼해 아내 사다코禎子와 함께 잡지『잡기장雜記帳』을 창간한다. 이 잡지에는 당시 리버럴한 경향을 가진 다채로운 지식인들이 기고했다. 그 무렵 마쓰모토는 나치에 반대하여 미국으로 망명했던 조지 그로스George Grosz와 미국으로 이주하여 디에고 리베라의 조수로도 활동했던 노다 히데오野田英夫의 작품을 좋아했고 그들에게 영향을 받았다고 한다. 일본계 미국인이었던 노다는 코민테른의 밀명을 띠고 반전 운동을 위해 일본에 귀국했지만, 뇌종양으로 세상을 떠났다.

1938년 제25회 이과전에 마쓰모토는「거리街」를, 이쾌대는「운명」을 출품

마쓰모토 슌스케,「서설」, 1939.

했다. 이때 두 사람이 서로의 그림을 보았을 가능성이 높지만 확실한 증거는 없다. 다음 해 1939년 제26회 이과전에도 마쓰모토는「서설序說」을, 이쾌대 는「석양 소풍夕陽銷風」을 출품했다.

이쾌대가 제국미술학교를 졸업한 1939년은 커다란 분기점이 된 해였다. 조선에서는 '창씨개명령'이 포고되는 등 전시 동원을 목표로 '내선일체'를 제창하는 황민화 정책이 강화되어갔다. 바로 그해 일본 미술계에서는 유럽 유학을 마치고 돌아온 초현실주의자 후쿠자와 이치로福沢一郎를 중심으로 전위예술가 그룹인 '미술문화협회'가 결성되어 앞서 이야기한 아소 사부로 이쾌대, 「석양 소풍」, 1939(신문 게재 도판).

와 아이 미쓰도 여기에 참가했다. 한편 4월에는 '대일본육군종군화가협회'가 발전적 해산을 해 '육군미술회'를 발족했는데 회장에는 육군대장 마쓰이 이와네松井石根, 부회장에는 후지시마 다케지藤島武二였다. 7월에는 아사히신문사 주최로 '제1회 성전미술전聖戰美術展'이 열렸고 이후 1945년 패전을 맞을 때까지 각종 전쟁미술 전람회가 개최되는데 입장객 수는 관설전람회의 열 배에 달했다고 전해진다.

　1940년에는 '자유미술가협회'가 '미술창작가협회'로 명칭을 변경했다. '자유'라는 말을 사용함으로써 관헌의 간섭을 받을 것을 우려했기 때문이다. 1941년 3월에는 후쿠자와 이치로와 다키구치 슈조瀧口修造가 검거되는 이른바 '쉬르리얼리즘 사건'이 일어났다. 이는 정부 당국이 초현실주의와 공산주의를 동일시하여 전위예술을 몰아내려 했던 사건이다. 1934년에 이미 일본 프롤레타리아 예술동맹이 강제해산을 당해 공산주의, 마르크스주의 계열의 예술운동은 폐색상태에 빠졌지만 그로부터 채 10년이 지나지 않아 이번에는 비非마르크스주의 경향의 전위예술운동마저도 숨통이 끊기게 된 것이다.

'미술문화협회'의 정례회의에는 반드시 경찰이 출석해서 메모를 했다. 회원들은 서로 심사를 거쳐 무난하다고 생각되는 '거세된 듯한 작품'(고마키 겐타로小牧源太郎의 표현)만을 전시하는 자기검열을 하게 되었다. 반년 옥살이 후 석방된 후쿠자와 이치로는 다시 협회로 돌아와 '초현실 같은 작업은 일체 그만둔다.'라는 전향 선언을 했다. 미술계의 이 같은 비굴한 태도는 곧바로 시류에 대한 적극적인 영합으로 이어져 1943년에는 미술계의 통제단체인 '일본미술보국회'가 결성되고 '일본미의 확립', '민족적 윤리성의 현현顯現' 등을 부르짖게 되었다.

미술잡지인 『미즈에みずゑ』 1941년 1월호에는 참모본부 정보부원 스즈키 구라조鈴木庫三가 주도한 좌담회를 기록한 「국방국가와 미술」이 게재되었는데 스즈키 등의 군인은 이 좌담회에서 다음과 같이 언급했다. "화가는 국방국가 건설의 사상전思想戰 부문을 담당하지 않으면 안 된다. 그것이 가능하지 않은 자는 외국으로 나가주었으면 한다. (……) 일류 화가를 목표로 삼

기보다 국가를 위해 붓을 들어야만 한다. (……) 창조의 세계에는 자유주의, 개인주의 이외에는 없는가? 그러하다면 회화, 조각을 그만두었으면 한다."

이 기사를 읽은 마쓰모토 슌스케는 아내의 걱정에도 아랑곳 않고 숙고 끝에 『미즈에』 4월호에 「살아 있는 화가」라는 반론을 투고했다. "우리도 국가를 생각하며 국민의 생활을 육성하기 위해 몸과 마음을 다하고 있다. (……) 우리가 탐욕적으로 유럽의 영향을 흡수한 까닭은 그들을 극복하고 싶었기 때문이다. 하지만 이 10년, 20년이 공백으로 비워져 있었다면, 그 역시 불가능했을 것이다. (……) 아시아 민족이 미국과 유럽으로 간 목적이 문화의 추구라고 한다면, 일본이 무력으로 아시아를 통일할 수는 있어도, 진정한 고도국방국가는 만들지 못할 것이다. (……) 스즈키 소좌는 예술에 보편적 타당성이 있느냐는 의문을 던지지만 우리는 그것을 휴머니티라고 생각한다. 국가민족성도 휴머니티의 뒷받침이 없다면 충실한 예술은 생겨날 수 없다. (……) 좌담회의 발언은 국가의 백 년을 위해 붓을 잡으라는 말인지, 눈앞의 시급함을 위해서 붓을 잡으라는 뜻인지 분명히 하지 않았다. 눈앞의 일을 위해서라면 간단하다. 하지만 그렇게 하면 이전 시기의 프롤레타리아 미술과 마찬가지 처지가 되어버릴 것이다. 국가의 백 년을 위해서라면 앞으로 우리 작업은 인간의 본원적인 문제로 향하지 않으면 안 된다."

마쓰모토 슌스케는 "이 글은 나 개인의 책임이며 내가 소속한 단체와는 아무런 관계도 없음을 덧붙인다."라며 기고문을 끝맺었기에 상당한 압박을 각오했던 글이었음을 짐작케 한다. 실제로 이 글이 발표된 후 그에게는 미행이 따라붙게 되었지만 검거까지 당하지는 않았다.

현재의 시선으로 냉철히 마쓰모토의 글을 읽으면 반전이라던가 반국가주의적이라는 식의 평가를 내릴 만한 내용은 아니다. 즉 마쓰모토는 '개인'의 가치를 존중하는 근대주의자로서 군에 의한 전체주의적 통제에는 반대했지만 일본의 침략전쟁에 근본적으로 반대했다고 보이지는 않는다.

실제로 마쓰모토는 전의를 고양하는 그림을 몇 점 그리기도 했으며 글에서 자신도 애국자라는 것을 반복해서 강조했다. 그렇다고 해도 이러한 의사 표현은 당시 일본 미술계로서는 매우 예외적으로 용감한 주장이었으며, 전쟁기의 일본에서 예술가의 저항을 대표하는 사례로서 지금까지 기억되고 있다.

이 무렵 이후부터 당국의 검열 없이는 전람회 개최 자체가 불가능해져 미술관과 화랑에서도 전쟁화밖에 볼 수 없게 되었다. 전쟁에 적극적으로 협력했던 후지타 쓰구하루와 같은 대가들은 군으로부터 장성급 대우를 받으며 전장으로 파견되었다. 그 성과로 전쟁화 전람회가 매달 열렸고 전시회장은 전쟁 승리 분위기로 고양된 구경꾼들로 북적댔다.

그러던 1943년 봄, 마쓰모토 슌스케는 선배 화가인 이노우에 조자부로井上長三郎를 찾아가 "전쟁과 관계없이 내가 좋아하는 그림을 그리고 싶습니다."라며 그룹전에 대한 이야기를 꺼냈다.* 이를 계기로 전위예술운동의 맥

아이 미쓰, 「흰 상의를 입은 자화상」, 1943.

을 이어 여덟 명의 동인으로 구성된 신인화회新人畵會가 탄생했다. 아소 사부로와 아이 미쓰도 여기에 합류했다. 그들의 첫 번째 전람회는 1943년 4월 도쿄 긴자의 작은 공간에서 열렸는데 출품 작품은 풍경화, 인물화, 정물화뿐으로 '전쟁 따위는 무시하려는 듯한 풍정'*이었다. 제2회 신인화회전은 같은 해 11월에, 제3회는 1944년 9월에 열렸고 그 전시가 마지막이 되었다. 내각정보국이 미술보국회가 공동 개최하지 않는 전람회 자체를 금지했기 때문이었다. 이렇게 민간 미술단체의 전람회가 열리지 못하게 되자 이과二科마저 해산했다.

아이 미쓰는 제3회 신인화회전 출품을 위해 「흰 상의를 입은 자화상白衣の自画像」을 그린 후 징집을 당해 전장으로 떠났다. 그는 중국 우창武昌에서 패전을 맞았지만 5개월 후에 전쟁터의 한 육군병원에서 원통히 세상을 떠났다. 아이 미쓰를 포함한 신인화회의 화가들은 급진적인 정치사상의 소유자도, 적극적인 반전주의자도 아니었다. 단지 순진하게 '나는 전쟁화는 그릴 수 없다.'고 생각했던 화가들이었다. 마쓰모토 슌스케는 청각장애인이었기 때문에 병역을 면제받아 살아남았다. 한편 장성급 대우를 받으며 국민을 전쟁으로 몰아갔던 대가들은 아무것도 기억이 안 난다는 듯한 얼굴로 전후까지 살아남아 화단에서 나름의 지위를 유지해갔다.

마쓰모토 등이 결성한 신인화회와 어떤 의미에서 비슷한 입장이었다고

---

* 같은 책, 148쪽.

같은 책이라는 콘텍스트로 / 이쾌대

볼 수 있는 단체가, 일본에서 활동했던 조선인 서양화가 김종찬, 김학준, 이중섭, 최재덕 등과 함께 이쾌대가 설립한 '조선신미술가협회'였다.(경성에서 열린 전시를 계기로 당국이 간섭하자 '조선'이라는 두 글자를 떼고 '신미술가협회'로 개칭했다.) 이 단체는 '조선적 소재를 통해 유화의 향토화를 추구'할 것을 목표로 내걸었으며 멤버 대다수는 일본에서도 관전 아카데미즘에 반대한 재야 미술단체 '이과', '독립미술협회', '자유미술가협회'에서의 활동 경력이 있었다. 조선 미술계에서도 권력의 중추였던 조선미술전람회와는 선을 그은 채 다양하고 자유로운 작품을 전시했다고 평가된다.

조선신미술가협회가 도쿄에서 제1회 전람회를 개최한 것은 앞서 서술한 『미즈에』 논쟁이 절정에 달했던 1941년 3월이었고, 해체된 시기는 신인화회의 마지막 전람회가 있었던 1944년이다.

이쾌대도 『미즈에』를 읽었으리라 생각되지만 동시대인이었던 마쓰모토의 주장을 접했을 가능성은 어느 정도였을까? 마쓰모토가 「살아 있는 화가」를 발표했던 것이 『미즈에』 1941년 4월호였고 그해 9월 그는 이과전에 「화가의 상」을 출품했다. 군국주의에 반대하는 긴장과 고양감 속에서 이 100호짜리 대작을 제작했던 셈이다. 이 자화상은 틀림없이 군국주의라는 시대 조류에 휩쓸릴 수 없다며 굳게 서 있는 화가의 모습이다. 그로부터 3개월 후인 12월 8일, 일본군은 하와이 진주만의 미 해군 기지를 기습하며 태평양전쟁에 돌입했다. 그리고 다음 해 가을에 마쓰모토는 역시 100호 크기의 작품 「서 있는 상」을 발표했다. 이쾌대가 마쓰모토의 「화가의 상」과

「서 있는 상」을 보았다는 증거는 없지만 동시대의 일본인 화가, 그것도 군국주의에 반발했던 리버럴리스트의 작품에 깊은 관심을 기울이지 않았을까? 그때의 인상이 일본의 패전(조선 해방) 후에 되살아나 「푸른 두루마기를 입은 자화상」으로 이어지지는 않았을까 하고 나는 상상해보는 것이다.

/ '전쟁화'의 그림자 : 「군상」을 읽다

이쾌대의 「군상」 연작은 분명 문제작이다. 먼저 나로서는 「푸른 두루마기를 입은 자화상」을 그렸던 것과 거의 같은 시기에 이쾌대가 이런 대작에 도전한 것을 어떻게 이해해야 할지 곤혹스럽다. 한쪽 작품은 개인을 그린 자화상이며 기법에서도 조선의 전통적인 묘사법을 도입했다. 다른 한쪽은 집단을 그린 군상이자 서양의 아카데미즘에 기반한 리얼리즘의 기법을 구사했다. 이 당시 이쾌대가 여러 가지 시행착오를 겪고 있었다는 사실만은 확실하다.

「군상」을 두고 '혁명적 낭만주의'의 걸작이라는 평가가 있다는 것은 잘 알고 있다.* 굳이 반론을 제기할 마음은 없지만 작품이 만들어낸 '콘텍스트' 속으로 한 발짝 더 들어가 생각해보고 싶다. 「군상」에서 일본 전쟁화의

* 최열, 『화전』, 청년사, 2004, 417쪽.

그림자를 본다고 말한다면 비난을 받게 될까?

아쉽게도 나는 「군상」을 직접 볼 기회를 아직 얻지 못했지만 도판으로 처음 보았을 때(1999년 4월부터 일본 각지를 순회했던 '동아시아/회화의 근대: 유화의 탄생과 그 전개전' 도록에 「군상 IV」가 수록되어 있다.), 곧바로 후지타 쓰구하루의 「사이판 섬의 동포들, 신하로서의 절조를 다하다サイパン島同胞臣節を全うす」를 떠올렸다. 후지타의 이 그림을 이쾌대가 직접 보았을 가능성은 희박하다. 하지만 후지타가 제작한 전쟁화— 예를 들면 1943년의 「애투 섬의 옥쇄アッツ島玉砕」 등 — 및 많은 일본인 서양화가의 전쟁화를 접했으리라 어렵지 않게 상상할 수 있다. 한쪽은 식민지 지배자 측의 대가이며, 다른 한쪽은 피지배 민족의 젊은 화가이다. 이쾌대는 적극적인 항일운동까지는 하지 않았을지라도 일본의 침략전쟁과 식민지 정책에 비판적 태도를 견지했음이 분명하다. 그럼에도 불구하고 피지배자가 해방 이후 심혈을 기울여 그렸던 '혁명적 낭만주의'의 대작에 지배자가 그렸던 전쟁화의 그림자가 드리워져 있다니, 모순적이라고 생각되고 불편하게 들릴지도 모른다.

충분하지는 않지만 나는 이 문제와 관련해 이쾌대에 대한 한국의 몇몇 문헌을 살펴보았으나 현재까지 이를 언급한 연구는 발견할 수 없었다.(김경아의 「이쾌대의 군상 연구」(서울대학교 석사학위논문, 2003)라는 논문에 이쾌대와 후지타 쓰구하루의 전쟁화 사이의 관련성에 대한 언급이 있다는 이야기를 들었으나 이 글을 쓰던 때에는 읽지 못했다.)

김진송은 이렇게 지적했다. "「군상IV」는 또한 서구미술의 거장이라 알려

후지타 쓰구하루, 「애투 섬의 옥쇄」, 1943.

진 푸생Nicolas Poussin, 티치아노Tiziano Vecellio, 제리코Théodore Géricault, 다비드Jacques-Louis David, 들라크루아 등이 이용한 작품구성을 연상시킨다. 신고전주의에서 낭만주의에 이르는 서구미술의 영향은 이쾌대의 「군상」에서 부분적으로 혹은 동시에 뒤섞여 나타난다."*

한편 최열은 이렇게 서술한 바 있다. "그때 그 그림(「조난」)을 보았던 이들은 제리코의 「메두사 호의 뗏목Le radeau de la Méduse」을 떠올렸다고 한다. 또한 해방 3년 동안 그렸던 그림들을 본 연구자 김복기는 들라크루아의 「키

---

* 김진송, 앞의 책, 136쪽.

(좌) 테오도르 제리코, 「메두사 호의 뗏목」, 1819. (우) 외젠 들라크루아, 「키오스 섬의 학살」, 1824.

오스 섬의 학살Scènes des mass-acres de Scio」을 연상했다고 한다."* 그 밖에 이
쾌대가 미켈란젤로에 경도되었다고 서술한 이도 있다. 그런데 이쾌대에게
영향을 끼쳤을 선배 화가로 일본인 화가의 이름이 거론되지 않은 이유는
무엇일까?

후지타 쓰구하루는 당시 일본 미술계의 슈퍼스타라고 말할 수 있는 존
재였다. 에콜드파리의 총아가 된 후지타가 16년 만에 일본으로 귀국했던

---

* 최열, 앞의 책, 404쪽.

해에 제국미술학교가 개교했다는 사실은 앞서 서술한 대로이다. 이쾌대 등 조선인 유학생이 후지타의 지도를 받았는지는 확인하지 못했다. 또 제국미술학교의 교수 명부(1925~1945)에도 후지타의 이름은 없다. 하지만 후지타의 화실에 조선인 유학생들이 열심히 다녔다는 이야기가 전해진다.(박형국 교수와의 인터뷰.) 또 문제를 후지타로부터의 직접적인 영향 여부로 좁히지 않고 후지타를 포함하여 일본인 서양화가를 통한 서양미술의 수용이라는 측면까지 확장해보자.

물론 이러한 구도는 이쾌대에 한정된 것은 아니다. 서양미술이 일본의 식민지 지배라는 '왜곡된 창'을 통해 조선에도 수용된 이상, 의식했건 그렇지 않았건 그 '창'의 영향을 받을 수밖에 없었던 것은 당연한 이치다. 그리하여 문제는 불가피하게 자신들 안으로 침투한 영향을 대상화하여 이해할 수 있는가, 즉 자신의 아이덴티티를 '콘텍스트'로서 이해하는 것이 가능한가이다. 일본 '전쟁화'의 계보를 이 자리에서 상세히 서술하는 것은 불가능하다. 다만 에도 시대부터 조닌町人(서민) 계급의 지지를 받으며 대중예술의 지위를 차지하고 있던 우키요에가 메이지 유신 이후 당시의 신문에 게재되면서, 일본의 내전인 세이난전쟁西南戰爭과 대외침략 전쟁이었던 청일전쟁, 러일전쟁의 전황을 알리는 전쟁 니시키에錦繪**로 보급되었던 사실은 기억

***

** 다양한 우키요에의 기법 가운데 가장 대표적인 다색목판화를 가리키는 용어. 삼원색뿐만 아니라 복잡한 중간색까지 표현할 수 있어 화려하고 정교한 비단과도 같다는 의미로 생긴 이름이다.

해둘 만하다. 하지만 이 니시키에 붐은 사진의 보급과 함께 쇠퇴했다. 마침 같은 시기에 서양화가 프랑스로부터 도입되었지만 구로다 세이키 등에 의해 주도된 근대 일본의 아카데미즘의 주류는 후기인상파의 영향 아래에 있던 '외광파'였으며 주제는 주로 풍경, 정물, 인물 등이었다. 이들은 오히려 전근대의 일본화로부터 사적이며 장식적인 화조풍경화의 취미를 계승했다고 할 수도 있다. 하지만 일본의 서양화가들 사이에 전쟁화(광범위하게는 '공적 회화=역사적 사상事象과 같은 공적인 주제를 다룬 큰 구도의 회화'라고 할 수도 있다.)에 대한 관심과 의욕이 없었던 것은 아니었다. 그들은 침략전쟁을 위한 국민동원 과정에서 '전쟁'이라는 주제와 만났다. 게다가 국가의 충분한 지원과 국민 대중의 환영 속에서 제작에 몰두할 수 있어서 화가로서의 행복을 맛보았던 예도 많다.(대표적인 예가 미야모토 사부로宮本三郎라는 화가다.) 여기에는 또한 서양의 거장들이 이룩해낸 작업에 대한 굴절된 선망과 콤플렉스도 작용했다.

후지타 쓰구하루, 고이소 료헤이小磯良平, 미야모토 사부로처럼 전쟁화를 적극적으로 그렸던 화가들 중 대다수는 유럽에 체재한 경험이 있었다. 그들이 자주 찾았던 루브르미술관에는 루벤스, 다비드, 앙투안 장 그로Antoine-Jean Gros, 들라크루아 등이 그린, 감탄할 만한 대형 공적 회화가 있었다. 일본인 화가 중 어떤 이는 기가 꺾일 정도로 압도당했고, 어떤 이는 '언젠가는 나도!'라며 투지를 불태웠다. 그런 그들에게 전쟁은 사적 회화에서 공적 회화로 전환할 기회를 제공했던 것이다.

1937년 7월, 중일전쟁의 발단이 된 루거우차오盧溝橋 사건이 일어나지만 4개월 후 관설전람회인 제1회 신문전新文展에는 아사이 간우에몬朝井閑右衛門의「퉁저우의 구원通州の救援」이 출품되었다. 일본군은 퉁저우의 중국인이 재류일본인(조선인을 포함)을 학살한 사건을 구실 삼아 전쟁을 일으키기 위해 과장된 흑색선전과 유언비어를 퍼트렸다. 아사이의 작품은 이 사건을 주제로 하여 "제리코의「메두사 호의 뗏목」에서 배운 정연한 고전적 구도로 정리한 작품"으로 평가받았고 이 그림을 '전쟁화의 발단'으로 보는 의견도 있었다.*

　　1941년 태평양전쟁이 발발하자 군부로부터 제공받은 기록사진을 기초 삼아 후지타 쓰구하루는「12월 8일의 진주만十二月八日の真珠湾」을, 미야모토 사부로는「야마시타-퍼시벌 두 사령관 회견도山下-パーシバル両司令官会見圖」를 그렸다. 미야모토는 이 작품에 대해 이렇게 언급했다. "이 그림은 기록적인 군상도이며 (……) 우리나라 현대미술의 경향에서 볼 때 이러한 주제는 다뤄지지 않았으며 의도된 적도 없었던 것처럼 생각된다. (……) 나는 이 곤란한 주제가 결코 무의미한 작업이 아니라 화가로서 실로 보람 있는 작업이라는 점에서 감사하며 계속 그려나갔다."

　　어느 미술사가는 다음과 같이 논하기도 했다. "들라크루아나 루벤스처럼 전쟁화를 그리려는 태도를 시대착오로 일축하기 힘든 분위기는 수년간

---

*　針生一郎,「われらの内なる戦争画」,『美術手帖』1977年 9月號.

아사이 간우에몬, 「퉁저우의 구원」, 1937.

있어왔다. 전쟁의 목적이 '백인에 대한 도전'으로 슬쩍 바꿔치기되었던 것
이다. 이런 분위기 아래에서 서양미술과 늘 대치할 수밖에 없었던 (일본) 서
양화단에게 이런 '본격적인 전쟁화'의 등장은 쾌거였음에 틀림없다."*

　후지타 쓰구하루는 「애투 섬의 옥쇄」를 그렸던 1943년에 이런 말을 했
다. "올해 들어서 내가 40여 년 동안 무엇을 위해 그림을 배워왔던가를 명
백히 알 듯한 기분이 든다. (……) 오른팔을 나라에 바친 기분이다. 나는 젊

---

* 河田明久,『イメ－ジの中の戦争』, 岩波書店, 1996, 90쪽.

미야모토 사부로, 「야마시타-퍼시벌 두 사령관 회견도」, 1942.

은 화가 제군들에게 이러한 전쟁화를 권하고 싶다. 전쟁은 지금부터다. 일본에도 들라크루아, 벨라스케스와 같은 전쟁화의 거장을 탄생시켜야만 한다. 그저 화조화와 산수화를 그리는 화가만 속출해서는 안 된다."**

후지타는 실은 새나 꽃 그림의 명수였다. 그가 파리에서 명성을 얻게 된 이유는 일본의 주제와 기법을 서양화에 대담하게 도입했던 독특한 화풍 때문이었다. 장식적인 선묘와 색채는 서양인의 이국취미에도 합치했다. 파

** 『新美術』1943年 3月.

리에서 자포니즘 회화를 요구받았던 일본인의 모습은 도쿄에서 '조선 향토색'을 요구받은 조선인 화가로 유추하여 말할 수 있을 것이다.

하지만 후지타의 마음에는 서양의 역사화나 전쟁화처럼 대규모의 공적 회화를 그려보고 싶은 욕망이 잠재해 있었다. 이러한 욕망은 표현이라는 행위의 본질과도 관계 있는 성가신 욕망이자, 동시에 '주체'를 희구했던 욕망이었다고도 할 수 있다.

식민지 시기 조선에서는 '친일화親日畵'는 있지만 위에서 말했던 의미의 대형 전쟁화는 존재하지 않는다. 그것은 기량이 열등했기 때문은 아닐 것이다. 그보다는 식민지화에 의해 '집단적 주체'의 성립을 방해받았기 때문이다.

역사화와 전쟁화는 '거대 서사'를 그리는 것이다. 그 '큰 이야기'에는 말해지는 대상으로서의 사건뿐만 아니라 말하는 주체가 필요하다. '일본'의 역사, '일본'의 전쟁이라는 식으로 이야기하는 주어가 되는 집단적 주체(그리고 그 주체의 환상)가 공유되어 있어야만 한다. 일제시대의 조선 민족은 전쟁과 식민지 정책을 행사하기에 충분한 자격이 있는 '주체'가 아니라 이를 추종하는 '준주체準主體', '이급주체二級主體'일 수밖에 없었다. 간단히 말하면 조선인에게는 중일전쟁도 태평양전쟁도 타인의 전쟁이었던 셈이다. 조선인이 자신의 국가적, 또는 민족적 주체를 주어로 하여 말하는(그리는) 것은 금지되어 있었기 때문에 기껏해야 '친일화'밖에 그릴 수 없었음은 당연하다. 우열의 문제가 아니라 '콘텍스트'가 서로 달랐던 것이다.

이러한 상황 속에서 이쾌대와 같은 조선인 화가들은 주위에 넘쳐나던 일본 전쟁화를 어떻게 바라보았을까? 직접적인 영향관계를 보여주는 자료는 없기에 나의 상상을 덧붙여 서술해보려 한다.

물론 조선인 화가의 대부분은 지배자이며 차별자이기도 했던 일본의 승리를 바라지 않았을 터이다. 전쟁화가 전해주는 '성전聖戰'과 '황국皇國'의 이데올로기에 대해서도 반항적이거나 적어도 냉담했을 것이다. 특히 좌파 독립운동가였던 이여성을 형으로 둔 이쾌대의 경우에는 전쟁 상황에 대해 비교적 객관적인 정보를 입수했을 가능성이 있으며 일본의 패전과 조선 해방의 그날이 다가오는 것을 시시각각 실감하고 있었을지도 모른다. 이쾌대가 후지타 등이 그린 일본의 전쟁화에 이데올로기 차원에서 심취해 있었을 가능성은 거의 없었다고 말할 수 있다. 하지만 그렇다고 여기서 멈추고 이쾌대와 일본 전쟁화 사이의 영향관계는 없다고 단정해도 좋을까? 서양화가인 이쾌대의 마음에도 공적 회화를 그리고 싶다는 표현행위의 본질과 관련된 욕망과, 그것을 그릴 수 있는 '주체'를 향한 욕망이 있었다고 보는 편이 오히려 자연스럽지 않을까? 이쾌대 등 조선인 미술학생이 동경하고 모범으로 삼았던 서양 거장들의 기법과 화풍은 '일본'을 통해서만 받아들일 수 있었다. 후지타 쓰구하루, 고이소 료헤이, 미야모토 사부로라는 '왜곡된 창'을 통해서만 볼 수 있었다. '창'을 거부하고 그 너머에 있는 서양화 기법과 화풍만을 손에 넣는 일은 불가능했다.

이쾌대는 제국미술학교를 다니며 '미술해부학'을 열심히 배웠다고 한다.

해부학의 기원은 그리스 시대로 거슬러 올라갈 수 있지만 르네상스에 접어들어 레오나르도 다빈치, 미켈란젤로, 뒤러Albrecht Dürer 등에 의해 연구가 심화되었다. 예술적 표현을 위해 인체 해부의 필요성도 제기되어 미술해부학이 탄생한 것이다. 앞서 이야기했지만 제국미술학교에서는 니시다 마사아키라는 교수가 미술해부학을 담당했다.

이쾌대는 포로수용소에 구속되어 있던 기간 동안 직접 『인체해부학도해서人體解剖學圖解書』라는 교본까지 만들었다고 한다.* 이쾌대는 수용소에서 알게 된 이주영이라는 포로의 요청에 응해 몇 개월에 걸쳐 인체해부학을 강의하고 열의를 기울여 교본을 완성했다. 이 교본은 서양의 일반적인 미술해부학의 기본적 설명방법을 그대로 따르고 있다고 한다.

김인혜는 「군상IV」와 관련하여 다음과 같이 서술했다. "여기에 등장하는 인물들은 어떠한 개성을 가진 개별적 인간이 아니라는 느낌을 준다. (……) 마치 그의 도해서에 나오는 신체 각 부분이 조합된 것처럼 훨씬 더 '전형적'인 인간형에 가깝게 묘사되었다. 게다가 이들의 신체 비례와 인상은 서양인 같기도 하고, 또 동양인일 수도 있다."**

이러한 평가는 내가 「군상」에서 받았던 인상과도 가깝다. 이쾌대는 서양에서 유래한 미술이론과 기법을 일제시대에 습득했고, 「군상IV」를 통해 전

---

* 김인혜, 「이쾌대 연구: 『인체해부학도해서』를 중심으로」, 『시대의 눈: 한국근현대미술가론』, 학고재, 2011.
** 같은 글, 133쪽.

면적으로 실천한 듯하다. 일본의 패전에 의해 식민지 지배에서 해방된 조선인은 드디어 집단적 주체를 주어로 삼아 말할(그릴) 가능성을 손에 넣었다. 일제시대에는 그릴 수 없었던 역동감 넘치는 대화면의 공적 회화를 그릴 '주어'를 획득했던 것이다. 아니, 획득해야 했다고 말하는 편이 좋을까? '주어'를 손에 넣어야 했지만, 현실은 그렇게 펼쳐지지 못했다. 해방공간에서 이쾌대가 일제시대에 축적했던 지식과 기량 모두를 쏟아부어 「군상」과 씨름했던 심정은 충분히 이해가 간다. 그리고 거기에 일본 전쟁화의 그림자가 드리워져 있음도 불가사의하지 않다.

그렇지만 이야기는 여기에서 끝나지 않는다. '비극'이라는 상투적인 문구로 표현하고 싶지는 않지만 첫 번째 비극은 형성되어야만 할 집단적 주체(주어)가 분단되고 분열될 수밖에 없었다는 사실이다. 이쾌대가 해방공간에서 벌인 다양한 활동, 그리고 월북으로까지 이르게 되는 경위는 분열될수밖에 없었던 주체의 비극을 보여준다. 그 분단은 현재도 지속되고 있다. 하지만 여기에 대해 논하는 것이 이 글의 목적은 아니다.

두 번째 비극은 「군상」에 표현된 이미지 자체가 이미 그 시점에서는 시대착오적이었으며, 극복해야만 할 부정적인 성격을 띠게 되었다는 것이다. 미술의 문제로서는 이 점이 더 곤란한 문제이다. 그 '부정성'이란 무의식적이었겠지만 일본의 전쟁화에서 침투해 들어온 집단주의와 전체주의적 정서를 가리킨다. '혁명적 낭만주의'라고 이야기하지만 그것이 '군국軍國적 로맨티시즘'과 근본적으로 다르다고 할 수 있을까?

인체 표현 하나만을 봐도 그렇다. 서양 중심의 신체관이 우생학과 인종주의와 결합했던 쓰라린 역사를 경험하고 나서 제2차 세계대전 이후의 예술이 '신체' 자체의 자명성을 해체하는 방향으로(예컨대 프랜시스 베이컨) 전개된 것도 자연스런 흐름이었을 것이다. 단지 '주어'를 바꿈으로써 '군국적'에서 '혁명적'으로 변화할 수 있다면, 그 역 또한 성립한다. 진정으로 '혁명적'이기 위해서는 주어뿐만 아니라 표현방법부터 달라져야 할 것이다. 극복해야 할 대상과의 단절, 적어도 단절하려는 고투가 추구되어야만 한다. 문제는 일본 전쟁화에서 받은 영향에만 머물지 않는다. 제3세계 식민지인의 입장에서는 그 '창' 너머에 존재하는 서양의 낭만주의 회화 역시 타협 없는 시선으로 주시하지 않으면 안 된다.

들라크루아의 명화 「민중을 이끄는 자유의 여신La Liberté guidant le peuple」은 프랑스 혁명과 나폴레옹 전쟁 이후의 반동기를 맞아 복고된 7월 왕정에 저항한 혁명(7월 혁명)의 한 장면을 그렸다. 그 후 전개된 2월 혁명, 파리코뮌처럼 헤아릴 수 없는 희생을 거듭하며 이어온 프랑스의 자유주의 혁명을 상징하는 장면이기도 하다. 이 그림에서 화가 들라크루아는 '프랑스 시민'이라는 집단적 주체를 주어로 삼아 역사적 사건을 그릴 수 있었다. 프랑스 이외의 많은 나라와 지역에서(일본과 조선에서도) 이 그림에 대한 동경은 혁명을 통해 시민이 역사의 주체로 서는 사건을 향한 동경과도 중첩되곤 했다.

그렇지만 때때로 완전히 간과되고 있는 사실은 프랑스의 알제리 식민지 지배 역시 바로 이 시기에 시작되었다는 점이다. 그들에게 자유주의 혁명

외젠 들라크루아, 「민중을 이끄는 자유의 여신」, 1830.

과 식민지주의는 모순 없이 양립했다. 이것이 바로 근대의 양면성이자 기만
성이다. 현재까지 이어지는 서구의 제3세계 지배와 아랍 및 아프리카 세계
의 혼란의 원인도 여기에 있다. 두 차례 세계대전과 식민지 지배의 시대를
경험한 후의 예술가, 특히 식민지 출신 예술가는 이러한 '근대'의 양면성에
대한 민감한 감성을 유지하면서 '선진국'이 주도한 미학과 맞서야 한다.

들라크루아로부터도 후지타로부터도 배워야 한다. 다만 철저히 비판적
으로. 그러한 시점에서 본다면 이쾌대의 「군상」은 충분히 이해할 만할, 진
지한 시행착오의 산물이지만, 시대적 제약을 헤치고 나갈 수 있었던 진보

성 내지는 혁명성이 있었다고는 말하기 힘들다.

　마지막으로 「군상」을 보며 내가 떠올렸던 다른 대형 군상도 두 작품에 대해 이야기해보고 싶다.

　첫 번째는 마루키 이리丸木位里와 도시俊의 「원폭도原爆の圖」 시리즈다.(「제1부 유령幽靈」) 원폭이 투하되고 며칠 후에 피폭지인 히로시마로 갔던 일본화가 마루키 이리는 그 참상을 그려야겠다는 결심을 했다. 서양화가인 아내 마루키 도시 역시 그를 도와 함께 제작하였고 일본화와 서양화의 기법이 융합된 「원폭도」 시리즈는 두 사람의 평생에 걸친 작업이 되었다.

　이 '공적 회화'를 이야기하는 주어는 그때까지의 전쟁화처럼 '국가'와 '민족'이 아니다. 「원폭도」에 그려진 군상은 형식적인 측면에서도 후지타 등 전쟁화가들이 그려왔던 것과 근본적으로 다르다. 전쟁 이후의 '공적 회화'가

마루키 이리 · 마루키 도시, 「원폭도」 시리즈, 「제1부 유령」, 1950.

나아가야 할 방향을 시사해주는 작품이라 말할 수 있다. 다만 이 작품은 전후 일본에서 주류로 받아들여지지 않고 계속 주변화되어 현재까지 공공 미술관에는 한 점도 소장되지 않은 채이다.

또 다른 작품은 신학철의 「한국근대사」, 「한국현대사」 연작이다. 몇 년 전 일본 학생들과 함께 국립현대미술관에서 이 대작을 보았을 때 학생들은 "우와!" 하고 소리를 지르며 "일본에는 이런 그림은 없는데……"라고 중얼거렸다. 그런 놀라움은 이전 시기 일본인 화가들이 루브르미술관에서 루벤스와 들라크루아를 보았던 때의 감정이나 조선인 화가들이 도쿄에서 일본인 화가의 전쟁화를 보았던 때의 감정과 공통되는 부분이 있으면서도 어딘가 분명 다르다. 그 차이를 '우열'로서가 아니라 '콘텍스트'로서 이해하는 것이 중요하다고 나는 생각한다.

(좌) 신학철, 「한국근대사: 종합」, 1983. (우) 신학철, 「한국현대사: 초혼곡」, 1994.

이쾌대는 「군상」을 그리면서 동시에 「푸른 두루마기를 입은 자화상」을 그렸다. 이 두 점은 같은 화가의 작품으로는 생각되지 않을 정도로 서로 다른 인상을 전해준다. 집단과 개인(이 말을 바꿔본다면 후지타 쓰구하루의 세계와 마쓰모토 슌스케의 세계로도 표현할 수 있을 것이다), 서양화의 정통적인 묘사법과 조선의 민족적 묘사법, 두 가지가 이쾌대라는 한 사람의 화가 속에 분열된 채로 상극相克하고 있다. 그 어느 한쪽이 이쾌대인 것이 아니라, 이렇게 분열된 존재가 바로 이쾌대이다. 그런 의미에서 이 두 작품은 아직 발전도상에 있는 미완의 습작이었다고 할 수 있다. 역사에는 가정이 없지만 해방 후 조선이 분열도 전쟁도 경험하지 않았다면, 이쾌대가 평화롭고 안정적인 통일된 사회에서 살아갔다면 어땠을까? 분열은 행복으로 지양止揚되어 새로운 '주체'에 의한 새로운 '표현'을 창조할 수 있었을까? 하지만 지금 확실히 말할 수 있는 것은 그런 일은 일어나지 않았다는 사실뿐이다. 이쾌대에게서 보이는 분열상은 근현대를 거치며 조선 민족에게 던져진 콘텍스트 그 자체의 충실한 반영이었다.

분열이라는 콘텍스트 / 이쾌대

성별조차 초월한

이단아

— 신윤복

신윤복이 남성이었다면 어떻게 남성 자신을 속박하고 있던
규범과 고정관념을 뛰어넘는 그림을 그릴 수 있었을까?
또한 화가가 여성이었다고 한다면 당시 조선 사회가 과연
그러한 여성화가의 존재를 허용할 수 있었을까?

신윤복

1758년에 태어났다. 호는 혜원(蕙園). 도화서 화원 신한평을 아버지로 두고 화원으로도 활동했으나 양반층의 풍류와 남녀 간의 춘정, 유녀도 등 서민 사회를 다룬 그림을 많이 남겨 김홍도, 김득신과 더불어 조선 3대 풍속화가로 불린다. 화려하고 과감한 색채와 유려한 선묘, 사람의 시선을 끄는 구도가 특징이며, 남성 위주의 사회에서 존재감이 흐렸던 여성을 작품에 본격적으로 등장시키기도 했다. 국보 135호로 지정된『혜원전신첩』에 포함된「단오풍정」,「월하정인」등과 우리 회화사에서는 유례없는 여성 초상인「미인도」가 대표작이다.

/ 간송미술관

2013년 맑은 가을날 아침, 나는 드디어 간송미술관 앞에 섰다. 개관 전에 도착했지만 문 밖에는 이미 수많은 시민과 학생의 행렬이 길게 늘어서 있었다. 먼저 도착한 출판사의 편집자가 고맙게도 두 '노인'―나와 한홍구 교수―을 위해 줄을 서주었기에 오래 기다리는 수고를 덜 수 있었다.

'드디어'라고 했지만 간송미술관의 존재를 알게 된 것은 겨우 6~7년 전에 지나지 않는다. 그 무렵 한국에서 안식년을 보내고 있던 나는 도판으로밖에 볼 수 없었던 신윤복이라는 화가의 작품을 실제로 보고 싶다는 생각이 들었다. 주위에 물어보니 그 작품은 간송미술관에 소장되어 있지만 미술관의 전시가 1년 중 봄과 가을 두 번, 그것도 각각 2주 정도만 열린다는 이야기를 들었다. 게다가 입장 예약도 불가능하며 두 시간 넘게 줄을 서는 일도 보통이라고 했다.* 그렇더라도 이 미술관에는 어떻게든 가봐야겠다고 줄곧 생각했지만 우물쭈물하는 사이에 안식년이 끝나버리고 말았다.

---

* 2014년 가을부터 소규모 학술 전시의 경우 시간당 60면, 1일 약 500명으로 입장을 제한하는 예약제로 변경되었다.

일본으로 돌아가서도 간송미술관에 대해 잊지는 않았지만 실제로 가기란 쉽지 않았다. 우선 학기 중에는 수업 때문에 한국에 오려면 휴강 허가를 받아야만 했다. 또 미술관은 전시가 임박하기까지 명확한 일정을 발표하지 않았기 때문에 사전에 휴강 예정을 잡거나 여행 계획을 세우기 어려웠다. 그런 사정으로 꾸물대다가 1년, 2년, 시간은 아깝게 흘러갔다.

지금까지 미술작품에 관한 글을 쓸 때는 반드시 내 눈으로 실제 작품을 보는 것을 원칙으로 삼아왔다. 그러니 이 원고를 쓰기 위해서도 신윤복의 작품을 직접 보지 않으면 안 된다. 하지만 좀처럼 그 기회를 얻지 못해 편집자를 초조하게 만들었던 것이다.

어느 날 부산에 사는 사진가 이동근 씨가 사업가인 자신의 형을 소개해주었다. 그는 대단한 미술애호가이기도 했는데 언젠가는 꼭 간송미술관에 가보고 싶다는 나의 이야기에 이렇게 대답했다. "저는 종종 간송미술관에 갑니다만 그러기 위해서는 새벽 5시에 부산을 출발해서 두 시간을 기다려 전시를 보고 그날 돌아오는 강행군도 마다하지 않습니다." "아니, 그렇게까지요?"라고 감탄하며 말하자 "네, 그만큼 가치가 있어요."라며 웃었다. 그 이야기를 듣고 나니 휴강이니 항공권이니 따질 상황이 아니다 싶어 마음을 단단히 먹게 되었다. 이렇게 하여 드디어 2013년에 간송미술관을 찾게 된 것이다. F, 역사학자 한홍구 교수, 한국 유학 중인 옛 제자 L, 그리고 편집자 김희진 씨까지 동행한 대부대였다.

신윤복의 작품은 2층에 전시 중이었다.

신윤복, 「단오풍정(端午風情)」, 18세기 후기.

　전시된 그림들을 본 순간 F는 황홀하여 멍한 표정으로 "아, 예뻐……. 침이 흐를 것 같아……."라고 중얼거렸다. 젊은 재일조선인 L은 유리 케이스에 이마가 달라붙을 정도로 다가가 작품을 응시했다. 그녀가 이런 그림을 볼 기회는 지금껏 거의 없었을 터이다. 본 소감을 물었지만 말이 곧바로 나오지 않는 듯했다. 무리도 아니다.

나 역시 신윤복의 작품이 가진 자유로움에 마음을 뺏겼다. 어쩌면 이렇게 자유로울까, 멋진 색채와 훌륭한 구도 역시 다른 화가들과 크게 달랐다. 어떻게 18세기 조선에 이런 화가가 태어날 수 있었을까? 신윤복은 기적처럼 등장한 예외적인 화가였을까? 나에게는 조선시대가 봉건적 신분제도와 유교 이데올로기에 고착된 사회라는 선입관이 있다. 하지만 신윤복을 보면 그런 선입관은 흔들리게 된다. 이 역시 내 얕은 지식일 뿐, 당시 사람들은 실제로는 오히려 신윤복과 같은 자유로움을 누리고 있지는 않았을까?

/ 미술과 이데올로기

전근대(이 글에서는 일단 '조선시대의 종식까지'로 상정해둔다.)의 조선미술에 대해 나는 거의 아무것도 알지 못한다. 일본에서 태어나 자랐고 교육도 일본 학교에서 받아서 조선미술에 대해 배울 기회가 전혀 없었기 때문이다. 한국에서 살았다면 박물관이나 미술관에 가서 작품을 보거나 공부할 기회도 있었을 테지만 꽤 나이를 먹을 때까지 그런 기회를 얻지 못했다. 이는 내가 재일조선인이기 때문이다. 물론 재일조선인 가운데에도 조선미술에 대해 학식이 뛰어난 애호가가 없진 않지만 어디까지나 예외적인 소수다.

또 나는 일본의 전근대 미술(에도 시대까지의 미술)에 대해서도 지식이 얕다. 학교에서 조금은 배웠지만 젊은 시절에는 흥미를 느끼지 못했다. 일본

미술이 화제에 오를 때에도 '나는 조선인이다. 조선미술에 대해서조차 제대로 알지 못하는데 무슨 일본미술인가?'라는 심정이었다.

물론 아무리 거부하려 해도 일본 사회에서 살아가는 이상, '일본적 미의식'의 침투를 피하기란 불가능하다. 그것은 절이나 신사는 말할 것도 없고 매스미디어와 일상적인 생활용품에 이르기까지 듣고 보는 모든 것을 통해 스며든다. 나는 유서 깊은 옛 도시 교토에서 자랐다. 교토는 전근대 일본미술의 보고이다. 고등학교 시절에는 문예부의 독서모임을 묘신지妙心寺라는 절을 빌려서 했는데 거기에 가노파狩野派(15세기부터 19세기에 걸쳐 활동한 일본 최대의 화파, 막부의 어용화가로 막대한 영향을 끼쳤다.)의 훌륭한 후스마에襖絵(건물의 칸막이 문에 그린 장벽화)가 있었던 것을 기억한다. 종종 놀러 갔던 덴류지天龍寺 본당 천장에 검고 웅혼하게 묘사된 용도 잊을 수 없다. 이를 거부하려는 심리는 어떤 의미에서는 유치한 저항이었지만, 젊은 시절의 나는 '일본적 미의식'의 침투가 참을 수 없을 만큼 싫었다. 조선미술에 대해 알기도 전에 일본미술에 대해 알아버렸다는 것은 '나 자신'의 공허한 내부에 '일본적 미의식'을 채워버린 것으로 생각되었다. 언어와 습관에 머물지 않고 미의식의 수준까지도 완전히 일본인에게 동화되었다는 자각에서 생겨난 거부감이었다.

일본인들이 가노파나 에도 시대 우키요에의 뛰어남을 칭찬하면 무신경한 내셔널리즘을 내비치는 듯 느꼈다. 미술뿐만 아니라 음악과 문학 같은 다른 문화 영역에서도 그런 느낌은 많건 적건 마찬가지였다. 그래서 학창 시절, 내 일본 고전문학 성적은 최악이었다.

'일본적 미의식'이라는 말을 따옴표로 강조하는 이유는, 지금의 나는 그런 것이 존재하지 않는다고 생각하기 때문이다. 즉 '일본적 미의식'으로 불리는 이데올로기는 존재하지만, 그러한 실체 내지 본질이 존재할 리는 없다. '일본인'이라 일컬어지는 사람들에게 특별한 유전자가 공유되는 것도 아니다. '일본'이라는 장소에 뒤얽혀 사는 다양한 사람들에 의한, 다양한 미의식의 다발은 존재한다. 중국, 조선은 물론, 실크로드를 경유하여 유럽과 중동, 혹은 인도에서 전래된 문화, 혹은 바닷길을 통해 동남아시아와 태평양의 섬으로부터 전해온 문화, 혹은 시베리아로부터 사할린, 북해도 쪽으로 확장된 북방 원주민의 문화, 그 밖에도 너무나도 다양한 문화가 '일본'이라는 장소에서 교착하고 서로 영향을 주고받으며 하나의 다발이 되었다. '일본'이라는 장소의 윤곽 그 자체도 불확실하지만 그 내부 또한 너무나 다층적이다. 교토의 구게公家(귀족), 오사카의 상인, 에도의 조닌, 사쓰마薩摩와 아이즈会津의 농민, 그리고 피차별자들, 게다가 남성과 여성 사이에서도 문화는 서로 다르게 존재한다. 이렇게 지역적으로도, 계급적으로도, 그리고 젠더로서도 매우 다양한 사람들이 엮어낸 문화의 다발이 이른바 '일본 문화'라는 한 단어로 불리고 있다. 일본이라는 장소에서 현재까지도 시시각각 변화하며 전개되고 있는 다양한 문화적 문맥의 다발을 그렇게 부르고 있을 따름이다.

그렇듯 '일본 문화', '독일 문화' 등으로 일괄하여 민족과 국가의 이름을 붙여 '문화'를 지칭하게 된 것은 근대 이후의 일이다.('그리스 문화'라고 할 경우에도 '그리스 민족'이나 '그리스 국민'을 상정하고 있지 않다. 고대 로마와 르네상스까지 포함하는 방대한 '이탈리아 문화'는 '이탈리아'라는 통일국가와 '이탈리아 국민'이 형성되기 이전의 개념이다.) 요컨대 근대 국민국가의 형성과 함께(일본에서는 메이지 유신 이후에) '만들어진 전통'(에릭 홉스봄)인 것이다. 한국 문화라는 것도 마찬가지다.

그렇다고 해도 '일본' 나름, '한국' 나름의 미술에는 다른 지역과는 구별되는 특징이 있다는 것도 사실이다. 물론 나 역시 그런 차이와 특징에 대해 흥미를 가지고 있지만 그것은 어느 특정한 민족이나 인종이 본질적으로(유전적으로) 공유한 고유의 미의식이 존재한다는 생각 때문이 아니라, 오히려 그러한 이데올로기에 반대하는 데서 비롯된다. 다시 말해 어느 지역과 민족이 지닌 특징적인 미의식은 어떠한 정치적, 사회적, 풍토적 조건에 의해 형성되고 변용되어가는가를 맥락으로서 이해하고 싶기 때문이다.

이제 와 돌이켜 생각하니 젊은 시절 나는 가노 에이토쿠狩野永徳, 다와라야 소타쓰俵屋宗達, 이토 자쿠추伊藤若冲, 가쓰시카 호쿠사이葛飾北斎 같은 대가들의 작품이 싫었던 것이 아니라, 그들의 미술을 민족의 우월성으로 단정 지어 평가하는 어법을 참을 수 없었던 것 같다. 미술을 둘러싼 이야기는 많은 경우 '어떠어떠한 사람들이 지닌 미의식'이라는 정해진 문구에 따라 통용되면서 자민족 중심주의를 강화하는 이데올로기로서 기능해왔다. 일본에서는 '새로운 역사교과서를 만드는 모임'이 간행한 『국민의 예술国民

성별조차 초월한 이단아 / 신윤복

245

の藝術』이라는 책이 그 대표적인 사례다. 미술사와 미학이라는 영역은 국수주의의 배양지다. 원칙적으로는 작품 그 자체와, 작품과 작가를 둘러싼 이야기가 지닌 자기중심적인 이데올로기를 엄밀히 구별해야 한다. 하지만 실제로는 간단치 않은 문제다.

젊은 시절의 나는 이러한 생각에 도달하지 못했기에 일본미술의 이데올로기에 대해 타자의 입장에 서서 무작정 대항하고 싶다는 생각을 했다. 하지만 깨닫고 보니 나 자신은 그런 이데올로기에 대항할 카드, 즉 나 자신의 미의식이라고 내세울 만한 수단을 갖추지 못했다.

2002년에 도쿄에서 개봉한 임권택 감독의 영화 「취화선」을 보았다. 영화로서의 완성도에 대해서는 여러 의견이 있겠지만 나는 이 영화에서 처음 장승업이라는 화가의 존재를 알게 되었고 전근대 조선의 미술 제도나 화가들의 생활, 의식의 한 단면을 살필 수 있었다. 그리고 왕실과 맺어져 있던 전근대의 미술 제도가 일본에 의해 식민지화되고, 그에 수반된 폭력적인 '근대화'로 파괴되었던 문맥을 접하게 되었다. 그때까지는 장승업이 그린 원숭이 그림을 별 생각 없이 바라보면서 동시대 일본의 화가와 비교하려는 미숙한 견해밖에 가지지 못했다. 조선 쪽이 더 뛰어나다고 생각하면 조금은 으쓱해지는 듯한 기분이 들었고, 별로 잘 그리지 않았다고 보일 때는 분하다는 생각에 빠지기도 했다. 즉 '일본미술'의 이데올로기에 대항할 카드를 찾고 있었던 것이다. 대체 무엇을 두고 더 뛰어나다고 말할 수 있을까. 내 안에 존재했던 '우열'의 기준 그 자체가 일본에서의 긴 시간을 걸쳐 내

속에 침투해버린 이데올로기는 아니었을까? 「취화선」을 보며 그런 생각을 했다.

앞서 말했듯 2006년에 안식년을 맞아 태어나서 처음으로 (조상의 출신지라는 의미의) 조국인 한국에서 생활하게 되었던 때, 마음속에 품었던 과제 중 하나가 이번 기회에 전근대의 '우리 미술'에 대해 될 수 있는 한 제대로 알고 싶다는 것이었다. 하지만 국립중앙박물관은 근사한 건물과는 달리 그 전시품, 특히 조선시대 회화는 김홍도를 제외하면 기대한 만큼 충실하지 않았다. 삼성미술관 리움도 도자기와 불교미술에 비해 회화는 부족하다는 느낌이 들었다. 경주와 부여 국립박물관에도 가보았지만 이름대로 신라와 백제의 고대 유물의 전시가 중심이어서 내가 관심을 가졌던 조선시대 회화의 전시는 빈약했다.

일본에는 적어도 도쿄, 교토, 나라, 후쿠오카에 전근대 미술을 계통적으로 수집, 전시하는 국립박물관이 있다. 지방자치체와 민간단체가 운영하는 미술관도 적지 않다. 일본에서 자랐던 탓인지 나는 이러한 공립박물관이나 미술관이 한국에도 당연히 있으리라 생각했다. 지금 생각하면 부끄러워해야 할, 몰이해의 산물이었다. 한국에서는 식민지 침략에 의해 전근대의 미술 제도가 파괴되었고 그 후에는 미술 제도 자체가 '일본미술'의 이데올로기에 기반한 식민지적 제도로서 구축되었다. 물론 그 와중에 간송 전형필처럼 귀중한 작품이 흩어지지 않도록 경탄할 만한 개인적인 노력을 기울인 이도 있었지만 공공기관이 주도한 전근대 미술의 수집과 전시는 충분하지 못했다. 조선 민족의 경험에서 본다면 당연한 일이었다. 하물며 식민지 지배가 끝나고 해방 후에도 민족은 분단 상태인 채였다. 말하자면 신윤복의 작품을 실제로 보기 위해서는 거기에 상응하는 수고를 들여야 한다는 것도 내가 이해해야만 할 '우리 미술'의 맥락이었다는 점을 나는 늦게나마 깨닫게 되었다.

/ 조선의 페르메이르

2006년 한국에 장기 체류하게 되었을 때 전근대 조선미술에 대해 알고 싶어 민예총 아카데미에서 주최한 미술사학자 최열 선생의 강좌를 청강한 적이 있다. 마침 그 무렵 출간된 최열 선생의 저서 『화전: 근대 200년 우리 화가 이야기』에도 도전해봤지만, 당시 나에게는 너무 어려워 완독할 수는 없었다. 나는 결석이 잦은 낙제생이었지만 그래도 수업을 통해 많이 배울 수 있었다. 아니, 내가 자민족의 미술에 대해 얼마나 무지한가를 배웠다고 말해야 옳겠다.

가령 김진우라는 인물이 있다. 일주一州 김진우金振宇는 광복지사이자 사군자 화가라는 설명을 들었을 때, 먼저 '광복지사(넓게 보면 사회혁명을 추구한 실천활동가)'이며 동시에 화가'라는 식의 인물을 구체적으로 머릿속에 떠올리는 일이 쉽지 않았다. 게다가 '사군자 화가'라는 존재에 대해서도 내가 가진 개념은 모호했다. 사군자란 매, 난, 국, 죽을 뜻하지만 단순히 회화의 소재로서의 식물이 아니라 각각 학식과 덕목을 갖춘 군자에 대한 비유라고 했다. 이처럼 중국에서 비롯된 문인화의 전통이 19세기 말에서 20세기까지 이어졌던 점도 놀라웠다.

1883년에 태어난 김진우는 일찍이 저명한 항일운동가인 의암^{毅菴} 유인석^{柳麟錫}의 제자가 되었고 스승의 의병투쟁이 좌절되자 함께 연해주와 만주를 전전했다. 1919년 3·1독립운동 이후에는 상하이로 건너가 대한민국 임시정부의 일원으로 활동했다. 임무를 띠고 국내에 잠입을 시도, 신의주에서 일제 관헌에 체포되어 처참한 고문을 당한 후 3년간 투옥당한 경험도 있다. 그는 일제 식민지 통치하에서는 예비검속의 대상이었고, 해방 후 한국전쟁이 일어나자 '미술가 부역자 심사위원회'에 적발되어 서대문형무소에서 삶을 마쳤다고 한다. 국가의 분단과 내전(한국전쟁)의 과정에서 예술을 포함한 모든 분야에서 '부역자' 색출이 이루어졌다.

이런 화가가 존재했다는 사실 자체를 나는 전혀 알지 못했다. 하물며 대나무를 그리는 명인이라 불리던 사군자 화가가 동시에 치열한 독립 투사였다는 사실은 일본의 콘텍스트에서는 상상하기 어렵다. 일본에서는 전통은 보수이며 근대는 진보라는 도식이 의심 없이 받아들여지기 때문이다. 하지만 식민지 지배라는 형태로 근대화를 경험한 조선에서 전통문화의 계승자가 누구보다 치열한 저항자가 된 사정은, 생각해보면 자연스럽기까지 하다. 내 눈에는 단지 풍류 넘치는 문인화로밖에 보이지 않았던 '대나무' 그림에는 그러한 의미와 기능이 담겨 있었다.

국립중앙박물관에서 처음 김홍도의 풍속화첩을 보았을 때에도 가만히 숨을 삼켰다.

처음 보자마자 '아! 브뤼헐이다.'라는 생각이 들었다.

서양의 풍속화는 16세기 플랑드르 지방에서 발달했다. 그 대표격인 화가가 피터르 브뤼헐Pieter Bruegel the Younger이다.

E. H. 곰브리치는 브뤼헐이 농민의 생활에서 착안한 점이 셰익스피어의 태도와 닮았다고 말하면서 "이러한 소박한 생활에는 인간 본래의 모습이 솔직한 형태로 나타나며 (……) 거만함이나 허례로 치장하고 숨기는 일이 매우 드물다. 때문에 극작가도 화가도 인간의 어리석음을 묘사하고자 할 때 낮은 계층의 사람들과 생활에서 모델을 즐겨 찾았다."라고 언급했다.(『서양미술사』) 이 말은 김홍도의 풍속화첩에도 적절하지 않을까? 지금까지 브뤼셀과 빈, 그리고 파리와 베를린에서 브뤼헐의 그림을 꽤 많이 보았지만, 그때마다 전해오던 흥미진진한 감흥이나 인간 존재 자체에 대한 생생한 관심을 김홍도에게서도 느낄 수 있었다. 내가 브뤼헐을 보며 유럽의 미술관을 거닐 때가 30대 무렵이다. 김홍도의 작품을 접했을 때 이미 나는 60세에 가까운 나이가 되어버렸다. '너무 늦었구나…….' 싶은 기분이 들었다.

브뤼헐이 왕성히 활동하던 시대는 스페인이 네덜란드의 신교도를 가혹하게 탄압하던 무렵이다. 가혹한 시대상황이 화가(모든 화가라기보다 극히 일부이지만)로 하여금 인간성에 대한 깊은 통찰과 풍부한 생명력을 작품에

불어넣도록 만든 듯하다.

브뤼헐이 꽃피워낸 플랑드르의 풍속화는 얀 스테인Jan Steen에 의해 더욱 융성해졌고 그 말미는 얀 페르메이르Jan Vermeer가 장식했다. 조선의 풍속화가 신윤복은 브뤼헐보다는 극적 구도의 분방함에서는 얀 스테인과, 색채의 아름다움의 측면에서는 페르메이르와 통한다고 생각된다. 18세기 조선에도 이런 탁월한 풍속화가들이 활동했다니 놀랄 만한 일이다. 하지만 단원과 혜원 두 사람 모두 인생의 마지막 장이 구름이 낀 듯 명확하지 않았다는 사실을 통해 그들이 예외적인 혁신자였음을 짐작할 수 있다.

이런 까닭으로 신윤복에 대한 관심은 나날이 커져갔다. '우리/미술 순례'라는 기획에도 전근대의 화가로서 신윤복을 넣고 싶다는 생각을 했다. 하지만 글을 시작하기 전부터 두 가지 곤란한 사정이 있었다. 하나는 실제로 작품을 본 적이 없다는 점이었다. 그 고민은 훗날 간송미술관에서 작품을 직접 대면하면서 해소되었다.

다른 한 가지는 이쾌대의 경우를 제외하면 '우리/미술' 기획은 화가 본인과 만나 대화하는 것을 기본 형식으로 삼은 것이었다. 작품 그 자체는 물론이거니와 내게는 작가라는 인간을 향한 관심이 강했기 때문이다. 하지만 신윤복은 거의 200년도 전에 이미 세상을 떠난 인물이다. 어떻게 대화를 나눌 수 있을까? 게다가 신윤복의 후반생은 수수께끼 속에 머물러 있어 자료마저 극히 부족하다.

하지만 이 문제도 생각하지 못한 방향에서 해법이 보이기 시작했다. 어느 날 도쿄의 집에서 F가 여성전용 채널을 선전문구로 내세운 케이블 방송을 시청하는 모습을 별 생각 없이 옆에서 지켜보았다. 한류 드라마 붐 때문인지 매일처럼 한국 방송이 흘러나왔으니 아마 그 가운데 하나였던 듯하다. 다른 프로그램과 달랐던 점은 주인공이 화가(화원)라는 것이었다. 제목은 「바람의 화원」. 놀랍게도 주인공은 신윤복과 김홍도였다. 그 방송을 몇 회인가 보면서 아이디어 하나가 떠올랐다. 이 세상에 없는 신윤복을 만나는 대신, 이 드라마의 원작자를 만나보자.

/ 섹슈얼리티와 시선

「바람의 화원」의 원작자 이정명 작가와의 인터뷰는 2012년 9월 11일, 서울 시내에서 이루어졌다. 이정명 작가는 정중한 말투를 가진, 무척이나 섬세한 사람인 것 같았다.

서경식 이 작가님의 원작을 드라마로 만든 「바람의 화원」을 저는 일본 텔레비전을 통해 봤습니다. 어떤 계기로 신윤복에 대해 관심을 갖게 되었는지요?

이정명 제가 맨 처음 신윤복 그림을 본 것은 초등학교 2, 3학년 때였습니다. 신윤복에 대해 전혀 모를 때였죠. 동네 어른들 담배 심부름을 다니기도 했는데 아리랑이었던가 단오였던가 하는 담배가 있었습니다. 담뱃갑의 한쪽 면에는 빨강, 노랑, 파랑의 태극 문양이 들어갔고 그 뒷면에 신윤복의 「단오풍정」이 그려져 있었어요. 그네 타는 여인의 그림인데 노란 저고리, 빨간 치마를 입고 한쪽 발을 그네에 올리고 막 그네를 타려는 순간을 그린 장면이었어요. 신윤복의 그림을 그대로 쓴 것이 아니라 아마 어떤 화가가 모사를 했던 것 같습니다. 그렇지만 색이 무척 강렬하고 여인의 이목구비가 너무 곱다는 생각을 했어요. 어린 마음에도 아름다운 여인이라고 느끼면서 분명 이 그림은 여자가 그렸으리라고 생각했죠. 그 그림이 아주 강렬하게 머릿속에 남아 있다가 중고등학교에 들어가서 큰 판형의 미술교과서를 보게 되었습니다. 거기에 조선시대 이후 화가의 그림들 중에 「단오풍정」이 있었지요.

서경식 초등학교 때니까 박정희 정권 시절이겠죠? 장소는 서울이었나요?

이정명 아니요. 대구입니다. 당시는 정책적으로 전통이라는 관념을 국민에게 주입하려는 시대여서 '아리랑', '단오' 같은 한국의 전통적인 상징과 명절이 상품의 이름으로도 많이 쓰였던 것 같습니다.

서경식 아마도 '민족중흥'이라는 구호 아래 이 그림도 민족정신의 표현으로서 재평가되었겠지요. 그런데도 이 그림은 '남성적'인, 예를 들면 장군이나 호랑이 같은 이미지가 드러나지는 않습니다. 그런 점이 재미있지 않습니까?

이정명 담배의 주된 소비자가 남성이니까 그럴 수 있지 않았을까 하는 생각도 합니다.

서경식 『청소년을 위한 한국 미술사』라는 책을 봤습니다만 신윤복이 에로티시즘이라는 측면에서 소개되어 있었어요. 당시에도 그렇게 배우셨어요?

이정명 그때는 신윤복 자체가 그다지 알려지지 않았던 것 같아요. 그랬기 때문에 담뱃갑 그림의 인상이 무척 강렬했는데도 이 그림이 신윤복의 「단오풍정」의 일부분이라는 건 몰랐습니다. 아마 다른 화가나 디자이너가 화려한 색채를 사용해서 비슷한 자세를 취한 여성의 풍모를 그렸던 것 같습니다.

서경식 이 그림은 예쁜 여자가 등장하니까 분명 여자가 그렸으리라 생각했다는 말씀이시죠? 그런 발상이 일반적인 것은 아니지요. 작가님의 그런 감성이 나중에 소설에서 신윤복을 여성으로 가정하게 만든 원인이었을 수 있겠네요.

이정명 고등학교 시절 「단오풍정」을 보고 충격을 받았습니다. 선생님으로부터 신윤복에 대해 들었는데 어떤 면에서는 조금 난잡하고 에로틱하고 속된 그림을 그린 작가다, 하시면서 실존했던 인물 신윤복에 대해 이야기하셨어요. 10년 가까이 화가를 여자로 생각하고 있었는데 그 순간 남자라는 것을 알고 놀랐죠. 드라마에서는 시청자가 처음부터 신윤복이 여자라는 것을 알고 보잖아요. 하지만 소설에서는 신윤복이 여자라는 사실이 나중에 밝혀지거든요. 독자들이 그 순간에 굉장히 놀랐다고 해요. 저는 아마 독자들이 느꼈던 충격을, 고등학교 때 정반대로, 그러니까 여자로 생각했다가 남자라는 걸 알았을 때 받았던 것 같아요. 그 후에 신윤복에 대해 좀 관심을 가지게 되었죠. 제가 신윤복에 대해 주로 접할 수 있었던 자료는 그가 그린 그림이었어요. 요즘에는 인터넷이 활성화되어 자료를 쉽게 찾을 수 있지만, 그 당시는 그림을 통해 접하는 것이 가장 빨랐죠. 그 외에 특별한 정보나 연구를 접할 수 있던 상황도 아니었습니다.

서경식 화집은 있었나요?

이정명 당시에는 제대로 정리되어 출판된 화집은 없었다고 생각됩니다. 신문에서 조선시대 풍속화에 대한 기사들은 보았던 기억이 있어요. 그렇다고 제가 소설을 써야겠다고 자료를 본격적으로 연구한 것도 아니었어요. 일상생활을 하면서 그 인물에 대한 개인적인 관심을 가지고, 보통 사람들이라면 그냥 지나칠 자료를 눈여겨본 것 정도였어요.

서경식 선생님이 갖고 계신 신윤복에 대한 시선은 연구자적인 태도는 아니라는 것이죠? 그림을 보는 순간 빠져들었다는 말씀일 텐데, 말하자면 인간에 대한 흥미에서 시작해서 조사하고 연구한다는 의미겠지요? 이 그림을 처음 보셨을 때를 성에 눈을 뜬 순간이라고 말할 수 있을까요?

이정명 그때는 몰랐지만 그랬을 수도 있겠지요.

서경식 보통은 그려진 여성에 대해 생각하지만 선생님은 이 그림을 그린 사람을 상상했다는 뜻이죠. 이 그림은 분명 여자가 그렸을 것이다 하는 식으로 말이죠. 아주 독창적이라고 생각됩니다.

이정명 단지 그림이 예쁘다라는 식이 아니었어요. 이 그림이 작가의 자화상까지는 아니더라도 이 정도로 예쁜 사람일 것이라고 상상을 한 거죠.

서경식 저도 서양미술을 보면서 빠질 때가 있어요. 이 화가는 어떤 생각으로 그렸을까, 라는 상상을 해봅니다.

이정명 당시는 학생들이 그림을 쉽게 접할 수 있는 사회적 분위기가 아니었어요. 컬러로 된 미술책이 그림을 체험할 수 있는 굉장히 귀한 기회였죠. 신학기가 되어서 교과서를 받으면 우선 전부 훑어보곤 했는데 수업 전에 먼저 저 그림을 봤던 것 같아요. 많은 그림들 속에서 그 그림이 특히 다른 작품과 구별되는 색감을 가지고 있었습니다. 선생님이 이 그림에 대해 이야기할 때 교실 안은 아주 난리가 났어요. 남학생들이 벗고 있는 여인, 그것도 유두 색깔까지 굉장히 세밀하게 그려져 있는 모습을 보았으니까요. 하지만 저는 신윤복이 남자라는 사실에서 받은 충격이 더 컸어요.

서경식 또래 남자애들과 다른 섬세한 감정을 가지고 있으셨다는 말이네요. 1970년대의 대구는 성적인 도덕이나 유교적 질서의식 등에서 일본 사회보다 무척 보수적이었을 텐데요. 이건 아주 개방적인 그림이지 않습니까?

이정명 서울에 와서 여러 지역의 사람들과 사귀어보니까 대구, 영남 지역이 눈에 보이지 않는 특수성이 있더라고요. 제 고향이기도 하지만 유교적인 전통이 강한, 아주 보수적인 지역입니다. 제가 어릴 때는 친구 집에 놀러 가면 부모님께 큰절을 해야만 했어요. 어머니가 계시면 안방에 들어가서 큰절을 하고 놀아야 되는 분위기였어요. 저희 아버지의 고향은 대구 근교의 청도라는 곳인데요. 그렇게 더 시골로 들어가면 사람들이 길에서 만난 어르신에게 땅바닥에 엎드려 절을 하는 모습을 실제로 보기도 했어요. 그래서 아마도 그날 그 시간에 교실이 더 난장판이 되었던 것 같아요. 선생님도 그런 부분을 어느 정도 이해하시고 학생들이 떠들썩해도 꾸중 안 하신 것은 아닐까 하는 생각이 훗날 들었습니다.

서경식 그런 것이 바로 예술이 갖고 있는 본래의 기능이겠죠. 이 그림을 그저 과거의 자료로만 파악하면 재미가 없잖아요. 그런 식으로 대하지 않고 학생들이 모두 그 그림을 아주 생생하게 느꼈다는 의미겠지요.

이정명 네. 교과과정에 미술 시간이 많은 것도 아니고 일주일에 한 시간 정도니까 대부분 그냥 넘어가고 실기나 조금 하는 정도였죠. 미술 선생님께서는 신윤복이라는 화가에 대해서 무언가 이야기를 해주고 싶었던 것은 아니었나 하는 생각이 들어요. 억압된 학생들의 마음을 조금이라도 해소해주려고 한 것은 아니었나라는……

서경식 신윤복은 조선시대 화가이면서도 일종의 현대성을 지니고 있다는 뜻이기도 하죠?

이정명 그렇습니다. 학생들의 관심이나 흥미를 끌 수 있는 인물, 혹은 작품이라고 생각했겠죠. 이 그림 속에서 훔쳐보는 사람들의 모습이 꼭 우리들 같았어요.

머리를 빡빡 깎고……. 지금도 그 미술시간이 생각나요.

서경식 서양의 그리스도교 미술에는 성서에 등장하는 '수산나의 목욕'이라는 주제가 있지 않습니까? 가정주부가 목욕하고 있는데 노인들이 훔쳐보는 구도가 종종 등장합니다. 신윤복은 알지 못했겠지만 혹시 청나라를 통해서 그런 것을 접했을까요?

이정명 글쎄요. 신윤복의 그림에는 많은 경우 엿보는 듯한 시선이 내재해 있습니다. 보통 화가는 보이는 상황이나 사물을 그리는데 신윤복의 경우 그리는 사람의 시선이 그림 안에서 느껴지거든요. 「단오풍정」에서는 엿보는 사람이 직접 등장하잖아요. 화면을 보는 우리의 시선도 훔쳐보는 아이들의 시선을 따라 왼쪽에서 아래쪽으로 흘러간다고 보입니다. 항상 그런 식의 엿보는 듯한 시선이 느껴지는데 바로 그 점이 신윤복 그림다운 요소가 아닌가 해요.

서경식 페르메이르의 그림에도 엿보는 시선이 많다는 특징이 있습니다. 풍속화는 일반인이 생활하는 어떤 순간을 엿보고 그리는 것이기도 하니까요. 그렇듯 일상의 한 순간을 잡는 거죠. 말하자면 스냅사진이라고 할까요? 페르메이르는 17세기 네덜란드에서 활동한 화가지요. 재미있게도 신윤복과 공통점이 있어요. 페르메이르가 활동했던 시기, 네덜란드의 시민들이 자유롭게 그림을 사고 팔고 거실에도 걸기 시작하는 문화가 시작됩니다. 김홍도가 브뤼헐이라면, 신윤복은 페르메이르와 비교할 수 있지 않을까, 라는 생각을 해요. 그렇다면 왜 신윤복은 '엿보는 시선'을 갖게 되었을까요?

이정명 신윤복이 어떤 성정을 가진 인물인지는 잘 모르지만 제 나름대로 이런 생각을 해본 적이 있어요. 사회적으로 권력을 가진 자는 엿보는 시선이 아니라, 직접적인 시선, 즉 내려다보거나 깔보는 시선을 취하는 경우가 많습니다. 하지만 엿보는 시선에는 어떤 심한 콤플렉스가 있지 않았을까 하는 생각이 듭니다. 자기비하까지는 아니겠지만 사회와 부딪치면서 가질 수밖에 없는 콤플렉스 같은 것요. 그래서 직접 보지 못하고 언제나 한발 물러서서 숨어서 본 듯한 시선을 갖지 않았을까 하는 것이 제 개인적인 생각입니다.

서경식 역사적인 사실은 어떤지요? 실제 신윤복의 인생 후반부에 대해서는 불분명한 부분이 많은데요.

이정명 도화서에서 쫓겨났다는 기록이 있어요. 제 소설도 그 기록을 토대로 해서 나름대로 추측을 한 것입니다.

서경식 정말로 그가 어쩌면 성적 소수자였을지도 모르겠다는 생각을 했어요.

이정명 네. 그런 학설도 읽어본 적이 있습니다. 한국의 연구자들 중 몇 분도 그런 말씀을 하시죠.

서경식 시선의 양면성이 있지요. 훔쳐보는 남자아이까지 그린다는 점. 그래서 양면성의 모든 점을 분열된 채로 그렸다는 것이겠죠.

이정명 무척 날카로운 지적 같습니다. 보통 남자들 같으면 여자들을 그리고 싶어도 당시의 관습이라든지 그런 것들이 방해가 되었을 텐데요. 신윤복이 이렇게 다양한 여성의 모습을 많이 그릴 수 있었던 것도 그 덕택이 아닐까 생각이 듭니다. 가까운 거리에서 관찰하는 것이 쉽지 않았던 시절이었는데 그런 면에서 유리한 점이 있었던 게 아닐까요?

서경식 이 그림 「월야밀회月夜密會」도 마찬가지인데요. 여성이 주체가 되고 있어요.

이정명 그렇게 말씀하시니까 생각나는 게 있습니다. 저는 신윤복의 화집을 나중에 보게 되었어요. 그때 그림이 하나의 영화처럼 느껴졌어요. 이야기의 성격이 있다는 의미지요. 화첩의 앞 장에 그려진 그림과 다음 장의 그림이 얽혀서 마치 한 편의 영화를 보는 느낌이었어요. 그래서 초고에서는 신윤복이 주인공이 아니었습니다. 처음에는 신윤복이라는 인물이 소설 속에 등장하지 않았어요. 신윤복의 그림들에 나오는 인물을 순서에 따라 배열해서 이야기가 계속 연결이 되는 구조였습니다. 그림 속에는 늘 등장하는 인물들이 있습니다. 젊고 아름다운 기생, 늙은 기생, 젊은 선비, 나이 들고 살집이 있는 사대부 양반, 악공들이 반복해서 등장하죠. 저는 그들이 주인공이 되어 하나의 이야기를 연출해내고 있다는 느낌을 받았어요. 그런데 아무래도 구조가 굉장히 헐거웠죠. 구조를 좀 더 강화하는 방편으로 신윤복과 김홍도라는 인물을 넣게 되었어요.

서경식 바로 그 점이 좋았다고 생각합니다. 2011년에 폴란드, 스웨덴 합작으로 만들어진 「브뤼헐의 움직이는 그림The Mill and the Cross」이라는 영화가 있어요. 예수가 십자가를 끌고 골고다로 가는 장면은 서양 회화에 종종 등장하는 주제인데 그것을 컴퓨터 그래픽 영상으로 움직이듯 만든 것이죠. 16세기 네덜란드와 스페인의 지배를 받았던 가난한 농부들의 풍속이 그림에 나옵니다. 춤추고 축제를 벌이고 돼지를 잡고 수확하는 그런 모습입니다. 그리고 "세상에서 중요한 것은 보이지 않습니다."라는 말이 나와요. 그때까지의 서양 회화에서는 예수가 화면의 중심에 등장합니다. 하지만 이 그림에서는 그동안 주목받지 못했던 민중들이 등

신윤복, 「월야밀회」, 18세기 후기.

장하게 되는 거죠. 이정명 선생님도 그런 식으로 신윤복과 관련된 영상을 만드시면 좋을 것 같아요. 18세기 조선의 다양한 계층의 사람들이 살아가는 모습을 다큐멘터리 식으로 대형 벽화처럼 만들어보는 것도 재미있겠어요. 선생님이 대본을 쓰시고⋯⋯.

/ '춘화'에 대하여

서경식 또 하나의 과제에 대해 이야기하려고 합니다. 제가 얼마 전에 덕수궁미술관에서 『한국의 춘화』라는 화집을 샀습니다. 저는 당연히 한국에도 춘화가 있을 것이라고 생각했는데 없다고 하는 분들이 있어요. 일본인은 우키요에 같은 장르를 통해 춘화를 과장되게 그렸지만 우리에게는 그런 식의 그림은 없으며 조선 말기나 대한제국 시기 때 일본에서 나쁜 영향을 받아서 생긴 것이라고요. 하지만 『한국의 춘화』라는 책에 신윤복의 그림이 나와요. 단 그 화집에 실린 그림의 수준을 가늠해보면 진짜 신윤복의 작품인지는 의심이 가지만 한국에도 춘화는 분명히 있었다는 말이지요. 선생님의 책에도 화원은 춘화를 그리면 안 되지만 생계를 위해 그린 경우가 있었다는 이야기가 나옵니다. 말하자면 춘화 시장이나 고객들이 있었다는 거겠죠?

이정명 역사적인 자료가 있어서 쓴 것은 아니었고요. 당시에도 모사는 화원들의 양성 과정에서 반드시 필요한 것이었고 유명한 화가를 흉내 내서 그리는 방식이 중요했습니다. 신윤복이 활동하던 시대에도 그랬을 수 있었겠지만 그 이후에도 신윤복의 그림을 모티프로 삼아 춘화로 그린 작품을 본 적이 있어요. 특히 신윤복의 경우에는 춘화라고 말하기는 어렵지만 남녀의 관계를 다룬 작품이 많지 않습니까? 신윤복 그림인데 인물의 옷을 다 벗겨놓은 것이 있었어요. 그런 장면을 아주 에로틱하게, 아주 노골적으로 묘사하고 있습니다.

서경식 신윤복의 작품을 모사해서 그런 것이요?

이정명 아마 비슷한 시대였던 것 같습니다. 20~30년 정도 차이가 나는 후배 화가였을 수도 있겠죠. 어쨌든 18세기 후반이니까요. 신윤복의 색깔과 붓 터치를 그대로 가지고 와서, 그러니까 그의 그림의 구도와 인물을 그대로 살리고 옷만 그리지 않은 그림이죠.

서경식 그런 작품은 지금 볼 수 있나요? 어떤 미술관에 소장되어 있습니까?

이정명 거기까지는 정확하게 기억나지 않는데요. 화집이 아니라 아주 오래전에 잡지 칼럼에서 본 것 같아요. 그렇지만 그 그림의 느낌은 아주 선명하게 남아 있죠.

서경식 고야Francisco Goya의 「마하Maja」가 생각나지 않나요?

이정명 네. 그렇네요.

서경식 18세기 말 무렵에 화가 자신은 자유롭게 그리고 싶어도 당시 스페인은 가톨릭을 국교로 삼은 무척 억압적인 체제였습니다. 게다가 고야는 궁정화가였으니 '마하'도 '옷을 입은 모습'과 '옷을 벗은 모습' 두 가지 버전으로 그렸습니다. 프랑스 혁명이 지나고 쿠르베Gustave Courbet 같은 화가는 여성의 나체를 노골적

프란시스코 고야, 「마하」 시리즈, 1798~1805년 사이.

(위) 「옷을 입은 마하(Maja vestida)」. (아래) 「옷을 벗은 마하(Maja desnuda)」.

으로 그릴 수 있었지요. 조선의 경우 화원은 노골적인 춘화를 그릴 수 없었겠지만, 그래도 일반인은 얼마든지 그릴 수 있었다는 의미일까요?

이정명 당시의 사회상을 정확히 알 수는 없지만 아까 선생님께서 페르메이르의 예를 드셨듯 사회적으로 부가 축적되면서 유한계급이 생겨나고 그림을 통해서 예술적인 욕구를 충족시키는 일련의 과정에서 근대적 의미의 화가들이 양성되었겠죠. 그런 측면에서 본다면 우리나라의 경우도 영·정조 시대가 나름대로 윤택한 시절이었고요. 따라서 표현에 대한 욕망들도 폭발할 수 있었던 시기가 아니었을까요? 욕망들이 재화, 즉 돈으로 거래될 수 있는 사회적 분위기는 얼마든지 형성되었을 것입니다. 그림을 보면 알 수 있듯이 양반들이 기생을 데리고 향락을 즐기는 것이 다반사였고 따라서 양반이나 사대부에게는 그런 장면들이 그다지 놀라운 게 아니었을 수도 있었다는 얘기입니다. 어떻게 보면 이 정도 그림은 점잖은 편이죠. 신윤복은 당시 도화서 화원을 지냈기 때문에 점잖게 표현한 것이었지만, 성에 대한 호기심이라는 측면에서 본다면 실질적으로 춘화로 전이될 여지는 얼마든지 있지 않았을까 생각됩니다.

서경식 춘화도 많이 있었을지도 모른다는 가정이시죠?

이정명 그에 대해 남아 있는 자료는 없지만 개연성은 충분히 있지 않을까 생각합니다.

서경식 일본과 다른 점을 살펴보면, 우키요에는 양반 같은 지배계급이 아니라 도시의 상인이나 돈을 많이 번 사람들이 고객이었어요. 보통 시민들, 그러니까 조닌이라고 불렸던 사람들은 유곽에 가서 기생(오이란花魁)을 묘사한 그림을 사든지 연극(가부키歌舞伎)을 보러 가서 배우들을 소재로 삼은 야쿠샤에役者繪를 샀습니다. 요즘 식으로 말하면 브로마이드죠. 그리고 용맹스런 무사를 주제로 한 그림도 인기가 있었어요. 오사카나 에도(현재의 도쿄)처럼 큰 도시에는 그런 우키요에를 전문적으로 파는 상점도 있었고 메이지 시대에 접어들어서도 신문의 삽화로 그려진 니시키에 같은 전통이 이어졌습니다. 그런데 조선에서는 귀족계급(양반)들이 주된 고객이었죠.

이정명 일본과 우리는 사회적으로 차이가 있었다고 생각되는데요. 조선의 경우 18세기 무렵에 부를 축적한 상인은 상인 신분으로 남아 있지 않는 경우가 많았습니다. 돈으로 양반의 지위를 사버렸기 때문이에요. 18세기에 이르러서는 신분제도가 완전히 허물어지는 단계였기 때문에, 조선 전기에는 양반이 20퍼센트 정도였다면 후기에는 60~70퍼센트까지 늘어납니다. 그러니까 임진왜란과 병자호란을 거치면서 전반적으로 서민의 생활은 피폐해지고 그 와중에 신흥 상인, 자본을 축적한 사람들이 등장하면서 결국 돈으로 양반 신분을 샀던 거죠. 그래서 신윤복 그림 속의 양반도 양반의 차림을 하고 있지만 과연 원래부터 양반이었을까 하는 의심이 들어요.

/ 화가와 섹슈얼리티

여기서 이정명 작가와의 인터뷰를 잠시 멈추고 그와 대화하면서 생각했던 내용을 잠시 이야기하고 싶다.

긴 세월 동안 서양회화사에서 '아티스트'라는 호칭은 바로 남성을 의미했다. 화가가 여성이라면 일부러 '여성 아티스트'라 불러 한 단계 낮고 예외적 존재임을 드러내곤 했다. 높이 평가할 때에도 '여성으로서는'이라던가 '남자 못지않은'이라는 식의 수식어를 붙였다. 다시 말해 기준은 어디까지나 남성이라는 것이 무의식적으로 강조되어왔다. '남성 창조자와, 수동적 대상으로서의 여성이라는 짝을 이루는 위치관계'가 당연시되어왔던 것이다. 미술 연구자 그리젤다 폴록Griselda Polloc과 드보라 체리Deborah Cherry는 어떤 전시회에 대한 비평문에서 다음과 같은 결론을 내렸다.

여성에 대한 억압을 재생산하며, 남성성과 여성성에 대한 이데올로기를 강화하는 가치와 의미를 유통시키는 데 가장 핵심적인 것이 바로 고급문화(하이컬처)이다. 고급문화는 창조력을 남성적인 것으로 여기고 '여성'을 남성의 욕망하는 시선을 위한 아름다운 도상으로만 표현한다. 따라서 여성의 지성이 문화와 의미를 생산해낼 수 있다는 것을 단호히 부정한다. [*]

이는 아마 조선에서도 마찬가지였을 터이다. 전통 화가라고 말하는 것만

---

[*] Griselda Pollock, "Vision and Difference", グリゼルダ・ポロック, 『視線と差異』, 萩原弘子 訳, 新水社, 1998.

으로도 우리 대부분은 자연스레 남성을 상정하곤 한다. 그래서 소설을 구상할 때부터 화가가 실제로는 여성이었다고 설정한 후에 비로소 써나갈 수 있었다는 이정명 작가의 술회는 흥미롭다. 그러한 설정을 생각하게 된 밑바탕에는 아무 예비지식 없던 어린 시절, 담뱃갑의 그림을 보며 화가가 여성임에 틀림없다고 확신했던 경험이 자리한다. 왜 그렇게 확신했던 걸까? 이 그림 자체가 '작가는 남자다!'라는, '화가가 지닌 섹슈얼리티'의 기운을 그다지 발산하지 않았기 때문은 아닐까?

F는 한 발 더 나아가 신윤복이 그림 속의 남녀가 대등하게 보이게끔 표현하는 듯하다고 말하기도 했다. 물론 신분제 사회 속에서 양반(남성 귀족)과 기생(창부)은 신분적으로 대등할 리 없으며, 묘사된 여성은 남성 중심 사회를 살아가는 피차별자이다. 하지만 F가 말하고 싶었던 내용은 그런 뜻이 아니다. 과거의 회화 속 여성상은 많은 경우, 남성의 시선에 의해 이상화됨으로써 하나의 형식으로 고착되어간다. 그러므로 그림 속 남성은 피와 살을 지닌 생생한 인간으로서 묘사되지만, 여성은 '여성'이라는 단순한 기호에 지나지 않았던 경우가 많다. 하지만 신윤복 그림 속 여성에게서는 그런 태도가 느껴지지 않는다. 화가가 남성과 여성을 대등하게 취급하고 있다는 의미다.

예컨대 「연소답청年少踏靑」이라는 작품을 보면, 양반의 나들이 정경을 묘사했지만 이상하게도 기생이 말을 타고 있고 양반은 고삐를 잡고 걸어간다. 역전되어버린 입장이다. 게다가 말 위에 올라탄 여성들은 조금도 위축

되지 않고 발랄한 모습이다. 단순히 나들이 정경을 사생했다기보다 이 여성들의 생생한 모습에 화가의 관심이 쏠려 있는 듯 보인다.

실로 여성이란 몇 개의 의미와 판타지를 조합해 만들어진 단순한 기호이자 픽션이다. (……) 즉 '여.자.'라는 기호는, 역사적 상황에 의해 내용이 바뀌는 이데올로기적 의미의 구축물이다. 이 기호는 '여자'가 아닌 쪽의 사회집단에 의해, 또 그들을 위해 만들어진다. '여자'라는 상상 속의 유령을 만들어냄으로써 남성은 정체성을 형성하고 우월성을 손에 넣는다. (그리젤다 폴록)

일반적으로는 동의할 수 있는 폴록의 정의이지만 신윤복에게도 그대로 적용할 수 있을까? 이에 대한 답은 쉽지가 않다.

/ 반시대적 천재

서경식 그 당시는 그림을 그리는 사람이 시도 잘 지었던 거죠? 추측해보자면 말 그대로 문인文人이라고 할 수 있는데요. 유교적 세계관을 시를 통해 칭송했을 텐데 향락적인 그림의 내용과는 모순이 생기지 않습니까? 저는 그 모순이 재미있습니다. 그림이 어떻게 발생되어왔는가를 생각해본다면 서양에서는 기독교의 포교라는 중요한 목적이 있었지요. 불교의 불화도 마찬가지겠지요. 불교 사회도

신윤복, 「연소답청」, 18세기 후기.

기독교 사회도 아니었던 조선시대 그림의 명목은 무엇이었을까요? 예컨대 궁정 화가의 경우는 왕의 초상이나 왕실의 행사를 그리는 것이었을 테고, 또는 음양의 원리나 탈속과 같은 도교적인 세계관을 그리는 화가도 있었습니다. 그렇다면 풍속화에도 어떤 명목이 필요했던 것은 아니었을까요?

이정명 아마도 신윤복이라는 인물은 전근대에서 세상이 바뀌는 과도기에 한쪽 발은 이전의 세계에 담그고, 한쪽 발은 새로운 세계에 담그면서 풍파를 겪은 사람이 아니었을까 생각합니다. 우리의 전통적인 회화는 어떻게 보면 물상이 아니라 관념을 그리는 것이잖아요. 빵을 그린다고 하면 빵을 보이는 대로 그리는 것이 아니라 빵의 관념을 그리는 거죠. 난초를 친다고 하면 실제의 난초와 얼마나 닮았는가가 아니라, 난초의 정기 혹은 고결함을 그렸습니다. 즉 대상을 그리는 것이 아니었습니다. 그런데 서양 식 화법에서는 그림을 그릴 때 보는 것이 먼저지요. 정확하게 봐야만 그릴 수 있다는 것입니다. 가령 페르메이르도 카메라 옵스큐라를 통해 관찰을 했지 않습니까? 조선의 전통 회화는 보는 대로 그리는 것이 아니라 자기가 믿는 것, 생각, 상상하는 것을 그리는 거였죠. 그렇기 때문에 실제로 그리는 대상은 화폭의 아주 작은 부분이나 귀퉁이에 두고, 자기가 하고 싶은 말이나 생각을 시가 되었든 문장이 되었든, 자신이 쓴 것이든 고전에서 따온 것이든 넓은 여백에 적어 내려갔고요. 그림보다는 말을 하고 싶은 의도가 컸고 거기에 약간의 형상을 부가하는 형식이었던 것 같습니다. 동양, 특히 조선의 그림은 그렇게 이어져왔고 양반 사대부들이 애호하던 형식으로 만들어졌어요. 하지만 신윤복 같은 화가는 보이는 대로 믿는 편이었던 것 같아요.

서경식 사실주의 정신이라고 할 수 있을까요?

이정명 네. 신윤복은 물상을 그렸지만 도화서 생활도 했기 때문에 기존 그림의 형식을 완전히 버리지는 못한 것은 아닐까요? 또 한 가지는 신윤복의 그림을 공식적으로든 사적으로든 향유하는 이들은 결국 양반이었을 테니까 기본적으로는 그 사람들에게 익숙한 형식, 그러니까 시문詩文과 그림이 공존하는 형식을 받아들일 수밖에 없었다고 추측을 해봅니다.

서경식 당시 도화서에서 쫓겨나면 화가들은 생계를 꾸려갈 수 있었을까요? 작품을 사주는 고객이 있어야 살아갈 수 있지 않습니까? 소설 속에도 요즘 시대의 콜렉터에 해당하는 부자 상인들이 등장합니다. 실제로 당시에 그런 계층이 존재했나요?

이정명 그 점에 대해서는 정확히 모르겠지만 부유한 상인들이 벼슬이나 양반의 족보를 사고파는 일이 있었다고 합니다. 돈을 주고 양반 가문의 양자로 들어가서 그 집안의 자손이 되는 등 신분 세탁이라 말할 법한 일들은 흔하게 있었다고 볼 수 있습니다.

서경식 선생님 책을 보면 도화서의 색채 규범이나 규칙 등에 대한 내용도 나옵니다. 자료 조사를 많이 하셨겠네요. 도화서에 소속되어 있었던 이상, 어떤 색은 사용이 금지되었다, 라는 표현이 있었는데요.

이정명 금기였다기보다는 조선시대에는 회화가 규격화, 양식화되어 있었다는 점을 들고 싶습니다. 일단 그림의 기본은 먹이었으니까요. 색채보다는 수묵을 중시했던 상황입니다. 채색은 단청이라든가 임금의 의전 행사를 그릴 때처럼 특수한 용도가 있었겠죠.

서경식 도화서의 그림에 여자의 모습을 그리는 것은 금기 중의 금기였다고 소설에서 쓰셨죠. 또 소설에는 미분, 적분 같은 수학과 관련된 이야기도 나옵니다. 그건 실제 이야기인가요?

이정명 그건 제가 만들어낸 이야기입니다.

서경식 그렇군요. 조선의 코페르니쿠스라고 평가 받는 홍대용에 대한 이야기도 있었지요? 저희 세대는 조선시대의 그림을 접할 기회가 별로 없었어요. 뿐만 아니라 양반이 곰방대로 담배를 피우며 무기력하게 있는 장면을 그린 그림을 두고 조선 사회의 정체된 모습을 보여주는 후진성의 상징으로 보여주었어요. 예를 들면 김득신의 「반상도班常圖」에 양반과 농민이 길에서 만나는 모습을 보여주며 조선이 이렇게 후진적이며 20세기에 들어서도 발전이 없는 나라라는 것이 일본이 조선을 바라보는 전형적인 시선이었어요. 일본의 마르크스주의자들조차도 별 의심 없이 그러한 사고방식을 받아들였습니다. 그래서 저로서는 신윤복의 존재가 놀라웠습니다. 우연히도 이런 사람이 우주인처럼 하늘에서 내려온 것이 아니라, 이런 의식을 가진 사람이 존재했을 정도로 사회적인 변화나 토대가 있었으리라는 생각을 새삼스럽게 해봅니다. 이런 생각이 한국 사회에서는 특별히 새롭거나 신기한 이야기는 아닌가요? 제가 국외(일본)에 있었기 때문에 계속 1960년대의 사고방식에 머물러 있는 것일지도 모르겠지만요.

김희진 1980년대 역사학자 김용섭의 작업을 비롯해서 내재적 자본주의에 대해 많은 논의가 있었죠. 그런데 그 후로 그분의 작업이 제대로 계승되거나 극복되지 못하고 맥이 끊긴 느낌이에요. 최근에는 식민지 근대화론을 주장하는 분들이 오히려 활발히 활동을 하는 편이고, 또 거꾸로 영정조 시대, 그러니까 조선 후기의 자생적인 변화의 여러 가지 시도들, 사회의 변혁과정에 대한 미화 수준의 논의도 많아졌어요. 영정조 시대 재조명이 활발한 건 사실이지만 유행처럼 느껴지는 면도 있습니다.

최재혁 사상적 측면에서 내재적 발전을 보여주는 씨앗으로 실학의 사례를 들기도 합니다. 미술사 영역에서도 영정조 시대에 융성했던 문화에 초점을 둔 연구들이 있었습니다. 풍속화에서는 김홍도와 신윤복에 주목하고, 산수화에서는 겸재 정선의 사례를 들어 '진경'이라는 개념을 강조하는데요. 사생을 기초에 두면서도 서양의 리얼리즘과는 달리, 있는 그대로 보고 그렸다기보다 자신의 내면을 자유롭게 투영한 것을 의미합니다. 말하자면 실경을 넘어 진경을 담아냈다고 높이 평가를 하는데 물론 최근에는 너무 과대하게 강조한 것은 아닌가 하는 의견도 있습니다.

서경식 어쨌든 신윤복과 같은 맥락, 조선시대까지 존재했던 맥락이 식민지 시대에 접어들면서 단절되었다는 뜻일까요?

이정명 네, 그렇게 보아야 할 것입니다. 식민지 시대를 전후해서 거의 맥락이 끊겼겠죠. 도화서 자체가 단절되었으니까요. 신윤복이 살던 시대에도 화가들이 서양처럼 길드 같은 어떤 조직을 통해서 활동한 것이 아니고, 특히 풍속화는 장승업이나 최북(1712~1786?) 같은 화가들이 개별적인 존재로서 작업을 했던 것으로 알고 있는데요. 신분제 사회에서 화원은 굉장히 천한 계급이어서 나라까

김득신, 「반상도」, 18세기 후기.

지 넘어가는데 그들의 지위가 지속되었을 리는 없을 것 같아요. 어떻게 보면 그림을 그리는 것으로는 대적할 수 없는 세상이 된 것이 아닌가 싶습니다. 붓 대신 칼을 잡지 않으면 안 되는 상황, 호미나 곡괭이를 들고 땅을 일궈야 겨우 먹고 살 수 있는 상황이 아니었겠습니까? 18세기는 우리 민족에게는 굉장히 부흥기이기도 했고 윤택했죠. 상대적으로 조선 전기나 식민지 시기에 비해서는 예술이 펼쳐질 수 있는 공간이 충분했던 시기였죠.

　서경식 『바람의 화원』을 쓰실 때 단지 오락적인 의미뿐만 아니라, 어떤 사회적 호소나 메시지가 있었을 텐데요.

이정명 저는 신윤복이라는 인물 자체를 통해서 이야기하고 싶었어요. 어떻게 보면 신윤복은 시대와 불화한 천재이면서, 굉장히 독자적이고 자주적인 인물이죠. 그런 인물이 시대, 조직, 사회의 강압적인, 주입적인 규범이나 관습에 저항하면서 자기 나름의 세계를 지켜나갔던 것이죠. 그런 강인한 인물에 대해서 이야기해보고 싶었습니다. 어떻게 보면 신윤복은 김홍도에 비해서 저평가된 것이 사실이고요. 김홍도는 미술사에서 굉장히 높게 평가되는 데 반해 신윤복은 아까 말씀하신 대로 춘화나 속화를 그리는, 도화서에서 쫓겨난 화가로 폄하된다고 할까요? 한 시대를 같이 살아나간 두 천재라고 할 때 어떻게 보면 대립적, 대조적이기도 한 성향을 가지고 있는데요. 그래서 독자에게 신윤복의 이야기를 들려주고 싶었습니다. 신윤복이 자립적인 예술가로서 기존의 여러 가지 규범 속에서 어떻게 자신의 세계를 실현했는지 다시 조명해보고 싶었어요. 작품에서 그런 바람이 잘 표현되었는지는 모르겠습니다. (웃음)

서경식 소설을 출간하고 드라마로도 방송이 되고 나서 호평도 혹평도 있었겠지요? 선생님의 의도를 이 사회에서 어떻게 받아들였는지요?

이정명 좋은 방향이든 부정적인 방향에서든 제가 이 작품을 쓰면서 생각했던 효과는 충분히 느낄 수 있었습니다. 물론 제가 신윤복이라는 사람을 역사적으로, 미술사적으로 복권시킬 수 있다고는 생각하지 않았어요. 하지만 많은 분들이 신윤복의 그림을 다시 보고 싶다는 생각을 가진다면 충분히 보람을 느낄 수 있지 않을까 싶었어요. 제 소설 자체에 대해 비판하시는 분의 의견도 충분히 근거가 있다고 생각하고 감사하게 받아들입니다. 신윤복은 역사적으로 남자인 게 명확한데 역사를 왜곡했다는 비판이 일각에서 있었거든요. 하지만 저는 잘못된 정보를 통해서 그 사람에 대해 조금 더 알게 된다면 그것도 나쁘지 않다고 생각합니다.

서경식　독립된 개인이 자유롭게 그림과 대화하는 과정을 작품으로 표현했을 뿐이지 특별히 학문적인 목적을 가지고 쓴 작품이 아니었잖아요? 그런 각도로 볼 수 있는 하나의 시사나 제안이 되면 충분하다는 생각이 듭니다. 그리고 실제 여자였을지도 모르잖아요?(웃음) 선생님이 말씀하신 대로 신윤복은 외부인이자 경계인이고 세상의 주류가 아니기 때문에 자유로울 수 있었다는 것은 제가 항상 해온 이야기와도 딱 들어맞아요.

이런 이야기들을 발판 삼아 신윤복의 최고 걸작이라 불리는 「미인도美人圖」에 대해 살펴보고 싶다. 그림 속에는 한 기생이 묘사되어 있는데, 이 그림이 그려진 이유는 대체 무엇이었을까?

일본 에도 시대의 경우는 조닌 사이에 가부키가 유행하여 야쿠샤에와 미인화 우키요에가 많이 팔렸다. 판화라는 매체가 채택된 것 역시 대량생산이 가능했기 때문이다. 막부가 아무리 억압해도 완전히 근절할 수는 없었다. 조선의 경우도 마찬가지로 인기 있는 기생을 그린 그림을 일반 서민끼리 사고 팔곤 했을까? 이 미인도는 애초부터 판화가 아니기에 대량으로 유통되었을 리는 없다. 그렇다면 양반이건 상인이건 권세 있는 사람이 소문나지 않게 주문하여 소장했던 것일까? 이정명 작가는 소설 『바람의 화

신윤복, 「미인도」, 18세기 후기.

원』에서 「미인도」를 다루면서 김홍도의 입을 빌려 이렇게 말했다.

"한 나라의 국모조차 변변한 초상을 지니지 못하는데, 여염 여인의 초상이라니 믿을 수 없다."

당시 신분제의 규범에 대해 이야기하는 정황이지만 그렇다면 더더욱 이런 그림을 발주했던 사람이 어떤 사람이었는지 불분명해진다. 그래서 소설은 이 그림을 스스로가 만족할 만한 초상화를 그리고 싶었다는 화가 본인의 창조 욕망으로 설명한다. 실은 「미인도」가 여성이었던 신윤복의 자화상이었다는 설정이다. 이렇게 엉뚱하기까지 한 설정은 우리를 무척이나 흥미로운 고찰로 이끈다.

서양화의 대표적인 자화상 중에 1500년이라는 연호와 함께 서명을 써넣은 뒤러의 작품이 있다. 이 그림은 화가가 근대인으로서 개성을 주장하기 시작한 기점으로 여겨진다. 궁정화가였던 벨라스케스Diego Rodriguez de Silvay Velâzqez도, 19세기까지 살았던 고야도 자화상을 그렸지만, 그것은 왕후 귀족을 그린 커다란 화면의 한쪽 귀퉁이에 소극적이거나 장난스럽게 등장하는 식에 지나지 않는다. 게다가 이들 초상은 남성적 시선의 권력이 작동한 결과라고 말할 수 있다. 근대 이전에는 여성의 자화상이란 기본적으로 존재하지 않았던 것은 아닐까? 여성은 그려진 객체였지 그리는 주체일 수 없었기 때문이다. 이런 상황은 조선에서도 거의 마찬가지였을 것이다. 그럼에도 불구하고 상식을 벗어났다고 말할 법한 이정명 작가의 설정이 어떤 설득력을 가진 것은 왜일까?

그리젤다 폴록은 드가와 그의 지인이었던 미국 여성화가 메리 카샛Mary Stevenson Cassatt과의 비교를 통해 여성이 그리는 여성상과 남성이 그리는 여성상 사이에 명확한 차이가 보인다고 논증했다.

(카샛의 작품에) 그려진 여성들은 드가 작품에 묘사된 목욕하는 여성과는 달리 훔쳐보는 시선 속에 놓여 있지 않다. 드가의 여성들이 있는 장소는 (……) 파리 변두리의 매음굴이나 공창가였을지 모른다. 카샛의 그림 속, 서서 목욕하고 있는 하녀의 모습은 부르주아 계급이 아닌 여성을 '천한 여성'이라는 성적 범주 속에 가둬놓지 않는다. 동시에 카샛은 자기 주변의 여자들이 일하는 공간을 표현한다. 여성의 몸을 성적으로 상품화하지 않고 계급적으로 자리매김하여 그릴 수 있었던 것이다. *

신윤복이 그린 「미인도」 속 여성이 '성적 상품화'에서 완전히 벗어나 있다고는 생각하기 어렵다. (그 점은 카샛이 그린 하녀도 마찬가지다.) 하지만 그림이 지닌 넘치는 매력이 형식화, 기호화된 여성상과는 다른 인상을 주는 점만은 확실하다. 소설 속 김홍도는 「미인도」를 보고 다음과 같이 말한다.
"그림 그리는 화인을 앞에 두고 마치 옆에 아무도 없는 것처럼 거침없는 몸짓이구나."

---

* 앞의 책.

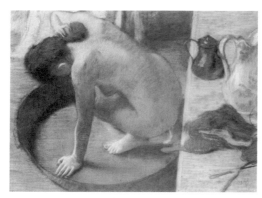

드가, 「목욕통(Le tub)」, 1886.

메리 카샛,
「목욕하는 여인(Woman Bathing)」, 1891.

바로 이런 인상이다. 나 역시 「미인도」에서 같은 인상을 받았다. 남성이 지닌 시선의 폭력에 갇혀 긴장하는 모습도 없고, 거꾸로 거기에 아양 떨며 자신을 상품화하려는 생각도 없이, 정녕 '자연체'인 것이다. 한마디로 「미인도」의 여성은 '기호'가 아니다. 자신을 그리고 있는 화가가 동성인 여성이거나, 혹은 어쩌면 자기 자신이기에 가능한 자연스러움을 보여준다.

신윤복이 남성이었다면 어떻게 남성 자신을 속박하고 있던 규범과 고정 관념을 뛰어넘는 그림을 그릴 수 있었을까? 거꾸로 화가가 여성이었다고 한다면 당시 조선 사회가 과연 그러한 여성화가의 존재를 허용할 수 있었을까? 적어도 우리가 말할 수 있는 것은 신윤복이 우리들에게 내면화된 기존의 코드를 뒤흔든다는 점이다. 그러한 화가를 주인공 삼아 이야기를 만들어낸 소설가가 화가의 섹슈얼리티를 어떻게 설정할까 고민한 것은 어쩌면 당연하다. 이정명 작가가 주인공을 남장 여인으로 설정한 것은 재미있고도 우스운 서스펜스를 위한 장치가 아니라, 신윤복의 그림 그 자체와 허심탄회하게 마주했기에 나온 아이디어라고 할 수 있다.

인터뷰 중에도 말했지만 나는 신윤복이 성 소수자(가령 트랜스 섹슈얼리티의 소유자)는 아니었을까 상상해보았다. 이정명 작가는 인터뷰에서 신윤복의 '콤플렉스'를 언급하기도 했다. 어쩌면 이 역시 성 소수자라는 사실에서 기인했을지도 모른다. 강조해서 말하자면 신윤복의 성별을 둘러싼 '사실'이 어쩠했는지가 문제는 아니다. 그 작품이 우리를 시대를 뛰어넘는 자유로운 상상, 그리고 '성별'조차 넘나드는 상상으로 이끌어준다는 점이 중요하다.

신윤복은 분명 '이단아'였다. 어쩌면 콤플렉스에 사로잡힌 유약한 성격의 소유자였을지도 모른다. 그렇지만 바로 그 때문에 형식화形式化된 전통을 고수하지도 않고, 또 외세에 의해 강제된 '식민지 근대'의 미망에 빠지지도 않고, 진정한 근대를 향한 어렴풋한 가능성을 선취했던 것은 아닐까?

성별조차 초월한 이단아 / 신윤복

이름이 많은 아이

미희

당신은 '미희=나탈리 르무안'이라는 이름 말고도
조미희, 김별 등 여러 이름을 가지고 있습니다.
캐나다에 있는 동안에는 '기무라'라는 이름도 쓰기 시작했지요?
그 이유는 무엇입니까?

미희 = 나탈리 르무안

고아원과 친부모가 지어준 또 다른 이름으론 조미희, 김별, 혹은 기무라 별. 1968년 부산에서 태어나 이듬해 벨기에로 입양되었다. 브뤼셀, 서울, 몬트리올, 베를린 그리고 어디로든 옮겨 다니는 디아스포라 예술가 · 활동가로 살아가고 있다. 해외 입양인 단체 모임인 '유로코리안리그' 'OKAY' 등을 만들어 해외 입양인이 부모를 찾을 수 있도록 도와주었다. 화가, 영화감독, 에세이스트로 활동하며 '브뤼셀 슈퍼8 카메라 & 비디오 영화제' 등에 참가했다.

"Busan is my home town!"

드디어 도착한 미희의 메일에는 이렇게 쓰여 있었다. 파리인지 베를린인지 알 수 없지만 어쨌건 지구 저편에서 도착한 그 글귀를 잠시 동안 가만히 내려다보았다.

"부산은 나의 고향." 미희는 어떤 생각으로 이런 말을 썼던 것일까?

부산대학교 인문연구소가 2011년 가을에 '경계에서 듣다: 디아스포라의 언어와 문화'라는 국제 심포지엄을 개최하기로 하고 참가자 선정에 대해 내게 자문을 구해왔다. "연구자들만 모여 디아스포라에 관한 학술보고를 하는 식으로는 디아스포라에 대한 이해(혹은 그들이 얼마나 이해하기 어려운 존재인가에 대한 이해)에 도달할 수 없다. 설령 조금 혼란이 예상되더라도 가능하면 많은 당사자를 불러 자유로운 발언을 들어야 한다." 나는 그렇게 조언하고 미희를 꼭 부르도록 요청했다.

미희는 아티스트다. 여권에 적힌 이름은 미희=나탈리 르무안Mihee=Nathalie Lemoine. 당연히 그녀가 캐나다에 있으리라 생각했지만 참가자 신청 마감이 임박할 때까지 연락이 되지 않아 조금 초조해졌다. 나중에 알게 되었지만 심포지엄 초청장을 받았을 때 미희는 베를린에 있었다. 6년간 생활했던 몬트리올에서 체재 허가를 거부당해 출국 명령을 받았기 때문이다. 우선 파리의 친구 집에 머물다가 3개월간 아티스트 레지던스를 신청하여 베를린에 체재 중이었다고 한다. 간단히 말해 '떠돌이'인 셈이었다.

하여간 미희는 참가를 수락하는 답신을 보내왔고 나는 가슴을 쓸어내렸다. 거기에는 "Busan is my home town!"이라는 한 줄이 적혀 있었다.

/ 번호

부산대학교의 심포지엄에는 옌볜 조선족 여성 소설가 허련순과 옌볜대학의 김호웅 교수, 재미 코리안 여성 소설가 수키 김, 파독간호사 출신 인권운동가 주재순, 젊은 재일조선인 현대사 연구자 최덕효 등 다양한 코리안 디아스포라가 참가했다. 여기에 앞서 언급한 디아스포라와 비교해도 꽤나 이질적인 미희까지 더해졌다.(심포지엄 내용은 『경계에서 만나다』라는 제목으로 2013년 현암사에서 출간되었다.)

심포지엄 다음 날, 따뜻하고 맑았던 오전에 나는 미희와 함께 어느 고아원을 찾았다. 40여 년 전, 미희는 그곳에서 하룻밤을 지낸 후 다른 고아원으로 옮겨졌다. 그리고 거기서 벨기에로 보내졌다. 이번에 미희가 부산대의 심포지엄 참가를 기회로 이 고아원을 방문했던 것은 그 기억이 그리웠기 때문은 아니다. 다른 해외 입양인의 친부모를 찾기 위해서였다. 우리를 맞이했던 수녀에게 미희는 예의 바른 태도로 이런저런 질문을 건넸지만 그다지 성과를 얻지는 못했던 것 같다.

고아원을 떠날 때 미희는 종이 한 장을 손에 들고 문 앞에 섰다. 종이에는 '6261'이라는 '입양번호'가 적혀 있었다. 미희를 입양 보낸 단체가 붙인 번호다. 그 단체가 해외로 보낸 6261번째의 입양아라는 의미이다. 비슷한 일을 하는 단체가 몇 개인가 더 있다고 한다. 미희는 그 번호를 손목에 문신으로 새기는 장면을 촬영한 영상작품도 제작했다. 미희는 행위예술가다.

미희는 부산대의 심포지엄을 마친 후 일본에 들러 우리 집에서 며칠을 함께 보냈고 그동안 그녀와 천천히 시간을 갖고 인터뷰를 할 수 있었다. 인터뷰는 2012년 11월 10~11일에 진행되었고 프랑스어-일본어 통역은 기쿠치 게이스케菊池惠介 씨가 맡아주었다.

서경식 이번에 보여주신 '숫자' 작품은 홀로코스트라는 상황 속의 유대인 강제이송이나 수용소 체험과, 미희 자신의 경험이 지닌 공통성을 염두에 둔 것이군요.

미희 네. 제목은 「What does it mean」입니다. 이 작품을 보신 분들은 종종 그런 질문을 하셔서 나름대로 설명을 드리곤 합니다. 유럽 사람은 보통 저런 숫자를 보며 유대인의 강제이송을 떠올리곤 합니다. 저는 유대인의 강제이송 경험과 우리 코리안 해외 입양인의 경험을 중첩시켜보았습니다. 이들 사이에는 몇 가지 공통점이 있어요. 대규모로, 그리고 자기 자신의 의사와는 관계없이 멋대로 이송 조치되었다는 점, 어떠한 보호도 없이, 그리고 돈 때문에 옮겨졌다는 점이 그

미희, 「What does it mean」, 2001.

렇습니다. 유대인의 경우는 희생양이었다고 할 수 있지만, 우리들은 어떤 의미
에서 보면 '폐기물'과 같은 존재였다고 이야기할 수도 있습니다. 한편 저의 양부
모의 집안에는 유대인도 있고, 나치스 공범자도 있었습니다.

　서경식　그렇다면 이 작품은 당신 나름의 항의라고 이해해도 좋을까요?

　미희　오히려 '정치적인 행위'라고 말하고 싶어요. 프랑스어에는 'coller à la peau',
직역하면 '피부에 붙어 떨어지지 않는'이라는 관용적 표현이 있습니다. 입양인
으로서 해외에 팔려갔다는 것은 그렇게 평생을 따라다니는 경험입니다. 유럽에
서는 유대인이 받은 박해가 사람들의 기억에 압도적이라 할 만큼 뚜렷이 각인
되어 있습니다. 하지만 그러한 피해를 당한 것은 그들뿐이 아니며 그런 의미에

서 보면 캄보디아 크메르루주 피해자의 경험과도 겹친다고 생각합니다. 유대인
만큼의 트라우마는 아닐지라도 우리들도 일종의 트라우마를 경험해왔다는 점
을 새겨두고 싶었습니다.

분명 이 행위에는 기념이라는 의도와 함께 사회적으로 논의를 불러일으키려
는 의도도 있어요. 그런 의미에서는 공통점이 있다고 말할 수 있습니다. 하지만
유대인의 경우와 비교해보면 큰 차이 또한 있습니다. 유대인은 유럽에서는 한눈
에 구분하기 힘들지만 아시아인인 저는 겉모습부터 확실히 소수자로서 인식되
는 가시적인 존재입니다.

저는 "우리들은 국제 입양아입니다."라는 간판을 목에 걸고 거리를 걷는다거
나 하는, 그렇게까지 노골적으로 사회에 호소하는 요란스런 행위를 하고 싶은
생각은 없습니다. 저 역시 때때로 숫자로 새긴 문신을 밴드로 가리기도 하지만
우연히 누군가가 눈치 챈다면 거기에 대해 이야기할 준비는 늘 되어 있습니다.

사실 깊이 생각한 끝에 새긴 것은 아니에요. 처음엔 팔목에 '心'자만 새기려고
했는데 갑자기 이 번호도 한번 해볼까 하고 생각이 바뀌었습니다. "만약 숫자
를 넣으면 얼마나 들까요?"라고 물었더니 "당장 해줄까요? 어차피 같은 바늘을
쓰는 것이니 돈은 더 안 내도 돼요."라고 해서 그 자리에서 이 번호를 새겨 넣은
것입니다.

서경식   캐나다에서였죠? 비용은 100캐나다달러?

미희   네, 비싸지 않았어요. 문신을 해준 사람은 술에 찌든 펑크족이었는데 잔
뜩 취해 있는 것에 비해 솜씨는 좋았어요. 그는 5분마다 작업을 멈추고 춤추러

갔다가 다시 돌아와서 새겨주었는데 무척 재미있는 사람이었습니다.

/ 마이 홈 타운!

미희는 부산에서 태어났다. 1968년 어느 날, 부산의 길거리에 버려졌던 아기가 미희다. 조미희라는 이름은 그녀를 발견한 경찰관이 붙여줬다. 고아원으로 보내진 그녀는 2년 후 벨기에인 양부모에게 인도되었다.

양부모는 원래는 일본 아이를 입양하고 싶어했다. 하지만 양자로 들일 일본인이 없었기에 대신 한국 아기를 데려오게 된 것이다. 다른 나라 아기에 비해 한국인의 입양은 비용이 적게 들었고, 입양을 희망하면 6개월 이내에 반드시 성사되었던 이점도 있었다.

서경식 부산대 심포지엄의 초청에 "Busan is my hometown!"이라고 답장을 했습니다. 당신에게 부산은 어떤 장소인가요?

미희 무엇보다 제가 태어난 장소겠죠. 그 사실은 나중에 알게 되었지만 지금은 확실한 증거를 갖고 있습니다. 부산에 대한 이미지를 처음 갖게 된 것은 브뤼셀에 살던 시절에 노래방에서 일하면서였습니다. 그때 어떤 손님 하나가 조용필의 「돌아와요 부산항에」를 불렀습니다. 그 사람은 내가 코리안이라는 사실을 알고 있었기 때문에 노래방의 영상을 저에게 보여주며 "잘 봐, 저기가 네 고향이야."라고 말했습니다. 바다에 섬이 네다섯 개 떠 있는 잿빛의 어두운 분위기였습니다. 멜로디도 인상적이었어요. 어떤 향수를 불러일으키는 음조를 띤, 형제 간의 이별에 대한 노래였습니다. 슬프다기보다 호기심이 일었습니다. 동시에 헤어진 형제를 향해 돌아오라는 노래의 영상이었기에 저에게 원치 않게 헤어져버린 가족을 자연스레 떠올리게 했어요.

서경식 그때 이미 자신이 부산에서 태어났다는 사실을 알고 있었나요?

미희 아니요. 당시 제가 갖고 있던 자료 파일에는 '서울 출생'으로 되어 있었습니다. 단지 '1년 가까이 부산의 시설에 맡겨졌다.'라고 적혀 있었기 때문에 적어도 일정 기간은 부산이라는 장소에 살았다는 정도가 제가 알던 정보였어요.

또한 부산은 바다의 도시, 항구도시이고 선원들이 많이 왕래하는 국제도시입니다. 바다라는 사실에 무척 강한 인상이 남았습니다. 벨기에에서의 어린 시절, 생선에 대한 혐오감이 무척 커서 잡지에 물고기 그림이 있으면 그 페이지를 찢어버리거나 영화를 보다가 물고기가 나오면 눈을 감아버리곤 했습니다. 제 자신의 출신지가 항구도시이며 물고기와 관계가 있는 장소라는 점에서 무언가 그런 혐오감과 관련성이 있는 것은 아닐까 직감하기도 했습니다.

서경식 부산에 실제로 가본 것은 언제였나요?

미희 1991년에 두 번째로 한국을 방문했을 때입니다. 첫 번째 방한이었던 1989년에는 포항에 가봤지만 부산까지는 가지 못했어요. 두 번째로 한국에 왔을 때 부산에 갔던 것은 어머니를 찾으려는 명확한 목적이 있어서였습니다. 실제로 가본 부산은 자동차 배기가스가 심하고 사람들도 어느 쪽에서 튀어나올지 예측하기 힘들 만큼 여기저기서 바쁘게 걸어다녔어요. 복잡하고 시끄러운 도시라는 인상이 남아 있습니다.

서경식 당신이 'my home town'이라고 말했던 데에는 복잡한 함의가 있지는 않았을까요? 보통 사람이 추억과 향수를 담아 말하는 것과는 다른 의미가 있었던 듯 느껴졌습니다만.

미희 무엇보다 언어의 문제를 들 수 있어요. 솔직한 심정으로는 '태어난 장소'라고 말하고 싶었지만 영어에서는 그것을 보통 Mother land라고 표현합니다. 하지만 저는 어릴 적부터 어머니가 누구인지 알 수 없었기 때문에 Mother land라고 말할 수는 없었습니다. 그렇다고 Birth town이라던가 Birth land라는 표현도 존재하지 않습니다. 달리 표현이 없었기에 home town이라고 말했던 것이죠.

서경식 언어 표현의 문제를 말씀하셨는데 영어에는 'feel at home'이라는 표현도 있지요? 자기 집에 있는 듯 편안하다는 의미입니다. 당신이 가장 'at home'을 느끼는 장소는 어디일까요?

미희 'at home'의 감정을 느끼는 장소는 저에게는 매우 즉물적입니다. 캐나다이건, 벨기에이건, 서울이건, 집을 빌릴 수 있는, 사방의 벽으로 둘러싸여 보호받을 수 있는 공간이 나에게 홈입니다. 지금까지 한 번도 집을 가졌던 적이 없다는 이유도 있겠죠. 앞으로도 평생 제가 집을 산다는 것은 상상이 안 됩니다. 얼마 전까지라면 집은 몬트리올이라고 대답했겠지요. 제 방을 빌리고 거기에 마음에 드는 가구를 채우거나 구조를 바꾸거나 하는 일이 가능했으니까. 그 이전은 서울이었습니다. 그런 의미에서 어떤 나라라기보다 보호받고 안심할 수 있는 제 방이 있는 장소, 그곳이 저의 home입니다.

최초로 저만의 방을 빌렸던 곳은 1985년의 브뤼셀이었습니다. 처음으로 제가 번 돈으로 집세를 내고 완전히 독립하게 되었던 그곳은 저에게는 안전한 장소였어요. 하지만 그 방에서 한 발짝이라도 나서면 안전함을 느낄 수 없었습니다. 그런 의미에서 저를 지켜줄 수 있는 공간이 나에게는 home입니다.

미희의 양아버지는 동양 취미를 가진 사람으로 동양의 공예품과 가구를 수집하기도 했지만 실제로는 중국, 일본, 조선을 헷갈릴 정도로 인식이 얕았다. 술을 마시느라 집에는 거의 들어오지도 않았던 양아버지는 짜증을 부리는 아내에게 '크리스마스 선물을 주듯' 차례차례 아이를 입양해줬다. 양부모는 미희 이후에도 두 명의 한국 아기를 더 데리고 왔다고 한다.

1960년대 학생운동 세대에 해당하며 자칭 페미니스트였던 양어머니는 가난한 나라의 고아를 집에 들이는 것으로 자선행위를 하고 있다고 생각했다. 그러나 가정에서 어머니다운 모습은 전혀 보이지 않았고 툭하면 짜증을 내고 아이들에게 말도 안 되는 신경질을 부리곤 했다.

벨기에로 갔을 때 미희는 실제로는 만 2세였지만 서류에는 다섯 살로 기재되어 있었기 때문에 그렇게 알고 있던 양부모나 선생님은 다른 아이들보다 3년이나 빠른 발달 단계를 요구했다. 어린 미희는 당연히 그런 어이없는 요구를 만족시킬 수 없었고 양부모는 '일본인처럼' 좋은 성적을 내줄 똑똑한 아이로 믿었던 기대가 무너지자 실망했다. 종종 그들의 입에서는 은혜를 베푸는 듯 생색을 내는 말들이 쏟아졌다. "네가 지금 살아 있는 것도 다 우리 덕이야! 만약 우리가 널 주워 오지 않았다면 너는 저 한국이라는 움막 같은 곳에서 분명 죽었을 거야."

당시 미희 일가가 살았던 브뤼셀의 교외에는 아시아 이민이 드물었기에 지역 사회에서도 미희는 항상 호기심의 대상이었다.

"당시 저는 될 수 있는 한 동포와 거리를 두고 살았습니다. 길 건너편에서 아시아인이 걸어오면 잽싸게 반대쪽으로 옮겨 가는 식이었어요. 아이덴티티 문제가 불거져 나올까봐 불안했기 때문이었죠. 그런 차별적 시선은 어린 여동생에게까지 내면화되었습니다.

어느 날 동생에게 '너는 중국인이지만, 나는 백인이야!'라는 이야기를 들었습니다. 확실히 거울에 비친 제 모습은 길게 찢어진 눈을 한 동양인의 얼굴이었어요. 하지만 동생도 한국인 입양아여서 저와 다를 바 없는 동양인의 모습을 하고 있었기에 사실 기묘한 트집이었습니다. 그 무렵부터 저는 제가 유럽 사회에서 우리 스스로를 어떻게 표상할까라는 문제에 직면하고 있다고 자각하게 되었습니다. 양부모는 제가 출생에 관한 것들을 빨리 잊고 100퍼센트 벨기에인이 되면 좋겠다고 생각했지만 무리였죠."

외할머니(양어머니의 모친)만이 그런 미희를 감싸주고 스케치북과 붓을 사주었다고 한다. 그것이 훗날 그녀가 아티스트가 된 계기가 되었다. 사춘기 시절 자존심에 크게 상처를 입은 미희는 서류상으로는 16세, 실제로는 겨우 13세 때 집을 나와 아르바이트로 자립하며 미술을 배우기 시작했다.

/ 첫 만남

오래전부터 해외 입양인 문제에 관심을 갖고 있었지만 미희를 알게 된 것은 10여 년 전이다. 2002년에 파리에서 나는 한 친구로부터 이렌이라는 여성을 소개받았다. 철학을 전공하는 그 친구의 학위논문을 읽어주고 신랄하게 비평을 해준 수재라고 했다. 그녀는 대학교수 자격을 가지고 있었지만 연구자의 길을 가지 않고 파리 교외의 빈곤층이 사는 지역에서 리세(고등학교에 해당하는 교육기관)의 교원으로 재직 중이었다. 이렌을 만나보니 듣던 바대로 놀라울 정도로 명석한 사람임을 알 수 있었다.

이렌은 동양계의 용모를 갖고 있는 코리안 입양인이었다. 우리말은 한마디도 하지 못했고 성인이 된 후 딱 한 번 한국에 가본 적이 있지만 자기는 앞으로도 프랑스에서 살 작정이라고 말했다.

그때 이렌은 유럽 전역의 코리안 입양인들이 처한 현실과 친부모 찾기 활동에 대해 설명했고 벨기에의 코리안 입양인으로서 한국에 체재하고 있는 유능한 활동가인 미희의 이름을 알려주었다. 게다가 그 미희라는 사람은 예술가라고도 했다. 꼭 만나봐야겠다는 생각이 들었다.

나는 미희에게 연락을 했고 2003년 서울에서 만날 수 있었다. 둘 다 우리말이 서툴렀으며, 나는 프랑스어를, 미희는 일본어를 말할 수 없었기에 어쩔 수 없이 어색한 영어로 이야기를 나눴다. 언어의 장벽에도 불구하고 대화가 이어질수록 미희 역시 무척 명석한 사람이라는 점을 깨달을 수 있

었다.

처음 만났을 때 미희는 벨트에 작은 원숭이 봉제인형을 달고 있었다. 마음을 터놓고 이야기를 나누게 된 후에 왜 원숭이였는지 묻자 이렇게 대답했다.

"원숭이는 제 심벌이에요. 어렸을 때 학교에서 원숭이라는 별명으로 불리며 따돌림을 당했습니다. 벨기에 아이들이 보기에 이질적인 얼굴을 하고 있었기 때문이었죠. 또 그렇게 놀림을 받는 것이 무섭고 괴로워서 양부모 앞에서는 늘 인상을 찌푸리고 있었던 탓에 그들의 눈에도 새끼원숭이처럼 보였을 겁니다. 하지만 여기(한국)에 와서 알게 되었지만 손오공이 그렇듯 아시아에서 원숭이는 신비한 힘을 가진 동물이며, 귀하게 대접받는 동물이기도 합니다. 그래서 일부러 원숭이를 제 트레이드마크로 삼게 된 거예요."

언젠가 미희와 함께 과천의 국립현대미술관을 다녀온 후, "당신의 꿈은 뭐죠?"라고 물었다. 미희는 "코리아, 팔레스타인, 이스라엘, 아르메니아, 그 밖의 모든 디아스포라 아티스트를 한자리에 모은 국제 미술 전시를 실현하는 것."이라고 답했다. 내가 품고 있던 꿈과 놀라울 만큼 일치했다.

다음 해인 2004년 11월 27, 28일 이틀간 내가 실행위원장을 맡아, 근무하고 있는 도쿄케이자이대학에서 '디아스포라 아트의 현재: 코리안 디아스포라를 중심으로'라는 국제 심포지엄과 전시를 열었다. 재일조선인, 중국 조선족, 구소련의 '고려인', 재미 코리안, 독일의 파독 광부와 간호사 등 고찰의 대상이 된 코리안 디아스포라에 덧붙여 해외 입양인의 이야기도 함께 듣고 싶다는 생각에 미희를 초청했다. 참가한 아티스트는 미국의 영순 민, 캐나다에서 온 데이비드 강, 독일의 송현숙, 재일조선인 작가 오하지, 황보강자, 일본의 시마다 요시코^{嶋田美子}, 다카야마 노보루^{高山登}(다카야마의 부친은 조선 출신이다.)를 비롯해 도쿄에 있는 조선대학 미술과의 연구생, 그리고 미희도 함께했다. '디아스포라 아티스트를 한자리에 모은 국제 미술 전시'에는 한참 미치지 못했지만, 그래도 우리 꿈은 아주 일부분이나마 그렇게 실현될 수 있었다.

/ 국가·인종·문화 : 세 개의 벽

2004년 도쿄케이자이 대학의 작은 교실에서 30명이 채 안 되는 일본인과 재일조선인 앞에서 미희는 강연을 했다.

거기서 미희는 해외 입양인은 '한국 경제성장의 산업폐기물'이라고 말했다. "백인들 틈에서 노란 피부는 부모로부터도 나라로부터도 버려진 사람이라는, 누구의 눈으로 봐도 쉽게 알 수 있는 낙인"이었다고 했다. 강연회를 준비했던 나는 그 자리에 있던 많은 사람들과 마찬가지로, 미희의 날카로울 뿐만 아니라 철저한 논리에 충격과 감명을 받았다. 잠깐 강연의 요지를 발췌해서 전해본다.

우리들 코리안 입양인은 국가 간inter-national, 인종 간inter-racial, 문화 간inter-cultural이라는, 삼중으로 규정되는 부담을 안고 있습니다. 이는 특히 백인 사회로 입양된 코리안 입양인에게 지워진 숙명이라고도 말할 수 있습니다. 현재 세계에는 1960년대 이후 한국 정부의 정책으로 해외로 보내진 약 20만 명의 코리안 입양인이 있습니다만 그들 대다수가 국가, 인종, 문화라는 세 가지 벽에 부딪혀 힘들어하고 있습니다.

1988년, 서울올림픽이 개최되자 벨기에에서도 살짝 한국 붐이 일었습니다. 아르바이트를 했던 브뤼셀 영화제 본부로부터 출신국에 대한 단편영화를 찍어보지 않겠냐는 제안을 받아 「입양인Adoption」이라는 영화를 제작했습니다. 배경에 흐르는 노래는 유명한 가수 자크 브렐Jacques Brel이 벨기에에서 부른 「평평한 대지, 나의 고향Mijn vlakke land」이라는 노래입니다. '평평한 대지'라는 가사의 후렴을 아시아인의 넓적한 얼굴과 연관시켰고 내레이션으로 '아직 본 적 없는 어머니에게 보내는 편지'를 낭독했습니다. 제 친어머니는 상상 속에만 있는 존재였어요. 그런 공허함을 표현한 작품이었습니다.

영화를 제작하는 동안 왜 이국 취향을 더 부각시키지 않느냐, 감정을 더 듬뿍 담아서 그려내지 않느냐 등등 다양한 주문이 들어왔습니다. 하지만 저는 오히려 서양이 가지고 있는 아시아에 대한 전형적인 생각과 편견을 주제로 삼고 싶었습니다. 기쁘게도 이 작품은 영화제 단편영화 부문에서 최우수상을 수상했습니다. 그러자 바로 한국 대사관으로부터 연락이 왔습니다.

한국 대사관의 부대사는 이렇게 말했습니다. "이런 식의 왜곡된 한국상은 도대체 뭡니까? 대한민국은 오천 년의 역사를 자랑하는 문명국입니다. 조국이 얼마나 훌륭한가를 꼭 보실 필요가 있어요." 이렇게 해서 저는 세계 곳곳에 살고 있는 코리안 입양인을 다시 조국에 도움이 되는 인재로 키워내려는 목적으로 시작된 '모국방문단'에 참가하게 되었습니다.

1989년의 첫 방문은 방금 말씀드린 경위를 거쳐 이루어졌습니다. 하지만 이 여행에서 우리 참가자들은 환멸을 느꼈습니다. 한국 정부는 모국의 번영을 선전하는 데에 집중한 나머지 우리에게 경제력을 과시할 수 있는 것들만 보여주려 했고, 반면 고아원 견학이나 일반 시민과의 접촉은 막았습니다. 게다가 여행을 제공한 한국 정부의 관대함과 배려에 대한 이야기를 반복해서 들어야 했습니다.

미희, 「입양인」, 1988.

그 후 벨기에로 돌아가서 성인이 될 때까지 벨기에에서 자란 코리안 입양인들을 만나게 되었습니다. 그들은 모두 출신국의 문화를 접하고 싶어했기에 한국에 다녀온 저를 환영했어요. 그 친구들과의 만남을 통해 모두들 자신의 출신과 아이덴티티 문제로 힘겨워하고 있다는 사실을 절실히 느끼게 되었고 무언가를 시작하고 싶다는 생각이 들었습니다.

1991년에 열린 '세계한민족체전'의 '입양인 선수단'에 속해 다시 한국을 방문했습니다. 그때 정부는 친부모 찾기에 협력하겠다고 약속했지만 정부의 조사는 일찌감치 중단되었기 때문에 저는 대회에 참가했던 다른 입양인 한 명과 함께 제 힘으로 조사를 했습니다. 그 와중에 우리 두 사람이 같은 고아원 출신이라는 것, 같은 비행기에 태워져 유럽으로 왔다는 것을 알게 되었습니다. 겨우 일주일밖에 시간이 없었지만 저를 맡았던 고아원과 시청, 경찰서를 찾아갔고 텔레비전에도 출연해 친부모를 수소문했습니다. 그 프로그램을 시청하던 어머니의 친구 한 사람이 연락을 취해 닷새째 되던 날 친어머니를 만날 수 있었습니다.

두 번째 한국 방문에서 친어머니를 만나고 벨기에로 돌아온 저는 입양인에게 다양한 상담을 해주게 되었습니다. 그러면서 입양인의 친부모를 찾기 위해 '유로코리안리그'라는 협회도 발족했습니다. 한국 정부로부터도, 양부모로부터도 완전히 독립적인 조직을 목표로 삼았던 것입니다. 하지만 그 협회에는 한국의 언어와 문화에 정통한 사람이 없었습니다. 그래서 회의 끝에 대표를 한 사람 한국에 보내기로 했는데 제가 뽑혔습니다. 이렇게 해서 1993년에 세 번째 방한이 이루어졌습니다.

프랑스어 문화권에서 자란 저는 우리말은 물론 영어도 못했기 때문에 무척 힘들었습니다. 그 과정에서 스웨덴에서 온 코리안 입양인을 알게 되어 그녀와 둘이서 입양인 권리 옹호를 위한 협회를 만들게 되었습니다.

당시 저는 관광 비자 자격으로 입국했지만 우리들 코리안 입양인은 스스로 원해서 외국으로 이주한 것이 아닙니다. 따라서 정부에 입양인에 대한 특별 체류 허가와 친부모를 찾을 수 있는 편의 제공을 요구하기로 했습니다. 활동하는 데 장애가 되었던 것 중 하나는 한국인이 아니면 NPO(비영리민간단체)를 만들 자격이 없다는 것이었습니다. 그래서 예술을 통해 입양인의 권리를 요구하기로 마음먹었습니다. 저는 집을 나온 13세 무렵부터 그림을 그려왔지만 그때까지는 창작활동과 운동을 결합하는 일은 생각해보지 못했습니다.

1995년부터 스웨덴 친구와 함께 한국의 대학에서 전시회를 열고, 해외 입양 문제에 대해 호소했습니다. 1996년에 접어들어 한국 정부는 고아수출국이라는 나쁜 평판과 오명을 씻기 위해 해외 입양 중단을 발표했습니다. 이를 기회로 삼아 문제제기를 더욱 심화하기 위해 세 명의 코리안 입양인이 같이하는 공동전시를 개최하기도 했습니다.

어떤 나라에도 문제점이 있으며 어느 곳의 문화가 다른 문화보다 뛰어나다고 말할 수는 없습니다. 하지만 한국 사회의 분위기는 숨이 막히는 측면이 많았고 바꾸고 싶은 부분도 적지 않았습니다. 특히 그중 하나가 국적법입니다. 우리는 금전적인 요구를 하려는 것이 아니며 동정을 구하는 것도 아닙니다. 단지 빼앗긴 권리를 다시 찾고 싶습니다.

/ 캐나다

2006년 어느 날, 우리는 연세대학교 근처의 작은 프렌치 레스토랑에서 저녁을 먹었다. 나의 아내와 미희의 친구인 한국인 입양인 세 명이 함께 자리했다. 레스토랑의 주인도 프랑스에서 돌아온 입양인이었다. 미희로부터 13년간의 서울 생활에 종지부를 찍고 돌연 캐나다 몬트리올로 간다는 연락이 있었기에 급히 마련된 송별회였다.

미희가 이주하려는 몬트리올은 퀘백 주의 대도시로 예전에는 프랑스의 식민지였다. 그래서 프랑스어가 공용어이지만 거꾸로 퀘백 주의 사람들은 영어권의 캐나다인에게 '화이트니거'라고 경멸을 받은 역사가 있다. 앞으로 미희는 '프랑스어로 말하는 아시아인'으로서 그 사회에서 살아야 하는 것이다. 다문화와 공생을 표방하는 캐나다에도 차별은 존재한다. 나는 그 점이 마음이 쓰였다. 그렇지만 미희는 밝은 미소를 띠고 "괜찮아요. 차별 같은 건 지구상 어디에도 있으니까."라고 말했다. 예전의 나였다면 그런 말을 씩씩한 표현으로 들을 수 있었을 터이다. 하지만 양부모의 나라에서도, 친부모의 나라에서도 결국은 정주할 수 없었던 미희를 보면서 신천지인 캐나다에도 정착할 수 없으면 어쩌나 싶어 마음이 무거워졌다. 그 예감은 적중했다.

다음 날 미희는 오후 8시에 인천공항을 떠났다. 먼저 홍콩으로 가서 파리행 비행기로 갈아 타고 벨기에에 사는 할머니를 만나러 갔다. 연세가 많아 이제 눈도 거의 보이지 않는 할머니는 미희의 목소리를 듣고 얼굴과 손을 쓰다듬으며 기뻐했다고 한다. 몬트리올로 떠나기 전 할머니와 만나보고 싶었다고 미희는 말했다.

서경식 캐나다에 간 후에는 어떻게 되었습니까?

미희 '입양아'라는 딱지에서 해방된 것은 확실해요. 그러나 또 다른 일이 있었습니다. 예를 들면 전시에서 백인 양어머니와 아시아계 입양아 사이의 인종주의 문제를 다루려고 하자 출품을 거부당했습니다. 주최자의 여동생(백인)이 아시아계 입양아를 두고 있는 사람이어서 해외 입양에 내재하는 인종적인 관계성을 되묻는 문제의식 자체에 반발했던 것입니다. '선한 일을 하고 있는데 왜 비판을 받아야 하는가'라는 감정 때문이었죠.

백인과 아시아인 사이의 인종적인 관계를 표현하는 것은 매우 어려워요. 그런 의미에서 오히려 백인과 아프리카인 쪽이 표현하기 쉽지 않을까 생각합니다. 아프리카인이 인종주의 문제를 다루는 일은 어떤 의미에서는 시민권을 가지고 있습니다. 그들이 당한 차별이 널리 문제시되어왔기 때문이지요. 그에 비해 아시아인의 문제는 더 음습하고 비밀스러워 예술적 표현으로 연결되면 커다란 반발을 사곤 합니다.

지금 제가 하고 싶은 작품은 표백제를 사용해서 피부가 어디까지 하얗게 되는가에 대한 퍼포먼스입니다. 제목은 '대체 어디까지 하얘지면 돼?' 하지만 친구가 너무 위험하다고 만류했습니다.

서경식 캐나다를 떠날 수밖에 없었던 것은 어째서였나요?

미희 캐나다 영주권을 신청했습니다. 신청은 캐나다 국내에서도 가능하고, 국외에서도 가능합니다. 저는 1년간 유효한 노동 비자가 있었기 때문에 캐나다 국내의 퀘벡 주에서 신청을 했습니다. 그러면 의료 검진을 받고 그 후 6개월 내지 8개월 후에 캐나다 정부로부터 회신이 옵니다. 이런 절차만 거치면 통상 90퍼센트는 통과합니다. 그런데 어째서인지 저는 불허 판정을 받아 그 후 출국 명령을 받았어요. 이유는 명확하지 않습니다만 보수당 정권으로 교체된 이후, 캐나다에서도 이민자 배척 경향이 강해지고 있어 저 같은 아시아계나 독신(가족 구성을 못한 자), 게이(성적 소수자), 아티스트(경제적으로 불안정한 계층)는 더욱 더 표적이 되기 쉬워졌습니다.

/ 아티스트 미희

서경식 아티스트로서 작품 시기를 구분한다고 했을 때 한국에 있던 시기를 대표하는 작품은 뭘까요?

미희 「세타키」라고 언어유희를 이용한 작품이 있어요. 세탁기와 프랑스어 '세타 키?C'est à qui?(누구의 것?)'를 관련지었던 작품입니다.

한국에 건너간 이후 저는 서예를 공부했습니다. 보통은 흰 종이 위에 검은 글자를 쓰지만 저는 반대로 백지를 도드라지게 하기 위해 주위를 먹으로 칠했습니다. 한국에서 서예를 배우는 사람들이라면 하기 힘든 발상이겠지요. 이 작품은 좋은 평가를 받았고 입양인을 위한 서예학교에서 1년간 무료로 배울 수 있는 상도 받았습니다. 그때 가르쳐주던 여선생님이 제 글씨를 보고 단순히 잘 썼다고 칭찬하는 것이 아니라 예술성을 인정해주신 것이 기뻤습니다. 그 선생님의 평가가 다시 아티스트로서 활동할 수 있는 계기가 되었습니다. 그분이 좀 특별했는지는 모르겠지만 자원봉사자로서 열성적인 분이셨어요.

서경식 그 작품을 본 일반적인 한국인의 반응은 어땠나요?

미희 관객 중에는 마치 서예가 아닌 것 같다거나 기본이 안 되어 있다고 폄하하는 사람도 있었습니다. 하지만 저는 바른 글씨를 쓰는 법을 습득하고자 했던 것이 아니라 아티스트로서 '놀아보려는 마음'이 있어서 그런 작품을 만들었던 겁니다. 코브라CoBrA*라는 그룹을 알고 계시죠? 그들도 글자를 가지고 장난치듯 그림을 그렸습니다. 그들의 그림을 두고 올바른 순서로 글자를 쓰지 않았다는 식으로 비난하는 사람은 아무도 없습니다.

서경식 캐나다에 있는 코리안 디아스포라 데이비드 강도 한때 한국의 미술대학에서 서예를 배우고 높은 벽에 부딪혀서 힘들어했다고 들었습니다. 즉 서예와 같이 전통적으로 생각되는 예술분야일수록 '그 본질은 한국인밖에 알 수 없다.'라는 관념이 지배적이어서 해외 코리안 같은 존재는 더욱 외부화하고 배제하는

---

* 1948년부터 1951년까지 네덜란드와 벨기에를 중심으로 활동한 예술가 집단. 그룹의 명칭은 멤버의 출신도시인 코펜하겐, 브뤼셀, 암스테르담의 머릿글자에서 따왔다. 서양문명의 합리성에 대한 비판을 신조로 '자발성'의 개념을 선언했다.

미희, 「캐나다 Ô Canada」, 2009.

경향이 강하기 때문입니다. 미희의 경우는 어땠나요?

미희 저는 대학에서 서예를 배워보려는 생각은 없었습니다. 그럼으로써 '한국인'이 되어보자 하는 생각은 없었죠.

서경식 미의식의 영역에서 '한국인화'하려는 생각은 없었다는 말이군요?

미희 네. 그런 생각은 안 해봤어요. 저는 한 번도 예술활동을 통해 한국인으로서의 아이덴티티를 증명하고 싶다고 생각한 적이 없습니다. 다만 표현을 통해, 예술가로서 자신의 작업이 어떻게 변용되어가는지를 기록해보고 싶다는 생각은 했습니다.

서예를 선택한 것은 이동하면서 작업하기 쉽기 때문입니다. 즉 종이는 가볍고 둘둘 말아 바로 운반할 수 있습니다. 넓은 작업공간을 필요로 하지도 않고요. 저의 창작활동은 항상 그때그때의 기술적인 조건에 좌우되어왔습니다. 친구가 넓은 아틀리에를 사용하게 도와주었을 때는 큰 규모의 유화를 그렸습니다. 그 아틀리에를 더 이상 쓸 수 없게 되어 간단히 이동할 수 있는 매체로 서예를 시작했습니다.

저는 항상 제도 바깥에서 작품을 해왔습니다. 제게는 비싼 학비를 내주고 아틀리에를 마련해줄 부유한 부모가 없습니다. 한국에서 전시를 하려면 유명한 선생님의 소개가 중요하지만 그런 식의 뒷받침도 전혀 없었습니다.

한국 사회에서 예술의 위치가 서양과 꽤 다르다는 것은 알고 있습니다. 한국의 미술계에서는 젊은 아티스트가 두각을 나타내기 어려운 경향이 있으며, 더욱이 한국 국적을 갖지 못했다면 절망적이라고 할 정도입니다. 그래서 온 세계의 코리안 디아스포라 아티스트와 연대하여 『OKAY Overseas Korean Artist Yearbook』를 발행했습니다. 바로 우리들의 매니페스토라 말할 수 있죠.

언젠가 서울의 유명한 미술 공간에서 기획된 해외 코리안 아티스트들의 전시회에 입양인 출신인 친구가 출품하려고 했다가 주최 측으로부터 거부당한 일이 있습니다. 그 이유는 그녀가 '코리안 아메리칸'이 아니라는 것, 즉 '이민을 간 한국인의 자녀'가 아니기 때문이었습니다. 다시 말해 '입양인은 해외 코리안의 범주에 포함되지 않는다.'는 것이었죠. 논의 과정에서 '해외 입양아가 포함되면 이미지가 나빠진다.'는 주최 측의 생각을 짐작할 수 있었습니다. 명백한 차별이었죠. 그녀는 분노했고 저와 함께 '그렇다면 우리들 힘으로 작품을 발표할 매체를 만들자.'라는 생각을 갖게 되었습니다. 그것이 『OKAY』의 시작입니다.

한국에서는 인정받지 못하는 사람들, 어엿한 한 인간으로 인정받지 못하는 20대에서 40대에 걸친 젊은 층 작가를 발굴하고 싶었습니다. 인정받지 못함을 한탄하는 것이 아니라, 오히려 우리들끼리 무언가를 만들어냄으로써 그 공백을 채워갈 수밖에 없다는 생각으로 이러한 활동을 시작했던 것입니다.

서경식 『OKAY』를 발행함으로써 어떠한 효과가 있었습니까?

미희 무엇보다 뿔뿔이 흩어져 있던 아티스트들이 서로 알게 되는 기회를 만들었습니다. 재일조선인 아티스트인 노홍석이 해외의 코리안을 알게 되어 일본 교토시미술관에서 공동전시를 개최한 성과도 있었습니다. 우리들 코리안 입양인이 이 매체를 만든 것은 독특한 의미를 가지고 있었습니다. 만약 한국 사람이 주도했다면 참가자가 한국에 대한 내용을 발표해주기를 바라는 기대가 있었을

미희, 「Hidden Heart Broken」, 2005.

겁니다. 하지만 우리는 꼭 한국과 관련된 표현을 추구하지는 않았습니다. 디아
스포라의 경험이 작품 안에 어떻게 표현되는가라는 점이 중요했고, 각기 다른
지역에 있는 사람들이 표현한다는 것 그 자체에 가치가 있다고 생각했습니다.
그런 의미에서 '한국계가 한국에 대해 표현할 것'이라는 식의 통념과 제약에서
벗어난 점은 의미가 있는 일이었다고 생각합니다.

/ 디스렉시아

서경식 당신이 가진 미의식의 주체, 미적 표현을 가능케 하는 '자기 자신'이란 한국에 가기 전부터 존재했던 것입니까? 그 '자기 자신'이란 언제 어떻게 만들어졌을까요?

미희 어릴 적 저는 난독증Dyslexia이 있었습니다.

이 장애는 이민을 간 아이들에게 많다고 하는데 언어 환경이 급변하면서 생긴 트라우마가 관련되어 있다는 설도 있습니다. 저는 서류상 실제 연령보다 세 살 위로 등록되어 있었기 때문에, 벨기에에 건너갔을 때 '넌 왜 이해가 늦니?'라며 '지적장애아' 취급을 받았고 '왜 그것도 모르니?'라고 양부모에게 늘 야단을 맞았습니다. 때문에 어머니의 존재가 항상 공포였습니다. 아마 그렇게 극도의 긴장 속에서 생활했던 경험이 장애로 연결된 것이 아닐까 생각합니다. 그 탓에 어릴 적부터 언어 표현이 능숙하지 못했기 때문에 그림을 그려왔습니다.

서경식 좋아하는 아티스트나 영향을 받은 미술가가 있습니까?

미희 툴루즈 로트레크Henri de Toulouse-Lautrec, 브란쿠시, 피카소, 제임스 앙소르James Ensor 같은 미술가들을 꼽을 수 있겠네요. 그리고 우키요에에서 종종 볼 수 있는 푸른색이 좋았습니다. 아, 에곤 실레는 특히 좋아해요. '추함'에 대한 실레의 독특한 성향에 매력을 느낍니다. 르네 마그리트René Magritte와 독일 표현주의의 다리파 화가도 좋아합니다. 한국의 화가라면 김기창. '바보 할아버지'라는 별명이 있을 정도로 자유분방한 점이 좋습니다. 최근 작가로는 호주의 여성 아티스트 트레이시 모팻Tracy Moffat에게 주목하고 있습니다. 그녀는 소위 '빼앗긴 세대'라 불리는 원주민Aborigine 출신입니다.

서경식 당신은 에곤 실레처럼 표현주의적인 회화를 제작하던 시기도 있었는데 지금은 개념미술을 하고 있네요.

미희 어떤 아티스트도 처음에는 흉내 내는 것부터 시작합니다. 고등학생 때, 벨기에의 샤를루아라는 곳에서 에곤 실레의 데생 전시가 있어서 학교에서 단체관람을 갔습니다. 그때 실레의 붓놀림에 매우 감명을 받았습니다. 보통은 윤곽을 그리고 색칠을 하겠지만 그는 연필로 짓눌러 그렸다고 생각될 정도로 강렬하게 명암을 표현해내는 방법을 취했기에 '아, 이런 것도 가능하구나.' 하고 생각했습니다. 이전부터 데생을 잘한다고 칭찬을 받았지만 실레를 보고 이런 수준까지 도달하고 싶다는 강한 욕심이 생겼습니다. 지금 생각해보면 에곤 실레의 데생에는 동양의 서예와도 통하는 명암 처리법이 있었기 때문인지도 모르겠어요.

작품이 개념성을 띠게 된 것은 한국에 온 이후부터입니다. 「백인100 blancs」이라는 영상작품에서는 100인百人=백인白人이라는 점에 착안했습니다. 프랑스어로 100百은 cent(성), 백白은 blanc(블랑)입니다만, '성 블랑'으로 이어지면 '척을 하다'라는 의미가 됩니다. 아시아인인데 항상 하얀 척을 하고 있다, 황인종인데 백인인 척해야 한다, 항상 시늉을 한다는 것을 의미합니다. 이런 언어유희를 조금 더 해보면 cent은 피라는 의미도 있어 '하얀 피'가 됩니다. 그리고 cent에는 'without'이라는 의미도 있기 때문에 '백인白人만 없다면'으로도 해석할 수도 있겠지요.

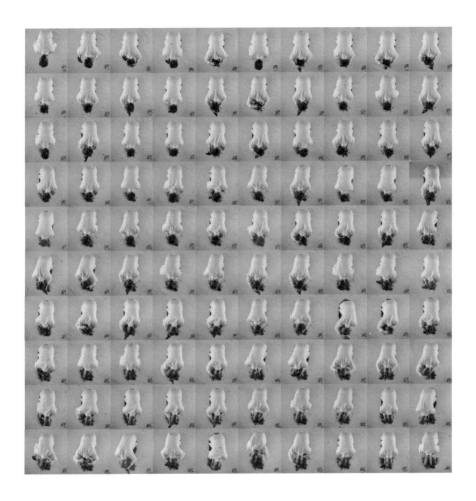

미희, 「100 Hair Gold」, 2013.

서경식 말하자면, 자기라는 존재 속에 응축되어 있는 복수성이랄까, 자기분열성 같은 것에 대해 한국에서 눈뜨게 되었고, 그것을 표현하고자 했을 때 개념미술로 전환했다, 그런 의미인가요?

미희 네, 바로 그렇습니다.

/ 이름, 그리고 가족

서경식 당신은 '미희=나탈리 르무안'이라는 이름 말고도 조미희, 김별 등 여러 이름을 가지고 있습니다. 캐나다에 있는 동안에는 '기무라'라는 이름도 쓰기 시작했지요? 그 이유는 무엇입니까?

미희 한국에서는 조미희였지만 실은 그 이름이 정말 싫었습니다. 버려진 아이의 이름이니까요. 그래서 한국에 있었을 때 김별이라는 이름을 썼습니다. 별은 엄마가 붙여준 이름이었고, 김은 '기무라木村'라는 성을 한국풍으로 짧게 바꾼 성입니다. 그렇지만 한국에서 '기무라'라는 이름은 반응이 좋지 않았습니다. 캐나다에서는 '기무라 별'이라는 이름이 별다른 지식이 없는 그곳 사람들에게 지극히 중립적으로 통용될 수 있었습니다. 그것이 캐나다에서 '기무라 별'이란 이름을 쓰기 시작한 이유입니다.

서경식 친어머니의 이름은 뭐지요?

미희 프라이버시를 지켜줘야 할 의무가 있기 때문에 말하기가 곤란하네요. 다만 아까 말했지만 조는 저를 주워서 고아원에 건네준 경찰관의 성입니다.

서경식 어머니의 상대(당신의 친아버지)가 기무라라는 성을 가진 일본인이라는 사실은 일찍부터 알고 있었나요?

미희 네. 한국의 외할머니가 알려주었습니다.

서경식 일본과 한국의 역사적 관계 때문에, 아버지가 일본인이라는 사실이 한국에 알려지면 곤란하고 살기에 힘들었겠네요.

미희 그래요. 한국 친구에게 친아버지가 일본인이라고 말하면 갑자기 입을 다물어버리거나 함께 식사를 하다가 나가버린 적도 있었습니다. "일본인이 한국에 어떤 짓을 했는지 알고는 있느냐?"라며 제국주의의 역사에 대해 설교를 들은 적도 있었습니다.

저는 언제나 저 자신의 두 개의 아이덴티티 중 한쪽만을 내놓을 수밖에 없습니다. 그렇지만 다수에 영합하기 위해 한국인다움을 전면에 내세우는 태도에도 위화감이 있기 때문에 굳이 일본에 뿌리를 둔 기무라라는 이름을 말하기도 해요. 그러면 그런 싸늘한 반응에 부딪히는 거죠. 이런 식으로 항상 지배적 규범에 동조할 것을 강요받는 일이 저에게는 고통입니다.

서경식 코리안 입양인 가운데서도 아버지가 일본인이라는 특수한 조건 때문에 또 하나의 경계 밖으로 추방되는 것이군요.

미희 말씀하신 그대로입니다. 그들이 보기에 저는 순수한 한국인이 아닙니다. 이 점을 꼭 핸디캡이라고 생각하지는 않지만 늘 그런 상황에 대해 생각할 것을 강요받습니다.

서경식 당신에게는 친아버지를 찾을 생각이 없으며, 친아버지가 그것을 바라지도 않을 것이라고 들었습니다.

미희 한 번도 아버지에게 연락을 하려고 하지 않았습니다. 아버지에 대한 이야기는 할머니로부터 전해 들었습니다. 할머니 역시 아마 어머니에게 들었던 것이겠죠. 2000년 무렵부터 아버지에 대해서 조금씩 알게 되었습니다. 이름이 기무라였다거나…….

대개는 할머니를 화나게 만들었을 때 부정적인 반응으로서 아버지 이야기가 나옵니다. 예를 들어 언젠가 일본인 남자친구가 생겼다고 말했더니 일본인을 증오하는 할머니는 "결국 너도 네 엄마처럼 일본을 좋아하는 것이다. 어차피 너는 일본인이니까!"라며 화를 냈습니다. 그런 형태로 간접적으로 아버지에 대한 정보를 얻게 된 거예요.

아버지를 찾고 싶다는 강한 동기가 없는 이유는 아마도 벨기에의 양아버지에게도 아무런 기대를 한 적이 없었기 때문일 것입니다. 양아버지는 가족 중에서도 부재를 의미하는 존재였습니다. 그래서인지 양아버지와 충돌한 기억도 별로 없습니다. 그에 비해 양어머니와는 괴로운 관계였기 때문에 오히려 친어머니를 찾고 싶다는 기분이 든 것입니다. 어떤 사람인지 알고 싶다는 생각이 간절했습니다.

서경식 한국의 할머니와는 지금도 만나나요?

미희 부산에 갈 기회가 있으면 전화를 하고 만나러 가기도 합니다. 개인적으로 싫은 사람은 아닙니다. 결국 저를 버리려는 판단을 한 분도 할머니입니다. 할머니가 어머니와 저를 떨어지게 만들었지만 그럼에도 불구하고 미워할 수 없습니다. 그분이 겪을 수밖에 없었던 상황을 이해하려고 합니다. 할머니는 제가 태어나기 2년 전에 남편을 잃고 딸 다섯을 키웠는데 그중 장녀가 결혼도 하지 않고 임신부터 해버렸던 거예요. 들은 바로는 술을 너무 좋아했던 할아버지는 술에 취해 넘어져서 머리를 다쳐 세상을 떠났다고 했습니다.

그런 상황이라면 아이를 유기할 수밖에 없었던 것도 이해가 됩니다다. 만약 저를 쓰레기통에 버렸다면 증오했겠지만 부잣집 현관 앞에 두고 갔다는 점에서는 인간미를 느낄 수 있습니다. 만약 제가 남자아이였다면 할머니가 저를 자신의 여섯째 아이로 키웠을지도 모르지요.

서경식 친어머니는 그 후 결혼해서 평범한 주부로 살았죠?

미희 어머니는 저를 버린 후에 반쯤은 강제로 결혼했다고 합니다. 저를 낳았을 때 아직 10대였고 할머니가 억지로 저와 떼어놓았다고 해요. 그 일로 할머니와는 평생 관계가 나빠졌습니다. 할머니로서는 한시라도 빨리 딸을 결혼시켜서 과거를 정리하고 싶다고 생각했을 겁니다. 특히 장녀였기 때문에 먼저 시집을 가지 않으면 동생들의 혼사를 막을 거라고 압박했대요. 그래서 스물여섯에 제 주도로 시집을 갔다고 합니다. 되도록 폐를 끼치지 않게 멀리 시집을 보낸 듯합니다.

누구보다도 제가 사랑하는 사람은 벨기에에 계시는 할머니입니다. 한국 쪽할머니는 매우 재미있고 신기한 분입니다. 감정에 솔직하게 행동하는 점이 재미있습니다.

^{서경식} 그 재미난 할머니를 비롯해서, 한국의 가족과의 만남이나 관계를 작품으로 표현하고 싶다고 생각한 적이 있습니까?

^{미희} 아니요. 한국의 가족들은 그런 가족사를 숨기고 싶어하고 개인적인 사건으로 남겨두고 싶어합니다. 특히 어머니의 신원을 알 수 있는 부분은 작품으로 다룰 생각이 없습니다. 그런 요소들은 모두 나와 함께 사라지게 되겠지요.

1991년 두 번째로 한국을 찾았을 때 상봉할 수 있었던 친어머니는 미희 앞에서 그저 울기만 했을 뿐 거의 아무 말을 못했다고 한다.

미희가 감당해야 할 고뇌에는 다른 코리안 입양인과 비교했을 때 또 다른 것이 하나 더 있었다. 친아버지가 일본인이라는 점이다. 이런 사실을 미희는 특별히 비밀로 여기지 않는다. 2004년 도쿄에서 있었던 강연에서도 "아버지는 아마 일본인이지 않을까 생각합니다. 아무래도 일본 서쪽 지방에 살고 있는 것 같습니다."라고 말했다. 미희는 이번 인터뷰에서 그런 사실을 '기무라'라는 성과 함께 다시 한 번 분명히 언급했다.

미희의 친아버지가 일본인이라면 미희는 적어도 반은 '일본인'의 혈통을 이어받고 있는 셈이 된다. 아이덴티티와 관련된 고뇌를 극복하기 위해 자신의 '혈통적 뿌리'를 밝혀내고 싶은 바람이 입양인들 사이에 공통적으로 존재한다면 미희의 경우는 그 핏줄 찾기가 결과적으로 새로운 고뇌와 고립을 초래한다고 할 수 있다. '혈통'의 동일성, 즉 '피를 나눈 우리'라는 환상 공동체로 복귀하려는 것 역시 미희에게는 이미 불가능하다.

일본은 조선 민족에게 식민지 지배자였을 뿐만 아니라 현재도 그 사실을 거의 반성하려 하지 않는 국가다. 그 국가의 국민 모두가 지배자의 이데올로기를 실천했다고 할 수는 없지만 적어도 그들을 향한 조선 민족의 불신에는 이유가 있으며 그런 감정을 불식시킬 책임은 일본 국민 쪽에 있다. 하지만 그런 불신감과 불쾌감이 순전히 피해자일 수밖에 없는 미희와 같은 존재에게까지 향하는 것은 이치에 맞지 않는다.

또 미희가 태어난 1960년대 말은 한일협정이 체결된 뒤 박정희 군사정권에 의해 일본의 자본과 기술이 본격적으로 도입되기 시작한 시기에 해당한다. 부산 인근에 위치한 마산에는 수출자유지역이 만들어져 일본 기업이 진출했고 그와 동시에 많은 일본인이 한국 회사로 유입되기 시작했다. 어디까지나 추측이지만 미희의 아버지인 '기무라' 씨도 그런 일본인 중 하나였을지 모른다. 소녀였던 미희의 어머니에게 아기를 갖게 한 뒤 그대로 소식이 끊겼다고 한다.

당시 한국에서는 박정희 정권에 의해 추진된 '일본 신식민주의의 재진출'과 베트남 파병이 가져다준 군사 특수에 의해 '한강의 기적'으로 불리는 경제성장이 시작되었다. "우리 입양인은 고도경제성장의 폐기물"이라는 미희의 말이 단지 비유 이상의 생생함으로 다가온다.

한국전쟁으로 인해 미군 기지촌 주변에서 미군을 아버지로, 한국 여성을 어머니로 둔 아이들이 태어난 것은 정치적, 사회적 조건이 필연적으로 반영된 결과이다. 마찬가지로 미희의 경우도 1960년대 후반 이후의 한일관계가 깊숙이 반영된 것으로 볼 수 있다. 태어나자마자 유기된 것만으로도 충분히 가혹한 운명인데 지배 민족과 피지배 민족 사이에서 출생하여 경제 성장의 폐기물로서 버려진 존재가 바로 미희다. 물론 베트남에는 파병 한국 군인을 아버지로 둔 수많은 '미희들'이 있을 터이다.

어머니를 탓하고 싶은 마음은 없다고 미희는 말한다. 자신을 버리라고 한 할머니를 미워할 수 없다고, 소식을 끊어버린 아버지를 찾을 마음도 없다고 미희는 담담히 말한다. 다만 냉철하게 "자신에겐 가족도 집도 없다고 생각할 뿐."이라고 말한다.

태어난 순간부터 보통 사람이 상상할 수 없는 힘겨운 경험을 해온 인간이, 어떻게 범죄나 비행을 일삼는 위치로 전락하지 않고 이다지도 차분하게 살아갈 수 있을까? 어떻게 자신에 대해 이토록 객관적인 거리를 유지할 수 있는 것일까? 경탄하면서도 그러지 않았다면 살아가는 것 자체가 불가능했으리라 상상해볼 따름이다.

미희 누군가와 결혼한다는 것에는 무척 저항감을 갖고 있어요. 가족을 만드는 일이 제 입양 경험과 겹쳐지기 때문에 강한 거부감이 들고, 항상 독립적인 한 인간으로서 살고 싶다는 생각이 드는 거겠죠.

서경식 가족이라는 것은 생물학적인 것일까요, 아니면 사회적인 것일까요? 피로 연결되지 않은 타자들도 가족을 형성할 수 있다고 생각하나요?

미희 그건 어떻게 의식하는가에 따라 달라지겠죠. 지배적인 규범에서 보면 가족이란 생물학적인 것입니다. 하지만 전통적인 가족상은 급속히 붕괴되고 있으며 동성혼과 더불어 입양 제도 역시 전통적인 가족과는 거리가 있는 형식 중 하나라고 할 수 있습니다. 입양 제도는 지배적인 가족 규범을 무너뜨리는 것이겠지만 현실에서는 반드시 그렇지만은 않습니다.

저는 입양 제도 자체를 반대하지는 않습니다. 단지 거기에도 일종의 지배/피지배 관계가 만들어진다는 점에 주의해야만 합니다. 입양 제도는 마치 중립적인 것처럼 이야기되곤 하지만 완전히 그렇지는 않습니다. 먼저 입양 업무를 담당하는 조직의 배경에는 경제적인 격차가 가로놓여 있습니다. 보통은 압도적으로 부유한 나라의 백인이 양부모가 되며 거기에서 식민주의적 관계를 읽어낼 수도 있습니다. 순수한 것이란 존재할 수 없습니다. 그러한 관계가 포함되어 있다는 사실을 끊임없이 인식할 필요가 있다고 생각합니다.

양자를 받아들인 가족은 이미 인공적인 가족이며 그러므로 처음부터 가족이라는 환상을 품어서는 안 됩니다. 생물학적인 가족이라면 잘 지낼 수 있으리라는 환상 역시 가져서는 안 됩니다. 한쪽을 이상화하고 다른 쪽을 파생물처럼 여기는 일은 그만두어야 합니다.

서경식 당신에게 '이상적인 나라'란 어떤 것인가요?

미희 그런 나라는 어차피 꿈에서나 존재한다고 생각합니다. 단 굳이 말하자면 제가 바라는 바는 국경이 존재하지 않으며 자유롭게 이동하며 살 수 있는 것, 즉 그것은 '나라'가 아니라 '세계'라고 할 수 있겠죠.

서경식 그럼 이 인터뷰의 목적이기도 한 질문을 한번 드려보겠습니다. 미희는

자신이 '코리안 미술'이라는 범주에 들어간다고 생각하나요?

미희 아니요……. 그렇지만 '코리안 디아스포라'라는 의미라면 '예.'라고 대답하겠습니다. 최근 디아스포라라는 말이 널리 쓰이고 있다고 생각되지만, 저는 단지 외국에 살고 있다는 이유만으로 디아스포라라고 부르고 싶지는 않습니다. 디아스포라가 된 배경에는 어떤 식으로든 강제성이 중요한 요소가 됩니다. 경제건, 전쟁이건, 혹은 입양 제도건 본인의 의사에 반하여 억지로 갈라지고 헤어진 경험이 바로 디아스포라의 체험이라고 생각합니다. 또 디아스포라 예술은 꼭 태어난 곳을 다루는 것이라고 생각하지 않습니다. 고향에 대해 전혀 언급하지 않는 디아스포라 예술도 가능합니다.

서경식 당신이 해준 이야기는 국가, 인종, 문화, 가족, 그런 모든 것으로부터 버려진 사람의, 끝없는 방랑의 이야기네요. 그 방랑은 결국 어디로 향할까요? 다다를 곳은 없는 걸까요?

미희 그건 죽음으로 끝나겠죠. 최종적으로는 죽음에 의해 끝날 수밖에 없는 이야기라고 생각해요. 그렇다고 해도 저는 한탄스러운 이야기만 하며 살아가는 것은 아니에요. 수없이 많은 멋진 사람들과의 만남이 있었고, 나이를 먹어갈수록 독립적인 존재가 되어가고 있습니다.

2012년 봄, 프랑스에서 정권교체가 실현되어 사회당 올랑드 정권이 탄생했다. 올랑드 정권은 디지털 경제 정책 등을 담당하는 장관으로 플뢰르 펠르랭Fleur Pellerin이라는 여성을 기용했다. 1973년 서울에서 태어나 다음해 프랑스로 건너간 코리안 입양인이다. 한국 이름은 김종숙이라고 한다. 물론 정확한 평가는 그녀의 정치적 입장이나 앞으로의 활동에 따라 내려져야 할 것이다. 하지만 유럽에서도 이민족 배척 등을 주장하는 관용적이지 않은 세력이 대두하는 현 상황을 고려하면 프랑스의 이러한 인사정책은 우선 환영해야 할 일임에 틀림없다.

하지만 이런 인사에 대해 한국에서 말하는 방식 때문에 석연치 않은 기분이 든다. 《아사히신문》(2012년 5월 19일자)에 따르면 《동아일보》는 "한국의 DNA를 가진 그녀가 한국과 프랑스 양국의 가교가 되었으면 한다."고 논설했다. 그 글을 읽고서 나는 부끄러웠다. 한국 정부를 비롯해 많은 사람들은 무력하고 이름 없는 해외 입양인을 단순히 '외국인'으로 간주하며 싸늘하게 대하면서도 펠르랭 씨 같은 이가 등장하면 서둘러 DNA 이야기를 꺼낸다. 펠르랭 씨의 등용을 보고 '같은 DNA'를 지녔다는 환상에 입각하여 환영하는 사람들은 동시에 언제라도 '한국인의 DNA를 지키자!'라고 외치며 타자를 배격하는 차별주의자가 될 수 있다. 펠르랭 씨는 코리안 입양인 가운데도 매우 드물게 성공한 사람 중 하나이다. 그 반대쪽 그늘에는 미희처럼 고뇌하며 하루하루를 보내는 수많은 입양인이 있다.

이 '우리/미술 순례'를 구상할 때부터 나는 꼭 미희를 다루어야겠다고 마음 먹었다.

미희는 '우리'에 포함될 수 있을까?

미희의 국적은 벨기에, 혈통의 반은 '일본인'인 듯하다. 10년 이상 한국에서 살았지만 우리말(한국어)을 능숙하게 쓸 수는 없다. 김치를 먹지 못한다. 그럼에도 이런 미희를 '우리'의 일원이라고 말할 수 있을까? 그리고 미희의 미술은 '우리 미술'에 포함될 수 있을까? 이런 질문을 통해 나 자신과 마주하고, 더 나아가 독자에게도 같은 질문을 던져보고 싶었기 때문이다.

나의 대답은 확실하다.

그렇기에 더더욱 미희는 '우리'이며, 그 미술은 '우리 미술'이다.

'우리'란 앞에서 말한 '같은 DNA'라는 환상을 공유하는 자들의 것일까? '우리 미술'이란 그런 자들에 의한 미술을 가리키는 것일까?

미희가 미희인 까닭은 그녀가 어느 날, 부산의 길가에 버려져 한국 정부가 추진한 입양 제도에 의해 벨기에로 보내졌기 때문이다. 거기에는 '우리'의 아프고도 부끄러운 역사가 남김없이 투영되어 있다. 이름, 말, 문화, 습관, '한국적'이라고 여겨지는 이런 지표의 거의 대부분을 상실한 이유는 미희가 '우리'이기 때문이다. 민족이란 그러한 문맥까지 함께 공유한다는 의미가 아닐까?

미희를 '우리'로 인정하고 그 미술을 '우리 미술'로 포함한다는 생각은 '우리'의 쇠퇴가 아니라 '우리'라는 개념 자체의 변혁과 확장을 의미한다. 그것이 우리들이 살아가는 현실과도 합치한다.

디아스포라는 결코 애처로움이나 동정의 대상이 아니다. 오히려 많은 사람들이 안주하고 있는 '국민, 인종, 문화의 동일성'이라는 관념이 얼마나 허구에 차 있으며 위험한가를 일깨워주는 존재일 따름이다.

홍성담

1955년에 전라남도 신안에서 태어났다. 조선대학교 회화과를 졸업하고 1979년 〈광주자유미술인협의회〉에 참여하다가 광주민주항쟁 당시 선전요원으로 활동했다. 시민미술학교를 개설하여 판화를 통한 민중미술의 대중화에 힘쓰다가 걸개그림 「민족해방운동사」를 제작, 1989년 평양축전에 슬라이드를 배포한 주동자로 지목되어 국가보안법 위반 혐의로 구속되었다. 구속 이후 해외 각지에서 그의 석방을 요구하는 판화전이 있었으며, 1990년 국제 엠네스티는 그를 '올해의 양심수 3인'으로 선정하기도 했다. 「오월광주민중항쟁 연작판화」, 「야스쿠니의 미망」, 「세월오월」 등의 작품을 통해 국가폭력의 흔적과 동북아 역사 문제 등 시대의 아픔을 형상화하고 있다.

사람이 아름다웠다 : 홍성담

오월의 화가

홍성담은 한국민중미술운동을 대표하는 화가 중 한 명이다. 1980년 5월, 계엄군의 무력진압으로 수많은 희생자를 낳은 광주 민중항쟁 당시, 시민군 문화선전대의 책임자로 활동했다. 그가 '코뮌'이라 부른 이 투쟁이 좌절된 후, 전국 각지에서 시민미술학교를 열고 민중미술운동을 전개하며 대표작인 「오월광주 민주항쟁 연작판화」를 제작했다. 80년대 말에는 공동의장을 맡았던 민족민중 미술운동전국연합 산하의 여러 미술인과 함께 거대한 걸개그림 「민족해방운동 사」를 제작했다. 이 그림은 1989년 평양에서 열린 전국청년학생축전에 슬라이드 필름으로 전해져 전시되었고 그 사건으로 홍성담은 국가보안법 위반으로 투옥되었다. 군사독재정권 시절, 민중미술은 문화운동과 정치투쟁 사이의 결합을 실천적으로 모색했으며, 홍성담은 예술가로서도, 활동가로서도 항상 그 중심에 있었다. 이 기록은 그가 일본을 방문했던 2004년 12월 16일, 잡지 『전야』 편집실에서 이루어진 인터뷰의 일부이다.

삶과 죽음이 교착하는 섬

서경식 홍성담 선생님은 1955년에 전라남도 하의도에서 태어나셨는데요, 그 때는 한국전쟁의 상흔이 아직 생생하게 남아 있던 시기였으리라 생각됩니다.

홍성담 하의도는 한반도 역사의 축도라고도 볼 수 있는 매우 중요한 지역입니다. 원래 하의도는 조선 왕실의 토지였죠. 1800년대 초반에 임금의 처남이 있었는데 한성에서 남의 돈을 뺏고 싸움박질이나 하고 다니는 행실이 아주 나쁜 사람이었습니다. 그래서 임금이 왕실 땅인 하의도를 주며 그곳으로 유배를 보내버렸습니다. 그 후 1905년 을사조약으로 일제가 본격적으로 침략하기 이전인 1891년 무렵 그 자손이 섬 전체를 일본인에게 매각했습니다. 조선 사람이 일본인에게 팔아먹은 첫 번째 땅이 바로 하의도입니다. 그래서 그 섬이 전부 도쿠다德田라는 일본인의 농장이 되어버렸죠. 그래서 사람들이 모두 도쿠다의 농장 사무소에 소작료를 내야 했습니다. 하의도 사람들에게 해방이란 바로 토지 문제였습니다. 즉 일제의 억압에서 벗어났다는 것은 자신들이 일구던 땅을 일본 사람들에게서 다시 되찾을 수 있는 경제 문제와 직결되는 문제였던 것입니다.

해방 후 일본인이 소유했던 건물이나 땅은 적산(敵의 재산)으로 규정되었습니다. 섬사람들은 일본인이 물러갔으니 당연히 땅을 돌려받으리라 생각했습니다. 그런데 다음으로 땅과 집을 관리하게 된 사람이 바로 미국놈들이었어요. 바로 신한공사입니다. 겨우 자기 땅을 찾을 수 있겠다고 생각했는데 이번에는 미국 사람들이 세금과 사용료를 내라고 합니다. 게다가 도쿠다 농장에서 일본인 밑에 붙어 아부하며 먹고 살던 한국 사람들이 그대로 신한공사의 직원이 되어 섬사람들에게 세금을 거두게 됩니다.

당연히 마찰이 생겼고 경찰이 투입되지만 섬사람들은 경찰을 내쫓아버리고 맙니다. 결국 국군과 미군까지 투입되어 총격전까지 발생했어요. 그러니까 해방 후 미국과 총격전을 벌인 최초의 땅이 바로 하의도였습니다. 그때 주민 800명 가운데 200여 명이 구속되고 30명이 죽었습니다. 1947년 7월 7일의 일이었는데 '하의도 7·7 항쟁'이라고 부릅니다. 북한에는 3대 가극이 있는데 「꽃파는 처녀」, 「피바다」 그리고 바로 「7·7항쟁」입니다. 하지만 한국에서는 이 하의도 항쟁은 전혀 알려져 있지 않아요. 북한에서는 미국과 최초로 싸웠던 자랑스러운 전투로 알려져 있는데요.

제가 살던 마을에는 주민이 300명 정도 살았는데 그중에 일제시대 때 목포 사범학교에 다녔던 사람이 여섯 명이었어요. 동네에서는 매우 유식한 사람들이라고 할 수 있는데 제 아버지도 그 사범학교 출신이었죠. 여섯 명 중 아버지를 제외하고 다섯 명이 좌익이었는데 이들은 모두 빨치산을 하다가 항일무장투쟁에서 죽거나 경찰에게 총살당했습니다.

저는 1955년에 태어났지만 어릴 때부터 하의도를 초토화시킨 미국에 대한 공포가 있었습니다. 또 그렇게 많이 배우고 똑똑한 사람들이 왜 좌익이 되어 무참히 죽임을 당하고 무식한 사람들만 남았을까? 그런 두려움이 마을 사람들 모두에게 생생하게 남아 있었습니다.

박정희 시대에 부역자 가족은 하의도를 떠나거나 그렇지 않으면 체포되어 처형당했습니다. 붙잡힌 부역자 가족들은 바다에 던져졌고 그해 잡은 물고기들은 먹잇감이 많아서 통통하게 살이 올랐다는 이야기가 있을 정도였습니다. 살아남은 가족들은 도망칠 수밖에 없었지요.

하의도는 김대중 전 대통령의 고향이기도 합니다. 하의도 자체가 한국현대사에서 계속 소외되어왔고 1970~1980년대에도 이 섬 출신이라고 하면 주변에선 그다지 고운 눈으로 보지 않았습니다. 섬이란 바다로 둘러싸여 있고 사방이 가로막혀 마치 죽음과 같은 허무나 절망이 감도는 장소이면서, 동시에 이 바다를 넘어 저쪽 끝에는 무언가 새로운 것이 있으리라는 희망과 낙관이 뒤얽혀 있는 장소이기도 합니다. 즉 비관과 낙관, 그런 극과 극의 상태가 매일 교차하는 곳입니다. 바다에 고기를 잡으러 나가서 강풍과 높은 파도를 만나면 언제 죽을지 모른다는 생각을 하게 되지요. '죽음은 도처에 널려 있으며 그렇기에 죽음과 생의 영역이 따로 있는 것이 아니다', '우리 인간 속에는 언제나 생과 죽음이 교착하고 있다.' 그런 생각을 하기 때문에 하의도 사람들은 오히려 무척 낙관적입니다. 오늘 맛있게 먹고 내일 죽어도 나쁠 게 없지 않은가라는 식의 생각이죠. 시인 김지하는 "문화는 똥이다. 사람이 먹고 똥을 싼다. 그 똥이 문화다."라고 말했지만 저는 "문화는 죽음을 의식하는 것이다."라고 말하고 싶습니다. 세상을 떠난 자에게 안식을 주고 수많은 원한과 증오를 깨끗하게 씻어 흘려내려 보내는 그런 것이 문화라고 생각합니다. 내 의식 속에 죽음이 들어와 있다는 것이 좋은지 나쁜지는 모르겠지만요. 때로는 진혼이라는 것이 나를 억압하는 사슬도 되고, 거기에서 자유롭고 싶기도 하지만 때로는 매우 창조적인 매개체 역할을 해주었던 것이지요.

물고문

서경식 1989년에 '민족해방운동사' 사건으로 체포되었을 때 물고문을 받았다고 들었습니다. 그때의 경험에서 「욕조: 어머니 고향의 푸른 바다가 보여요」라는 작품을 제작하셨지요? 지금의 이야기와도 관계가 있겠네요.

홍성담 섬에서 자란 인간이라서 제게 물은 생산의 이미지입니다. 즉 물은 해산물 같은 먹거리를 제공해주는 장소이기도 하고, 일을 할 수 있는 작업장이기도 하죠. 그런가 하면 어머니의 자궁같이 온화하지만 때로는 어머니의 화처럼 카오스이기도 하고, 때로는 어머님의 품에 안긴 듯한 느낌을 주기도 했어요. 젊은 시절에 육지인 목포로 건너가서 대학에 입학하고 연애도 하고 이별도 하면서 힘들 때마다 고향의 푸른 바다를 떠올리면 힘이 났습니다.

그런데 남산에 있는 안기부 지하실에서 그 생산과 생명의 물, 생업으로서의 물, 나의 희망으로서의 물이 하필이면 나를 고문하는 도구가 될 줄 어떻게 예상했겠습니까? 안기부 놈들이 이른바 나를 물과 맞서게 했고, 결국 그 물에게 지도록 만들었습니다. 그들이 날조한 대로 저는 북한에도 두 번이나 왕래한 간첩이 되어버린 거죠.

감옥에서 나왔지만 그 후로는 물을 보는 것만으로도 고통이 되살아나서 완전히 폐인처럼 살았습니다. 밥을 먹고 나서도 물을 마실 수 없었습니다.

물에 대한 공포를 계속 껴안고 살아갈 것인가? 세계를 이루는 원초적 개념 중 하나인 물에 공포를 가진 채로 살아간다면 앞으로 내가 어떻게 예술가가 될 수 있을 것인가? 하는 고민 끝에 물과 정면대결하자고 생각했어요. 누구도 나

홍성담, 「욕조 : 어머니 고향의 푸른 바다가 보여요」, 1999.

를 치료해주지 않을 테니 스스로 회복하지 않으면 안 된다고 판단한 거죠. 그때의 일을 그림으로 그려야 한다, 고문을 받은 환경이 무엇이건 그림을 통해 본격적으로 맞서지 않으면 안 된다, 피해서는 안 된다, 그런 마음으로 그림으로 그려보는 행위로 대결을 시작했습니다. 그중에서 특히 서정적인 작품만을 골라 전시했던 작품이 「물속에서 스무 날」이라는 연작입니다.

피의 유토피아

서경식 어린 시절부터 화가를 지망하셨나요?

홍성담 제가 제일 하고 싶었던 일은 초등학교 선생님이어서 실은 교육대학에 가고 싶었어요. 하지만 당시 교육대학은 제 점수로는 무리였고 갈 수 있는 곳이 미술대학이었어요. 일주일간 결사적으로 그림을 배우고 조선대 미술과에 입학했습니다.(웃음) 그렇지만 아무래도 학교에 적응이 잘 안 되고, 이야기도 통하지 않았어요. 그래서 연극 동아리나 가면극 동아리를 만들어 2학년 무렵까지 활동했습니다. 나중에 돌아보니 이런 과정이 오히려 제 예술세계에 큰 힘이 되었다고 할 수 있어요.

3학년 때부터는 본격적으로 그림을 그렸고 공모전에도 빈번하게 출품했습니다. 왜냐하면 아르바이트보다 공모전에서 상금을 받는 편이 훨씬 돈을 많이 벌었으니까요.(웃음) 상금도 제법 많이 탔습니다. 4학년이 되어 공모전 출품을 그만두고 제대로 예술을 해보려던 참에 2학기에 결핵에 걸려버렸어요. 점점 체중이 줄어서 입원 직전에는 48킬로그램까지 내려갔습니다. 각혈할 때마다 세면대에 피가 가득 찼어요.

광주에서 목포로 가다 보면 영암이라는 곳에 결핵요양소가 있었는데 거기서 1년간 치료를 받았습니다. 그런데 거기가 특별한 곳이었어요. 독일에서 전파된 기독교 계통의 요양소였는데 종교인이자 민주화운동가 함석헌 선생, 민중신학의 안병무 선생, 5·18 항쟁의 주역으로 싸웠던 활동가로서 나중에는 미국으로 망명길에 올랐던 윤한봉, 그리고 광주 출신 저항시인인 김남주 등이 몸을 피해 있던 곳이기도 했습니다. 그런 분들과 만나서 큰 영향을 받았습니다. 특히 안병무 선생으로부터 귀여움을 받아서 신학대학에 가보라는 권유를 자주 받았죠.

지금부터 그곳에서 일어난, 자기 삶의 중요한 만남에 대해 이야기하고 싶어요. 한국사회가 1970년대 개발독재를 통해 산업화를 이루는 과정에서 농촌 젊은이들 대부분은 공장이 있는 마산, 인천, 부산, 서울 등으로 떠나버렸습니다. 예를 들어 제 초등학교 동창생 30명 중에 두 명만 고등학교에 진학했고 나머지는 대부분 돈을 벌기 위해 대도시로 나갔습니다. 엄청난 공해에 찌든 봉제공장과 같은 열악한 노동환경에서 일을 했겠지요. 그들은 재벌, 그리고 재벌과 결탁한 독재정권을 살찌우기 위한 소모품에 불과했던 것입니다. 그런 곳에서 5년 정도 일을 하면 쉽게 병을 얻고 맙니다. 대부분 결핵입니다. 요양소에 들어왔다면 오히려 운이 좋은 편입니다. 훨씬 많은 젊은이들이 손도 제대로 못 쓰고 피를 토하며 죽어갔습니다. 거기서 저는 그런 젊은이들, 고향 친구들 같은 그 젊은이들과 결핵환자로서 만났던 겁니다.

그들과 함께 책을 읽는 모임을 꾸리기도 했지만 조금이라도 회복되면 곧 다시 떠나버립니다. 돈을 벌지 않으면 살 수 없기 때문이죠. 그러면 또 재발하는데

홍성담, 「물속에서 스무 날」, 1999.

이때는 어쩔 수 없는 상태가 됩니다. 약을 제때 먹지 않으면 내성이 생겨서 쓸수 있는 항생제가 없어지기 때문입니다. 나중에는 자연요법 이외에는 방도가 없습니다. 결국 요양원에서 피를 토하고 온몸에 피 칠갑을 하며 죽어가는 친구도 적지 않았습니다.

결핵 환자는 한겨울의 추위가 풀려 약간 따뜻해질 때 많이 죽습니다. 제 병실은 가장 위층 가운데 방이었는데 바로 아래층 친구는 봉제공장에서 일하다가 병에 걸린 사람이었습니다. 어느 일요일 그 친구가 "쇠고기가 좀 먹고 싶네."라고 말했습니다. 날씨도 따뜻해져 식욕이 돌아왔던 모양입니다. 저도 몸 상태가 나쁘지 않아서 시내에 나가 고기를 사오고 작은 냄비에 끓여 가져가서 "간맞춰서 먹어."라고 말하고 친구 방 난로 위에 냄비를 올려두고 나왔습니다. 잠시 후 간호사의 비명이 들리는 게 무슨 소동이 난 것 같았어요. 급히 계단을 내려가 보니 그 친구가 피를 토하고 있었습니다. 바로 안아 올려 엎드리게 했죠. 각혈할 때 위를 향해 누우면 질식해서 죽을 수도 있거든요. 그날 날이 따뜻해서 저는 새하얀 면 티셔츠 차림이었는데 그 친구 피로 새빨갛게 물들고 말았습니다. 조금 뒤 결국 친구는 숨을 거두었습니다. 침대는 피투성이였고 방 곳곳에 피가 잔뜩 튀어 있었습니다. 일어서려는데 누군가 제 티셔츠를 잡았습니다. 간호사인가 하고 뒤를 돌아보니 그 친구가 숨을 거둘 때 마지막 힘을 쥐어짜 저를 붙잡았던 거였어요. 그의 손을 살그머니 풀고 피가 묻은 티셔츠 차림 그대로 가까운 뒷산으로 올라갔는데 성급하게 피어난 새빨간 진달래가 들판을 뒤덮고 있었습니다. 어쩌면 그렇게 티셔츠에 묻은 피와 잘 어울리는지……. 죽은 친구의 얼굴을 한 번 더 봐야겠다고 생각해서 병실로 가보니 난로 위 냄비에선 아직도 쇠고기가 보글보글 소리를 내면서 익어가고 있었습니다.

그래서 나는 그들로부터 배웠습니다. 개발독재가 주도한 산업사회는 바로 그들의 피를 착취해서 만들어낸, 말하자면 피의 유토피아라는 사실을 말이죠. 지금 우리들이 휴대전화나 컴퓨터를 편리하게 즐길 수 있는 환경이 만들어진 것도 그들의 살을 깎아서 만든 벽돌, 그들이 입에서 토해낸 진한 피, 그 피의 벽돌로 만든 허구의 유토피아가 아닐까 생각합니다.

시대의 가슴을 쏘고, 심장을 찌른다

서경식 광주민주항쟁은 대학을 졸업한 이후에 일어났지요? 졸업 후 어떻게 지내셨어요?

홍성담 1979년 4월에 요양원에서 나와 광주로 돌아왔습니다. 새롭고 멋진 예술을 만들기 위해 미술 집단 내부에서 투쟁한다든가, 캔버스 위에서 일으키는 혁명 따위는 이미 의미가 없다는 생각이 들었습니다. 미술 제도의 변화 또는 미술 집단 내의 조형적 혁명, 그런 것들은 나와 아무런 관계가 없는 것이라고 느꼈습니다.

광주로 돌아와서는 우리 시대의 예술가가 가져야 할 사명이란 무엇인가에 대해 무척 고민했습니다. 그 대답은 분단을 구실로 끊임없이 우리를 억압하며, 내 친구들, 나의 고향 친구들, 노동자의 피를 빨아먹어 비대해진 적들과 싸우고 그런 구조를 없애지 않으면 안 된다는 생각이었습니다. 그래야만 나의 예술에도 새로움이 생길 수 있으리라 느꼈습니다. 유신독재가 서슬 퍼런 시기였지만 1979

년 8월에 젊은 미술인들과 '광주자유미술인협의회'를 창립하게 되었습니다. 결성 선언문에서는 "모순과 비리에 가득 찬 부조리의 시대에 맞서 우리의 그림이 그 부조리 시대의 심장을 쏘고 찌르는 총칼이 되지 않는다면 그림을 그릴 필요가 없다!"라고 외쳤죠. 한국에서 처음으로 내건 그림에 의한 정치투쟁 선언이라고 할 수 있을 거예요.

'5월 광주'는 그냥 온 것이 아닙니다. 시민의 힘과 단결도 우연히 생기지 않았습니다. 미술인들은 미술인들 나름의 준비를 하고 있었고, 연극인들은 연극인대로, 문학가들은 문학가대로, 이미 흐름이 있었습니다. 강력하지도 않았고 몹시 더디긴 했지만 조직화된 씨앗이 존재했습니다. 조직화된 씨앗과 맹아가 존재했기 때문에 항쟁이 신군부 세력의 폭력과 학살로 봉쇄되었어도 우리들은 최후까지 저항할 수 있었습니다. 우리, 이른바 문화선전대가 시민을 정서적으로 조직화하기 시작했습니다. 그것이 광주항쟁의 승리를 이끈 중요한 원인이었다고 생각합니다. 문화가 얼마나 중요한지 저는 그때의 경험을 통해 알았습니다.

코뮌의 날들

홍성담 1980년 5월에 접어들자 전국의 학생, 청년들이 중심이 되어 민주화를 요구하는 시위가 격화됩니다. 5월 15일경에 신군부 세력이 계엄령을 확대하며 대규모 진압 작전을 펼친다는 정보가 들어와 15~16일은 전국적으로 시위가 중단되었지만 광주만 시위가 계속되었습니다. 그리고 17일 자정 신군부가 계엄령을 확대하고 예비검속에 들어갑니다. 전남대, 조선대, 도청 앞 광장 등을 전부 계엄군이 점령하고 모여 있던 학생과 시민들을 해산시켜버립니다. 그때 진압 과정이 너무나 폭력적이었기 때문에 시민들은 분노를 억누를 수 없어 더 큰 투쟁으로 번져갔던 것입니다.

18일 오후부터는 도처에서 학살이 시작되었습니다. 하지만 시민들은 물러서지 않았습니다. 그렇게 총칼을 휘둘러도 데모대는 점점 늘어나고 후퇴도 안 했기 때문에 결국 특수부대까지 동원되어 시민을 향해 발포를 시작했습니다. 이에 시민들은 경찰의 무기고에서 총을 빼내 "우리도 무장하자."라며 맞서게 된 겁니다. 그러자 20일 자정 무렵부터 특수부대는 시민들의 힘에 밀려 일단 퇴각합니다. 광주를 버리고 도망쳐버렸던 겁니다. 그때부터 광주 시민들이 광주 시내를 장악하여 도청에 시민군 본부가 생겼습니다.

하지만 시외로 연결되는 전화는 진압군에 의해 모두 끊어져버렸습니다. 참혹한 학살을 여기저기 알려야 하는 급박한 상황이었는데 말이죠. 그 와중에 방송국이 불타버렸습니다. 왜냐하면 뉴스에서 "북한 공작원이 침입해서 시민을 조종하고 있다."라는 식으로 완전히 왜곡된 보도를 하니까 분노한 시민군이 KBS와 MBC에 모두 불을 질러버렸습니다. 시민을 착취해온 세무서도, 경찰서도 불탔지만 그 밖에는 피해를 입은 곳이 하나도 없었습니다. 그 정도로 시민은 자제력을 발휘했습니다. 통계에 따르면 시민군이 탈취했던 총기가 약 2만여 정이었는데 그럼에도 불구하고 단 한 자루의 총기 사고도 없었고 보석상이나 은행 같은 곳에서도 절도나 강도가 단 한 건도 없었습니다. 관공서처럼 중요한 기관은 시민 스스로가 지켰습니다. 혼란으로 가득 찬 무질서처럼 보였겠지만 시민군이 시내버스, 택시, 고속버스, 군용 차량을 모아서 시내를 운행하면서 단 한 건의 교통사고도 없었습니다. 신호등도 고장이 나서 제대로 작동하지 않았지만요.

24일부터는 도청의 시민군 본부에 지도부가 형성되었습니다. 학교도 다시 문을 열었고 선생도 학생도 모두 복귀했습니다. 그리고 시청을 비롯한 모든 관공서 직원들도 다시 출근을 하고 회사원들도 일터로 돌아갔습니다. 시장의 상인들도 다시 장사를 시작하면서 우리 시민끼리 질서를 잡고 살아가자 하는 분위기였습니다.

시민군 본부의 계획을 실현하는 데 무엇보다 중요한 것이 도시에 피를 돌게 하는 일입니다. 인체에 피가 돌듯 도시의 피는 바로 교통입니다. 시내버스를 새롭게 편성하는 일이 중요했는데 그 역할을 제가 담당했습니다. 지금 생각하면 교통부 장관이나 마찬가지지요.(웃음) 최소의 가솔린으로 최대의 효과를 내기 위한 교통체제를 만들어야 했습니다. 게다가 차량 수에도 제한이 있고 고장 난 차도 많았어요. 시민군이 전투를 위해 쓸 차량을 먼저 확보하고 나머지를 통제해야 했어요. 그래서 전투용 차량을 빼고 시내를 운행할 수 있는 모든 차는 광주공원 앞 광장에 모을 수 있게 해달라고 시민군 본부에서 요청을 받았습니다. 그 무렵 광주 인구는 약 40만 명이었습니다. 시청을 중심으로 중요한 거점 스무 곳을 선택해서 그곳과 도청 사이만 버스를 왕복하도록 조정했습니다. 사람이 가장 많이 사는 상수동을 1번지로 정해 버스 옆에 흰색 페인트로 '일번'이라고 쓰고 그 밑에 제 이름으로 사인을 했어요. 제 사인이 없는 차는 불법운행이 되는 셈이지요. 5월 25일 준비를 거쳐 다음 날 시험적으로 운행해보니 아주 잘 굴러갔어요. 그러니 지금도 서울시장이 교통문제로 머리를 싸매고 있다지만 저에게 맡겨주면 확실하게 해결할 수 있어요.(웃음)

광주항쟁 당시에는 사재기 같은 것도 없었습니다. 그 비참한 상황 속에서도 약탈이나 도둑질도 없었습니다. 오히려 쌀과 라면을 많이 가지고 있으면 집 앞에 내놓고 원하는 만큼 가져가라는 사람도 있었고 골목에서 밥을 지어 함께 나누어 먹었기도 했습니다. 자발적으로 거리를 청소하고 깨진 유리를 갈아 끼웠습니다. 시민들이 따뜻한 밥을 지어와 시민군에게 같이 먹자고 했습니다. 이렇게 고생하며 이 땅을 지켜주니까 밥이라도 함께 먹자는 겁니다. 밥을 한 숟가락씩 나누어 먹는 그런 행위 자체가 우리가 식구와 같은 공동체라는 인식을 심어줬어요.

요즘 우리는 길을 걷다 누군가가 자기를 쳐다보면 "뭐야?" 하는 식으로 되받아 쳐다보지만 그때는 길에서 눈이 마주치면 서로 웃으면서 인사를 나누었습니다. 함께 있는 것만으로 든든하고 좋았습니다. 그때 저는 인간이 그렇게 아름다운 존재라는 사실을 처음 알았습니다.

누구라도 시민군의 일원이라는 생각이 퍼졌습니다. 예를 들어 전봇대 근처 골목 어귀에는 건달들이 주위를 어슬렁거리곤 했습니다. 그들이 거기서 진을 치는 건 주위를 잘 살필 수 있기 때문입니다. 누군가가 지나가면 "아아, 저놈이구면."이라고 하거나, 잘 모르는 사람이면 "저놈은 누구지?" 하는 식이죠. 혹시 못 보던 여자가 걸어가면 "처음 보는 여성분이네."라며 농을 걸기도 했습니다. 동태를 파악하기 알맞은 곳이니까 당연히 계엄군도 거기로 정찰하러 오죠. 그러면 건달들이 "야, 여기는 우리 구역이야!"라며 계엄군에게 소리를 지릅니다. 만약 계엄군이 그곳을 지나가려는 사람을 폭행하면 깡패가 "어이, 그런 일은 내 몫이지!"라고 말하면서 오히려 싸움을 합니다. 이렇게 건달이나 깡패도 시민군이 되었던 겁니다.

구두닦이도 손님이 많이 다니는 목 좋은 곳에 앉아 일을 하지 않습니까? 그런데 거기에도 총을 든 계엄군이 와서 자리를 차지하려고 합니다. 그러면 구두닦이 소년이 여기는 매일 내가 나와서 구두를 닦고 있는데 이렇게 버티고 있으면 손님이 안 온다며 비키라고 군인들과 승강이를 벌입니다. 구두닦이 녀석들은 보통은 사람들에게 "야 인마, 구두 좀 깨끗이 닦아!"라고 무시당하는 친구들입니다. 짜장면 배달부도 마찬가지죠. 항상 빨리 좀 배달하라며 혼나거나 꾸중을 듣는 직업이에요. 그런데 그런 소년들이 시민군이 되어서 거리를 지켰습니다. 어른들이 보기에도 딱하고 대견하니까 "피곤하면 가서 자라. 내가 대신 보초 설 테니까."라고 배려해줍니다. 그 소년들은 태어나서 처음으로 사람다운 대접을 받은 겁니다. 즉 인생에서 가장 인간다운 대우를 배운 셈이죠. 언젠가 총을 갖고 서 있는 소년에게 물어보았습니다. "지금까지는 뭐 하면서 살았니?" 아직 열일곱 살 정도밖에 안 되어 보이는 앳된 소년이 중국집 배달부였다고 대답했습니다. "아직 여기 있기에 넌 너무 어리니까 이제 총을 두고 돌아가라." 하니까 소년은 눈물을 가득 머금고 "저는 태어나서 처음 사람 취급을 받았습니다. 그것도 여기 광주 시민들 모두한테요. 그러니까 제가 대신 지키지 않으면 안 됩니다."라고 했습니다. 죽어도 후회는 없다고.

그때 광주는 틀림없는 코뮌이었습니다. 우리는 정말로 아름다웠습니다. 항쟁의 열흘, 코뮌의 그 아름다운 기억만으로도 저는 평생 행복하게 살 수 있었을 것 같은데…….

서경식 그랬던 코뮌, 도청 앞에 있던 홍 선생님의 동지들은 5월 27일부터 계엄군의 무자비한 폭력에 희생되었습니다. 힘든 기억이시겠지만 그날 이야기를 좀 해주세요.

홍성담 27일에는 분명 계엄군이 진압을 시작한다는 정보를 입수했습니다. 제가 속해 있던 시민군 본부의 문화팀은 도청 앞 YWCA에서 대자보와 현수막을 만들고 있었는데 본부에서 문화전담반은 모두 퇴각하라는 명령이 떨어졌습니다. 탄환이 부족하니 가지고 있는 총과 탄약을 전부 시민군 본부에 반납하고 집으로 돌아가 숨어 있으라고 했어요. 저희는 선전을 담당해서 현수막 제작이나 차량 통제를 맡았기에 어차피 총을 쓸 일이 없었습니다. 저도 카빈 소총을 갖고 있어서 총알 네 발을 지급받았습니다만 탄환을 빼서 주머니에 넣어두었습니다. 그중 두 발은 어디선가 잃어버렸습니다.

날이 어두워져서 YWCA를 나오면서 도청에 들렀습니다. 문이 단단히 잠긴 도청은 사람의 기척을 찾을 수 없을 정도로 조용했고 팽팽한 긴장상태라는 게 느껴졌습니다. 밤이 깊어지니 봄인데도 약간 쌀쌀했습니다. 시민군 본부 대변인을 맡았던 윤상원을 찾았습니다. 선배였기에 저는 그를 상원이 형이라고 불렀습니다. 형이 철문 앞으로 나왔습니다. 그때는 배급마저 끊긴 상태였습니다. 도청 안에 있던 사람들은 긴장 속에서 분명 담배를 피우고 싶었을 텐데 담배도 떨어졌나 봅니다.

상원 형은 저를 보자마자 말했습니다. "꽁초라도 좀 주워 와줘. 담배 피우고 싶어서 못 참겠다." 저는 뒷골목을 구석구석 뒤져서 꽁초 세 개 정도를 찾아 신문지에 싸서 불을 붙여 철문 너머로 건넸습니다.

함께 꽁초를 피우면서 "이놈들이 정말로 올까?" 하는 화제에 이르자 저는 일부러 농담 섞인 싱거운 소리를 해서 일부러 그를 안심시켰습니다. 그러고는 "내일 아침 다시 오겠습니다." 하고 인사를 한 뒤 호주머니에 손을 집어넣었다가 '아, 남은 총알을 반납해야지.'라는 생각이 났습니다. 주머니에 쭉 넣어둔 총알은 따뜻해져 있었습니다. 총알을 받아 든 형이 말했습니다. "사람을 죽이는 총탄이 이렇게 따뜻한 물건이었나?" 그리고 형은 그날 새벽에 죽었습니다.

민중미술운동

서경식 광주항쟁 이후인 1983년부터 본격적으로 활동을 재개했습니다. 폭압적인 전두환 정권의 위세가 극에 달했던 시기였죠?

홍성담 보통 시민들은 광주에 대한 이야기를 두려워서 하지 못했습니다. 때문에 광주를 표현할 방법을 찾는 데 진력이 날 정도였습니다. 그 무렵부터 공안당국의 감시를 피하기 위해 시민미술학교에 말하자면 '가톨릭의 옷'을 입혔습니다. 시민들에게 각자가 살면서 경험했던 무엇보다도 깊은 인상을 판화로 표현해보도록 가르쳤습니다.

서경식 시민이라면 어떤 사람들이었죠?

홍성담 회사원도 있었고 학생도 있었고 교사도 있었고, 어쨌든 많은 사람들이 참가했습니다. 처음 시작할 때는 50명 정도 오리라 예상했는데 점점 불어나서 200명 가까이 모이는 바람에 정원 초과이니 다음에 오시라고 양해를 구할 수밖에 없을 정도였습니다. 광주에서의 성공을 바탕으로 마산의 YMCA나 부산 등 전국적으로 시민미술학교를 조직해나가게 됩니다. 각각 자기 지역이 지닌 문제를 판화로 제작해서 전시했습니다.

시민미술학교를 꾸려 보통 일주일에 한 명당 판화 두 점 정도를 제작할 수 있었습니다. 50명이 참여한다면 100점의 판화가 만들어지는 거죠. 그 100점의 판화를 가지고 '시민미술학교 전시회'를 엽니다. 날짜와 장소를 매직펜이나 크레파스로 써서 포스터를 만듭니다. 그 100점을 한 사람당 다섯 점씩 인쇄하면 모두 500점이 되지요. 그 작품을 소도시의 거리에 붙이면 꽤 효과적인 가두선전전 역할을 했습니다. 경찰은 전시회 형식을 띤 우리 투쟁을 일명 '벌떼 작전'이라고 불렀습니다.

미술학교에서는 다섯 명을 한 반으로 꾸려 지역의 문제라던가 다양한 정치적 사안을 거론하여 토론하도록 했습니다. 서로 이야기를 나누면서 주제가 결정되면 다섯 명 중에서 그림이 능숙한 사람이 밑그림을 그리거나 공동창작을 통해 판화를 만듭니다. 어떤 때는 문제를 토론하면서 5분 정도로 아주 짧은 촌극도 만들었습니다. 극에 등장하는 인물을 위해 종이로 탈도 만들었어요. 맨 얼굴로 연기를 하려면 어색하고 힘들지만, 아무리 부끄럼을 많이 타는 사람도 탈을 쓰면 아주 자연스럽게 연기를 하게 됩니다. 그러면서 전통적인 탈춤(가면극)의 방법이나 간단한 기본 원리를 배워나갑니다. 그러면 전통적인 형식 속에 우리가 지닌 현실의 문제를 담을 수 있게 됩니다. 이런 방식으로 촌극을 경험하게 되지요.

진짜 중요한 것은 그 다음부터입니다. 시민미술학교를 계속 진행하기 위해서는 강사 가운데 그 지역의 문제를 제대로 이해하고 있는 사람이 필요하며 문화의 확산을 위해 탈춤 등을 가르쳐주는 연극인 같은 경험자도 필요합니다. 또 촌극이라고 해도 어느 정도 연극의 기본을 갖추어 구성할 연출가도 있어야 합니다. 다음으로 촌극의 주제와 이야기 구조를 지도할 문학가, 탈(가면)을 만들고 판화 제작도 도와주는 양심적인 지역 미술가도 필요하게 됩니다. 각각의 역할을 맡은 사람들이 시민미술학교를 운영하는 일만으로도 양심적인 화가, 문학가, 연극인, 그리고 지역 상황에 정통한 활동가들이 아주 자연스럽게 서로 친해질 수 있습니다. 이런 방식으로 조직이 생겨났지요.

구체적으로 예를 들면 지도부에서 "5월 광주를 기리기 위해 전두환 정권의 학살을 규탄하는 포스터를 제작하고 자정에 각 지역의 시내에 일제히 붙인다."라는 지침을 내리면 곧장 작업에 들어갑니다. 이런 방식을 거쳐 문화선전대 역할을 하는 문화운동 조직이 생겨났어요. 저마다 지역에서 이런 식으로 만들어진 문화운동 조직이 약 60여 개나 되었습니다. 이것이 바로 1980년대 민중미술, 이른바 풀뿌리 민중운동을 기동시킨 발화점이 되었던 것입니다.

지도부는 원래 저와 함께 광주자유미술인협의회에서 활동한 사람들입니다. 뿐만 아니라 서울에서 활동 중인 사람들과도 연락을 취해 함께 만들어나갔습니다. 그러한 사람들이 1980년대 한국 민중미술을 끌어왔었죠.

서경식 민주정부 수립 후 민중미술가들도 관직에 나아가는 경우가 많아졌고 이른바 '체제내화'했다는 이야기도 들려옵니다. 그 점에 관해서는 어떻게 생각하십니까?

홍성담 일단 다양성의 차원에서 그러한 현상을 인정하고 싶습니다. 하지만 주류의 입장이 아니라 끊임없이 비주류에 서 있는 사람이 더 많이 있어주면 좋겠다는 생각을 합니다. 아웃사이더의 입장에 서서 늘 비판하는 예술가가 있어야 하는데 점점 줄어드는 것 같아 안타깝습니다.

예술가는 원칙적으로 모든 권력을 거부하지 않으면 안 되는 존재입니다. 국가 그 자체를 거부하지 않으면 안 됩니다. 그러니까 예술가는 오히려 허무주의자나 아나키스트에 가깝고 그것이 바로 예술가의 역할이기도 합니다. 예술가에게는 처음부터 커다란 권력이 주어져 있습니다. 예술가인 것이 하나의 권력입니다. 자기 자신이 바로 하나의 '정부'이자 '대통령'이므로, 그렇게 가장 훌륭하고 가장 멋지게 태어났으니 권력을 가지고 있는 셈이지요. 그러므로 아무리 혁명정부가 탄생한다고 해도 그 과오마저 지적하는 정도가 되지 않으면 예술가가 아닙니다. 예술가의 역할이란 언제나 그러한 것입니다.

송현숙

1952년 전라남도 담양군 무월리에서 태어났다. 1972년 독일로 건너가 간호사로 근무하면서 함부르크조형미술대학에 진학하여 화가의 길을 걷기 시작했다. 이주노동자로서, 여성으로서, 문화적 뿌리가 파헤쳐진 이방인으로서의 경험을 그림일기로 켜켜이 표현하는가 하면, 성장기를 보냈던 고향의 기억과 이미지를 평평한 색면 위에 단순하면서도 강렬한 붓질로 그려냈다. 자전적 이야기를 담은 「내 마음은 조롱박: 아주 작은 이야기」를 비롯하여 전통에 대한 사유와 현대의 문명 비판을 담은 다큐멘터리 영화 작업도 함께 하고 있다.

붓질 : 송현숙

외국인노동자에서 예술가로

송현숙은 독일 함부르크에 살고 있는 여성 미술가다. 1960년대 후반 고도경제성장기였던 서독은 노동력 부족 문제를 해결하기 위해 외국 정부와 협정을 맺고 가스트아르바이터(외국인노동자) 도입을 추진했다. 이 정책에 적극적으로 응했던 나라가 터키와 한국이었다. 당시 한국은 박정희 군사정권의 개발독재정치가 출발한 시점이었고 민중의 생활 수준은 비참했다. 많은 남성들이 주로 탄광 노동자로, 여성은 간호사로 독일로 건너갔다. 송현숙은 박정희 정권 시절 어느 지역보다 차별을 받았던 전라남도의 농촌에서 태어나 고등학교를 마치고 브레멘 근처 소도시로 파견됐다. 계약 기간이 끝난 후 미술을 시작한 그녀는 여성운동, 민주화운동과도 깊은 관련을 맺었다.

그녀는 자신이 집중하고 있는 일련의 작품을 「붓질brushstrokes」이라 이름 붙였다. 계란과 안료를 배합한 템페라를 귀얄과 같은 넓은 붓으로 그린 단순한 선이 특징이다. 그 선묘가 보여주는 팽팽한 긴장감, 강인하면서도 느긋한 유머는 송현숙이라는 여성이 살아온 인생의 궤적 그 자체라고 생각되어 인터뷰의 제목 역시 그렇게 붙였다.

피난이

서경식 두 달 전 전라남도 광주 근처 무월리에서 송 선생님을 뵈었습니다. 그 때 마침 어머니를 뵈러 독일에서 일시 귀국하신 상태였죠. 지금은 도예를 하시는 동생 송일국 씨가 살고 계시다고 들었습니다. 무월리가 고향이신가요?

송현숙 한국전쟁 중에 어머니가 친정인 그곳에서 피난 생활을 하던 중에 저를 낳았습니다. 그래서 '피난이'라고 불렸습니다. '피난둥이'라고도 불리기도 했고요. 듣기 싫었지만 어쩔 수 없었어요. 1951년에서 태어났지만 호적상으로는 1952년에 태어난 걸로 되어 있습니다.

서경식 저와 같은 해네요. 부모님 세대부터 쭉 그 동네에서 사셨습니까?

송현숙 네. 아버지는 전쟁 때에 징집을 피해 숨어 있었지만 제사 때마다 몰래 돌아오셨는데 그때 제가 생겼다고 합니다. 전쟁이나 혼란 속에서 목숨을 잃는 사람이 많았는데 우리 아버지는 전쟁 덕분에 제가 태어났다며 아무리 위험해도 제사는 지켜야 하는 중요한 일이라고 말씀하셨죠.

서경식 형제는 어떻게 되세요?

송현숙 10남매였는데 셋은 죽고 지금은 일곱이에요.

서경식 저에게 그곳은 동학농민전쟁과 인연이 있는 땅이라는 이미지가 남아 있어요. 일제시대의 저항운동이라든지 혹은 조선시대의 민란과 같은 이야기를 동네의 어르신들에게 들은 적이 있으세요?

송현숙 고향에서 살면서는 여자였기에 그랬는지도 모르지만 역사나 사회에 대한 교육을 제대로 받은 기억이 없습니다. 한국 역사는 독일에 가서 처음부터 배운 셈이지요.

서경식 광주에서 학교를 다녔다고 들었습니다. 무월리에서 광주까지 유학을 가는 건 당시로선 무척 드문 일이었을 텐데요.

송현숙 무월리에서는 동네에서 십 리, 4킬로미터 떨어져 있는 초등학교에 다녔습니다. 그때 마침 오빠가 광주 시내에서 고등학교를 다니며 혼자 자취하고 있었으니까 밥을 해줄 사람도 필요해서 저도 광주로 가게 되었습니다. 아버지는 라디오도 열심히 듣고 신문도 읽고, 시골 사람치고는 세상일을 잘 알고 있어서 조금은 깨어 있는 생각을 가진 분이었어요. 여자아이를 공부시켰던 것도 그런 까닭이 있겠지요. 초등학교 때까지는 집에 시계도 없었어요. 그래서 해가 뜨면 일어나 밥을 지어 먹고 해를 보고 시간을 가늠해 도시락을 싸서 학교를 가곤 했어요.

서경식 동네에 전기가 들어온 건 언제였나요?

송현숙 제가 독일에 건너간 후인 1972년에 전기가 들어왔다고 해요.

서경식 다시 옛날 이야기로 돌아가는데요. 아버님께서 징용을 피하려고 숨어 계셨다고 하셨는데 전쟁 이후에 어떤 처벌을 받거나 하진 않았나요?

송현숙 한국전쟁이 터졌을 때 아버지는 철도청에서 근무했어요. 아시다시피 부산만 빼고 나머지는 전부 인민군이 점령해서 단번에 빨갛게 되었죠. 철도 관계 일을 하셨으니까 인민군으로부터 물자 수송에 협력하라는 명령을 받았어요. 친구들 가운데 성이 같았던 송 아무개라는 분이 협력하는 것을 보고 아버지는 나중에 위험한 일을 당하지 않을까 걱정했다고 합니다. 게다가 아버지는 외아들이었기에 국방군의 징집도 피했어요. 한국전쟁이 끝난 후에는 병역을 마치지 않은 남자는 취직이 안 되어서 아무 일도 구할 수 없었지요.

그때 협력한 친구 분은 전쟁이 끝나고 60세가 될 때까지 형무소에 있었어요. 동네분이셨는데 아마도 먼 친척뻘일 겁니다. 부인과 딸은 전쟁 후에 동네를 떠났습니다. 매우 슬프고 불행한 일이었지만 동네 사람들 모두 큰 소리로 그 얘기를 하지는 못했어요. 부역자, 말 그대로 북한이라는 적에 협력한 사람이니까 소곤소곤 말했습니다. 어렸지만 저도 그러한 비극이 있었구나 하는 정도는 자연스럽게 알고 있었어요. 한참 후 석방된 그분이 찾아오셨는데 아버지는 무척 가슴 아파하셨어요. 동료였던 사람인데 너무나 다른 인생을 살았기 때문이겠지요.

변소로 떠내려간 그림일기

서경식 가족이 기독교 신자여서 미션 스쿨을 다니신 건가요?

송현숙 집안이 크리스천은 아니었어요. 동네에도 아마 한 명도 없었을 거예요. 기독교에 대해서는 전혀 몰랐으니까요. 아버지께서는 그저 딸에게 중고등학교 교육을 받게 하려는데 미션 스쿨이라면 여성에게 알맞은 교육을 해주리라 생각하신 것뿐이죠. 배우는 것은 상관없지만 진짜 크리스천이 되어서는 안 된다고 말씀하셨어요. 그래서 중학생 때는 여러 갈등도 많았습니다. 학교에서는 기독교 교리를 가르치잖아요. 무월리 집으로 돌아가서 보면 아버지는 유교 의식이 강하셨고 어머니는 불교나 특히 무속 신앙에 의지하셨어요. 뭔가 이상하다는 생각이 들었어요. 아버지는 굿을 반대하셨고, 저 역시 우상숭배를 금지하는 학교 교육을 받았기 때문에 굿판이 벌어지면 친척집으로 피해 있기도 했어요. 그래도 어머니는 평생 열심히 굿을 했습니다. 우리의 전통이기도 하지만 어머니가 굿 같은 무속에 그리 열심이었던 계기는 오빠의 죽음이었어요. 자식을 먼저 보낸 슬픔을 떨쳐내기 위해서였지요.

서경식 학교에서 미술을 배울 때는 어떠셨어요? 그림 그리기를 좋아하셨어요?

송현숙 보통 학교에서는 국어, 산수, 사회가 중요 과목이었습니다만 초등학교 5학년 때에 새로 오신 젊은 선생님이 음악과 미술을 더 열심히 가르쳐주셨어요. 그 선생님께 칭찬받은 적도 있었지만 자신감을 갖지는 못했습니다. 서경식 선생님께서는 『소년의 눈물』에서 어렸을 때 수첩에 시를 적었다가 결국 수첩을 찢어서 강물에 버렸다는 이야기를 쓰셨죠? 그런 경험이 있었으니 후에 작가가 되셨는지도 몰라요. 저도 초등학교 때부터 쭉 그림일기를 썼고, 선생님에게 칭찬받았던 적도 있습니다. 종이가 매우 귀중한 시절이라서 신문지나 이미 글씨를 쓴 종이를 변소에서 다시 사용했지요. 저의 그림일기도 화장실에서 휴지로 쓰였습니다. 오빠들이 제 그림일기를 변소에서 읽고 놀리기도 했습니다. 서 선생님의 수첩은 강물에 떠내려갔지만 제 그림일기는 놀림을 당한 뒤에 변소로 흘러가버렸지요. 지금 생각하니 아쉬워요.

독일로

서경식 독일 파견노동자 모집이 1967년, 1968년 무렵이었나요?

송현숙 고등학교를 졸업했다고 바로 직장이 생기는 것은 아니었어요. 하고 싶은 일이 있었지만 일단은 고향 무월리로 돌아가서 6개월 정도 지냈죠. 그때가 파독 간호사 모집이 왕성하게 이루어지던 시기와 우연히도 겹쳤습니다.

서경식 박정희 유신체제 시대의 초기였죠. 전라도는 박정희 정권 아래에서 부당한 차별을 받았는데요. 생활이 곤란했던 전라도 사람들 중 독일로 가는 사람이 많았나요?

송현숙 그렇지요. 서울로 일자리를 구하러 가는 사람도 많았고, 그렇게 고향을 떠나는 사람들이 다른 지역보다 많았어요. 무월리에도 젊은 사람들은 거의 남지 않았습니다.

서경식 파독 간호사는 독일과 정부 협정에 따라 가스트아르바이터로서 가는 것이라 자격이 필요했다고 들었어요. 어느 정도로 미리 교육을 받아야 했었나요?

송현숙 우선 양성소에서 반년 동안 간호사 업무를 실습하고 반년은 이론 공부를 했습니다. 그 후에 독일 정부와 협정을 맺은 해외개발공사에서 독일어 교육을 3개월 받았습니다. 정식 간호사의 경우에는 석 달 과정이 끝나면 곧바로 파견되었지만 저는 간호보조원이었으므로 3개월 정도 더 기다려야 했어요.

서경식 그런 복잡한 과정을 밟더라도 독일에 가는 편이 좋을 정도로 매력적인 기회였나요? 수입 면에서도 좋았던 것이죠?

송현숙 확실히 그랬어요. 우선 일을 할 수 있고 여행도 할 수 있고 먼 나라로

갈 수 있다는 희망이 컸어요. '어쨌든 자유로워진다. 부모님의 속박에서 해방되어 자립할 수 있다.'라는 생각이랄까요? 수속할 때는 비용이 조금 들었지만 항공권도 나오고 꿈 같은 이야기였지요. 그래서 일단 가자, 가고 나서의 일은 그때 생각하자 하는 마음이었습니다.

서경식 먼 타국으로 떠나는 것에 대한 두려움이나 가족의 반대는 없었나요?

송현숙 무서움보다 꿈이 먼저였습니다. 물론 집에서는 극심하게 반대했고 특히 아버지는 결혼을 못하게 된다고, 서양에서 나쁜 물이 들면 여자로서 인생을 망친다고 하셨어요. 준비를 위해 몇 번인가 서울에 다녀와야 했는데 아버지 때문에 몰래 밤기차를 탔어요. 3년만 일하고 반드시 돌아오겠다고 약속을 했죠. 어머니는 너무 걱정이 된 나머지 무당을 찾아가 저를 보내도 되겠냐고 점을 쳐 보셨어요. 그런데 무당이 "이 아이는 새처럼 날아가는 팔자를 갖고 태어났다."고 했대요. 결국 어머니는 단념하셨죠. 저는 그 점을 친 무당에게 감사하고 있어요. 점이 맞았던 셈이죠.

그때까지 저는 광주가 세상에서 제일 큰 도시라고 생각하고 있었어요. 그래서 서울에서 누가 광주를 지방이라고 말하면 무척 화가 나기도 했어요. 그때까지는 무월리에서 광주로 가는 것이 세상에서 가장 큰 도회지로 나가는 일이었거든요. 그런데 서울에 와보니 하늘에 안테나, 고층빌딩과 네온사인이 빽빽해서 뭐라 말할 수 없을 만큼 놀랐던 기억이 있어요. 당시 우리 집은 텔레비전도 없었거든요.

외국인 간호사로서

서경식 서울말에도 놀랐다고 말씀하신 적이 있는데 그 후에 독일어만 사용하는 장소로 가셨네요. 처음부터 함부르크에서 일하셨나요?

송현숙 아니요. 우선 브레멘 가까이에 있는 작은 마을의 병원에 도착했어요. 아주 작은 시골 동네여서 실망했지요. 도착한 다음 날부터 일이 시작되었어요. 독일어를 습득할 시간이 어느 정도 있을 줄 알았는데 그럴 여유는 없었고 음식도 전부 독일 음식밖에 없었습니다. 그때까지 햄이나 소시지는 본 적도 없어서 생고기인 줄 알고 잼만 먹었던 기억이 있습니다. 언어가 통하지 않으니까 당연히 독일인 간호사가 하기 싫어하는 일을 도맡게 되었습니다. 독일은 완전간호 제도가 수립되어 있어서 환자의 몸을 씻기거나 배설물 처리, 청소와 같은 일까지도 간호사가 전담했는데 그런 뒤치다꺼리를 전부 우리가 했어요. 아니면 부엌에서 설거지 같은 일을 했지요. 며칠 지나니 우리가 이러한 일을 하러 독일까지 왔나 하는 생각도 들었어요.

우선 말이 통하는 게 급하다고 느껴져서 독일어 사전을 늘 지니고 다녔어요. 조금 상냥하거나 선해 보이는 환자에게 독일어를 가르쳐달라고 말했죠. 상대가 환자뿐이었으니까요. 독일 간호사들은 우리를 보고 간호에 왜 그리 시간이 많이 걸리냐고 이상하게 생각하기도 했죠.

서경식 월급은 어느 정도였나요?

송현숙 확실히 기억은 안 나는데 어쨌든 기숙사에서 식사를 제공했고, 식비를 제외하면 당시 액수로 450마르크 정도였던 것 같아요. 최소한의 용돈과 우표를 사기 위해 50마르크만 남기고 나머지는 전부 집으로 송금했어요.

서경식 기숙사에서 김치를 담가 먹기도 했나요?

송현숙 기숙사에는 한국 사람도 있어서 같은 층에서 방을 쓰고 있었어요. 하지만 김치를 먹고 싶어도 배추가 없었어요. 그래도 한국에서 고춧가루를 가지고 온 사람이 있어서 양배추로 만들어 먹긴 했어요.

서경식 3~4년 정도 간호보조원으로서 근무한 후에 미술대학에 들어가셨지요? 어떤 계기라도 있었나요?

송현숙 3년간 계약상의 노동기간이 끝나는 동안 한 번도 한국으로 돌아가지 않았어요. 매일매일 일에 찌들어 있었고 그것도 불만이 쌓일 정도로 험한 일이었으니 한국에 돌아가기 전에 한번쯤은 여행을 가고 싶다는 생각이 들었어요. 유럽 각지를 돌았는데 파리와 런던에서는 미술관에도 가고 여러 가지 문화를 볼 수 있었어요. 그때 비로소 '아아, 세상엔 일만 있는 것이 아니구나.'라는 생각을 했습니다. 유럽에는 좀 더 배워야 할 것, 봐야 할 것이 아주 많다는 것을 깨닫고 계약을 1년 연장해서 브레멘으로 갔습니다.

브레멘에서는 정신병원에서 근무를 했습니다. 그곳에서는 환자들이 치료의 일환으로 적어도 6개월 동안 그림을 그리는 과정이 있었어요. 성인들이 벽에 그림일기를 그리는 식의 미술 치료였습니다. 글자로 쓰는 일기보다는 그림으로 무언가 표현할 수 있다는 것을 보고 저도 스스로를 표현할 용기가 생겼고 그림을 그려보고 싶다는 의욕도 싹텄어요.

독일의 미술대학은 입학시험 대신 생활하면서 그린 작품을 제출했어요. 물론 도전하기 전에 아주 많이 갈등했지요. 고향에 돌아가야 할까 남아야 할까.

그런 고민을 하는 동안 남편을 만났습니다. 그때부터 제 인생에서 무언가를 배울 수 있는 마지막 기회라는 생각이 점점 강해져서 3년 후 돌아가겠다는 부모님과의 약속도 어기고 독일에 남게 되었습니다.

나중에 후회하기보다는 어쨌든 도전해보자, 도중에 좌절하는 일이 있어도 어쨌든 해보자고 마음먹고 근무시간을 밤으로 돌려 야근을 하면서 대학 입시 준비를 했고, 함부르크 미술대학에 작품을 제출했는데 좋은 결과가 있었습니다.

그런데 대학의 기숙사에 들어가기 위해 건강검진을 받았다가 결핵에 걸린 사실을 알게 되었어요. 일도 대학도 일단 단념해야 했죠. 3개월 동안 입원 치료를 받고 1년간 쭉 요양생활을 했어요. 공부는 할 수 있었지만 직장과 학교를 다닐 정도는 아니었어요. 다행히 1년 후에는 건강도 회복하고 마음도 안정되었어요. 어렵게 정한 길이니 이제부터 최선을 다해 가야겠다는 의욕이 넘쳤습니다.

미술기법에 대한 교육을 받은 적이 없어도 다양한 색과 표현을 통해 자신만의 작업이 가능하다는 점을 브레멘의 정신병원에서 보았습니다. 또 그곳에서는 고향에 대한 생각을 포함해 저의 내면을 표현할 수 있다는 자극도 받았습니다.

그때 저는 고향 무월리 생각을 많이 했어요. 대학 입시 때 제출한 그림에는 그래서 농사일, 대나무 수확이라던가, 모내기, 또는 콩나물을 기르고 쇠죽을 쑤는 일 등이 소재로 많이 등장합니다. 한국에서는 소에게 주는 꼴이나 음식은 꼭 한 번 펄펄 끓여요. 그래야 소가 병에 걸리지 않는다고 하더군요. 또 남녀의 차이나 차별의 문제도 다루었어요. 예를 들면 저는 동생을 돌봐야 하는데 오빠는 공놀이를 하면서 놀고 있거나 저는 걸어서 가는데 오빠는 자전거를 타고 가는 모습, 아무리 더워도 남자아이들처럼 강에서 옷을 벗고 수영할 수 없었던 어

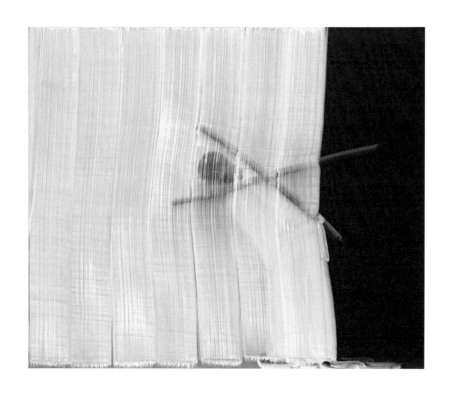

송현숙, 「7획 뒤에 인물」, 2013.

린 시절, 여자들은 날이 저물어 아무도 보는 사람이 없어야 물놀이를 했던 기억 같은 것을 표현했어요.

서경식 그 그림을 독일의 미술학교 입학시험에 내셨던 거군요. 반응이 어땠을지 궁금합니다.

송현숙 저는 심사 현장에 있을 수 없었으니 나중에 들은 이야기인데요. 위원들이 합격, 불합격을 나눠가다가 제 작품을 보고는 아카데미에서 정식 미술교육을 받은 경험이 없어 나이브한 점도 있고 기술적으로도 부족한 점도 있지만 앞으로 학교에서 교육을 받으면 발전의 가능성이 있다는 평가가 나왔대요. 한편으로는 끝까지 배울 수 있을지, 도중에 좌절하지는 않을지, 그런 염려도 있지만 그래도 기회를 주어보자고 했답니다.

당시 독일은 아직 대학에 학생운동의 여파가 짙게 남아 있던 시기였는데 예컨대 노동운동이나 베트남 반전운동처럼 좌익 계열의 학생운동이 대부분이었습니다. 이제까지 제가 본 적이 없던 사고방식과 활동이었어요. 두렵기도 했지만 두려움 속에서 영향을 받았습니다. 학생운동에 가담한 주위 친구들이 박정희 정권을 독재정권이라고 비난하면 처음에 저는 꼭 그렇지만은 않다고 소극적으로 반발하기도 했습니다. 하지만 그렇게 말하면서도 책을 읽으면서 의식이 점점 변하게 되었습니다. 캐테 콜비츠Käthe Kollwitz, 르네 마그리트, 고야, 그리고 독일 표현주의처럼 시대의 억압에 저항했던 화가들의 그림에도 큰 영향을 받았습니다. 물론 그때까지 들은 적도, 본 적도 없는 이름과 작품들이었지요.

서경식 미술대학 입학 후에 받았던 교육은 어떤 방식이었나요?

송현숙 독일의 미술대학에서는 교수가 기법을 가르치지 않았습니다. 기술적인 부분은 스스로 연습해서 익혀나가지 않으면 안 되었습니다. 예를 들어 어떤 인물을 그리려면 같은 주제를 선택한 학생들과 함께 연습을 하는 방식입니다. 세미나 형식으로 서로의 작품에 대해 이야기하고 평가를 내리고 개인 발표를 합니다.

대학 시절에는 종이에 연필로 그리거나 유화도 제작했고 모사도 해봤습니다. 밀레Jean-François Millet의 「이삭줍기」를 모사했던 작품이 아직도 남아 있어요. 저는 병원에서 일을 해야만 했으니까 업무가 끝난 후의 공부는 다섯 시간이든 열 시간이든 질리지 않고 즐겁게 할 수 있었습니다. 다른 아이들은 젊어서인지 신나게 놀기도 했지만요. 병원에서 수술하는 의사나 환자의 모습도 그렸어요. 아무래도 의사가 강한 권력을 가지고 있고 다음으로는 간호부장, 한참 밑에 저와 같은 간호보조원들이 있는, 역학 관계가 드러나는 그림을 그리기도 했습니다.

각성

송현숙 그 당시는 한국의 저항시인인 김지하의 시집이 (국내에서는 발매금지 처분을 받았기 때문에) 일본의 한양사漢陽社라는 출판사에서 나와서 유럽에도 그 복사물이 들어왔어요. 그 책에 큰 영향을 받아서 저도 이 사람처럼 나만의 예술을 하고 싶다, 자신을 표현할 수 있는 예술을 해보고 싶다는 생각을 했습니다. 정말로 그 당시의 제 이상이었지요.

저는 한국에서 중고등학교를 나왔지만 제대로 된 소설이나 시를 접할 기회가 거의 없었기 때문에 미술학교에 들어가면서부터 도서관에서 열심히 책을 빌려

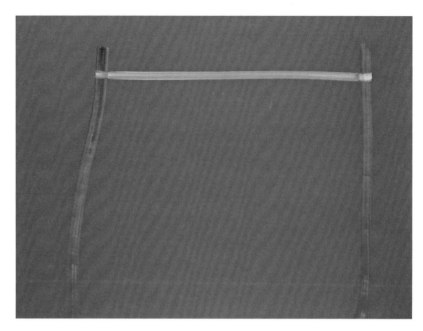

송현숙, 「5획」, 2013.

읽었습니다. 역사 공부도 시작했지요. 그러면서 일제 치하의 노동운동사나 여성 교육에 대한 책, 김구 선생의 『백범일지』도 읽었습니다. 독일 땅에서 스스로 공부하면서 36년간 일제 식민지 지배의 잔재가 얼마나 뿌리가 깊고, 해방 후까지 한국 사회와 경제에 얼마나 나쁜 영향을 끼쳤는지, 식민지 지배를 통해 잃어버린 문화가 얼마나 많은지를 깨닫고 흥분하기도 했습니다.

_{서경식} 독일에서 한국인 여성운동에도 참여했다고 들었습니다.

송현수 재독한국인여성회는 처음에는 비슷한 처지에 있는 여성들끼리 서로 돕자는 취지로 모였어요. 파독 간호사 모집은 1975년에 마무리되었지만 간호사들 중에는 독일에 남는 사람도 있었고 귀국하는 사람도 있었습니다. 그런데 마침 남부의 바이에른이라는 보수적인 지역에서 계약이 끝난 간호사 5명을 강제 추방하려는 움직임이 있었어요. 여기에 대항해 독일 전국에 있던 전현직 한국인 간호사가 서명운동을 펼치고 매스컴에 알리면서 정부를 상대로 싸웠습니다. 결국 5년 이상 독일에서 일한 실적이 있는 사람들은 강제로 내보낼 수 없다는 법률을 통과시키며 승리를 얻어냈습니다. 그 경험을 통해 우리 여성 모임에서도 무언가를 이뤄낼 수 있다는 자신감이 생겨 여기에서 멈추지 말고 계속 활동하기로 결정하고 1년에 두 번 정기 세미나를 개최했습니다. 주제는 일본 제국주의 시기의 여성운동 같은 역사문제부터, 결혼해서 가정을 꾸리고 아이를 키우는 회원도 있었으니까 2세에게 모국어를 어떻게 교육할 것인가 하는 생활의 문제도 거론했습니다.

한국에서 받은 교육 탓도 있었겠지만 그 당시 우리는 좀처럼 사람들 앞에서 자신의 생각을 발표하거나 표현하는 일이 능숙하지 않았습니다. 그래서 세미나를 통해서 조금씩 생각을 전달할 수 있는 힘을 키워나갔습니다. 그리고 한국 최초의 본격적인 여성노동운동이었던 동일방직사건을 계기로 한국에서 사건이 일어날 때마다 연대를 모색했습니다. 1980년 광주민주화항쟁이나 김대중 구명운동 같은 사건이 나면 요즘처럼 이메일이 없었으니까 성명서를 복사해서 배포했어요. 가장 회원이 많았던 때에도 60~70명 정도였지만 각 지부를 만들어서 자신이 있는 지역을 책임지면서 열심히 일했습니다. 다른 단체와 연대를 이어가며 활동을 계속했고 작년(2004)이 바로 25년째를 맞는 해였습니다. 1978년에 발족했을 때는 회원의 90퍼센트가 간호사로 건너온 사람이었습니다. 그 밖에 유학생이나 저마다의 사정으로 독일에 온 사람이 소수 포함되어 있었어요.

서경식 당시 독일에서 활동하던 한국의 민주화운동 단체와는 어떤 관계를 맺었습니까?

송현숙 물론 다른 단체와도 착실히 연대해갔습니다. '노동교실'처럼 지금은 없어졌지만 민주화운동 단체가 결합한 단체도 있었습니다. 하지만 통합 조직이 여러 가지 문제 속에서 해산한 경우가 많았기 때문에 우리는 스스로를 지키기 위해서 연대는 하되 단체를 합치는 일은 하지 않겠다는 입장을 명확히 고수했어요. 성명서를 낼 때도 항상 공동의 이름으로 내는 원칙을 지켜왔습니다. 그래서 우리 단체에는 회장이 없고 총무만 두 명 두었을 뿐입니다. 가능한 한 권력이 집중되지 않게끔 노력하지만 그래도 가끔씩 불만이 제기되기도 합니다.

서경식 배우자와는 어떻게 만나게 되셨는지, 그리고 함께 예술가로서 살게 된 경위에 대해서도 들려주세요.

송현숙 남편과는 우연히 만났어요. 한국에서 받았던 교육 때문인지 모르겠지만 그때까지는 제 부족함의 원인은 자신에게 있다고 생각했지 사회적 배경에까지는 생각이 미치지 못했어요. 그런데 그런 문제에 대해서 남편과 대화를 나누면서 힘을 얻을 수 있었던 것 같아요. 남편은 부모형제와도 할 수 없었던 그런 이야기까지 가능했던 첫 번째 사람이었어요. 비록 독일어로만 이야기했지만요. 당시 그는 중국이나 베트남에 관해서는 책도 읽고 여러 가지를 알고 있었지만 한국의 사정은 전혀 몰랐기 때문에 저도 한국에 대해서 여러 가지 이야기를 해줄 수 있었어요. 제가 한국인으로서 스스로를 지키는 방식도 인정해주었고, 그렇게 서로 다름을 인정하면서 이해를 쌓아가는 관계였습니다. 고향 집에서는 결혼을 무척 반대했지만 저는 독일에서의 인생은 스스로 정한다고 마음먹었기 때문에 흔들리지 않았습니다. 아이를 낳을 때까지 한국에 돌아가지 않았는데 아이가 태어나자 부모님이 독일에 오셨어요.

아이의 이름은 한국식으로 '한송'이라고 짓고 성을 힐트만이라고 붙였습니다. 원래는 두 사람의 성을 따서 새로운 성으로 송-힐트만으로 하려고 했는데 독일 관공서에서 안 된다며 마음대로 한-힐트만이라는 이름으로 출생서류를 작성했습니다. 성에 들어가지 않는다면 이름에라도 제 성인 '송'이 들어가야 한다고 생각해서 아이의 이름을 한송으로 바꿨습니다. 그마저도 거부당해 최고재판소까지 가서 1년여에 걸친 소송 끝에 이겼습니다. 그래서 지금은 한송 힐트만이라는 아들이 있습니다.

    가장 아쉬운 것은 이중섭과 조양규를 본격적으로 이야기하지 못한 채, 펜을 내려놓아야 한다는 사실이다. 이중섭은 1916년 평안남도의 부유한 지주의 가정에서 삼형제 중 막내로 태어났다. 민족주의적 기풍으로 유명한 오산학교를 나와 1934년에는 일본으로 건너가 제국미술학교(지금의 무사시노미술대학)에 1년간 다닌 후, 더 자유로운 분위기였던 문화학원文化学園으로 옮겼다. 화가 중에서는 루오Georges Rouault에게 영향을 받았고 보들레르와 릴케의 시를 즐겨 암송했다고 한다. 졸업 후 조선에 돌아온 이중섭은 일본이 패망하기 3개월 전인 1945년 5월에 자신을 따라 한국까지 온 문화학원 후배 야마모토 마사코山本方子와 결혼해 원산에 신혼살림을 꾸렸다.

    1950년 6월 25일 한국전쟁이 일어나자 이중섭은 아내와 두 아이를 데리고 부산으로 피난을 갔고 뒤이어 제주도 서귀포로 내려갔다. 막노동을 하면서 가족을 부양했기에 생활은 매우 궁핍했지만 이중섭은 종종 아이들을 해변으로 데리고 나갔다. 그림을 그리는 데 필요한 재료를 살 수 없을 만큼 살림이 어려웠던 그는 담뱃갑의 은박지에 해와 바다, 게, 즐겁게 노는 아이들의 모습을 그렸다. 하지만 곧 생활고 때문에 영양실조와 결핵으로 건강마저 위협받던 아내를 아이들과 함께 일본의 친정으로 돌려보냈다. 홀로 된 이중섭은 친구들의 도움으로 국내 각지를 전전하며 작업을 이어갔고 1955년에는 서울의 백화점에서 개인전을 열기도 했지만 심신의 병이 깊어져 1956년 고독 속에서 세상을 떠났다.

이러한 말년은 일본 작가 사에키 유조佐伯祐三나 무라카미 기타村山槐多, 서양이라면 고흐와 모딜리아니의 삶을 떠올리게 한다. 비통한 일이지만 근대의 화가들 사이에서 특별하고 예외적인 사례라고 할 수는 없다. 다만 차이가 있다면 이중섭의 생애에는 식민지 지배, 민족 분단, 전쟁의 그림자가 짙게 드리워 있다는 점이리라. 일본인 아내와의 어쩔 수 없었던 이별도 그러한 역사를 반영한다.

2013년 여름, 이중섭이 살던 제주도 서귀포 집에 가보았다. 말 그대로 손바닥만 한 작은 방이었다. 거기에서 네 식구가 끼니를 잇기도 힘들 만큼 찢어지게 가난한 생활을 했다. 근처의 미술관에는 외광파풍의 밝은 풍경화가 걸려 있고 어쩔 수 없이 헤어진 일본의 아내와 아이들과 주고받았던 그림엽서도 전시되어 있었다. 엽서는 한결같이 느긋한 말투로 아내와 자식에게 사랑과 격려를 전하고 있었다.

숙명여자대학교의 권성우, 김응교 교수의 안내를 받아 서울 망우리에 있는 이중섭의 묘지를 찾기도 하고 오무라 아키코大村明子 여사(조선문학 연구자 오무라 마스오大村益夫 선생의 부인)로부터 귀중한 자료를 제공받기도 했다. 하지만 써야지, 꼭 써야지 생각하면서도 좀처럼 써내려갈 수 없었다. 솔직히 고백하자면 이렇게 생각과 고민이 지나쳐 도리어 어떤 관점을 취해야 할지 모르는 지경이 되었기 때문이다.

미술사학자 최열 선생은 이렇게 언급한 적이 있다.

"춥고 배고픔에 지쳐 죽어간 이중섭이 너무도 안타까워 이렇게 살아 있는 내가 죄스러울 지경이다."(「이중섭, 황폐한 세기의 격정」, 『화전: 근대 200년 우리 화가 이야기』, 청년사, 2004.)

나 또한 그렇게 생각한다. 여기에 더 덧붙일 말이 없다. 그의 작품은 사후 인기를 얻어 지금은 한국 작가들 중 최고가를 다툴 만큼 비싼 값이 매겨져 있다. 화가가 실제로 경험한 비참한 운명과는 대조적인, 미소가 머금어질 정도로 부드러운 화풍이 인기의 이유이기도 할 것이다. 그렇지만 나는 어째서인지 밝고 청량한 이중섭미술관에 인파가 모여드는 모습을 보면서 차분해지기 어려운, 착잡한 감정에 휩싸인다. '이래도 좋은 걸까?'라고 누구에게라도 묻고 싶은 심정이 된다. 이중섭은 대단한 욕망이나 야심 없이 가족과 소박한 삶을 누리며 그저 그림만 그릴 수 있으면 만족했을 것이다. 그런 소망만 허락되었다면 좋은 작품을 더 많이 남겼을 터이다. 하지만 삶의 끝자락에 이르러서도 그런 작은 바람조차 허락받지 못했다. 이 같은 잔인함은 근현대사를 살아온 수많은 '우리'들이 크게든 작게든 공유하는 현실이다. 이 잔인한 현실 속에서 추출된 '미' 중에서 유독 맑게 떠오른 윗물만이 쉽사리 소비되는 듯 느껴지는 것은 내가 너무 삐딱한 관점의 소유자이기 때문일까?

조양규는 1928년 경상남도 진주에서 태어났다. 1945년 해방 이후 민족 분단이 고착되어 1948년 남한에 대한민국 정부가 수립되었다. 정부의 좌익 탄압이 강화되자 조양규는 밀항을 통해 일본으로 탈출했다. 그 후 재일조선인이 모여 살던 도쿄 에다가와 지역에서 지내면서 무사시노미술대학에서 그림을 배웠고 조총련 등 재일조선인 조직의 기관지에 삽화를 그리다가 일본 미술계에서도 차츰 인정받는 존재가 되었다. 1959년부터 재일조선인의 조국귀환운동이 시작되었고 조양규는 1961년, 고향 진주가 아닌 북으로 돌아갔다. 1년 후에 일본의 미술평론가 하리우 이치로釘生一郎 앞으로 근황을 전하는 편지가 오기도 했지만 그 후로는 소식이 끊겼다고 한다.

도쿄국립근대미술관에 소장된 「밀폐된 창고」와 센다이 시 미야기현립미술관에 있는 「맨홀 B」 등은 그의 대표작이다. 나는 두 미술관을 몇 번씩이나 찾아가 그가 그린 맨홀의 어두운 구멍을 끈기 있게 들여다보았다. 마치 그 구멍 밑에 가라앉아 있는 '우리'의 운명 그 자체를 들여다보듯. 한국에서 조양규는 얼마나 알려져 있을까? 1995년에 나온 『한국근대미술의 한국성』이라는 책에 실린 좌담회 기록을 보면 미술평론가 윤범모 선생이 조양규를 높이 평가하면서 그의 작품들이 한국 대중과 만나기를 바라지만 좀처럼 쉽지 않으리라는 취지의 발언을 했다. 2000년 광주시립미술관에서 열린 '재일의 인권전'에서 드디어 조양규를 비롯한 몇몇 재일조선인 예술가들의 작품이 전시되었는데 그 후로 기대만큼 진전이 없었다. 일본 유학을 마치고 고향으로 돌아온 후, 한국전쟁 때 북한을 떠나 피난 생활 끝에 가족과도 헤어지고 정신적으로도 피폐해져 병사했던 이중섭. 해방 후 남한에서 일본으로 밀항한 후 화가로서 인정받기 시작하다가 그 안정된 생활을 버리고 북쪽으로 귀국해 끝내 소식불명이 된 조양규. 한국전쟁 당시 인민군에 가담하여 부산의 포로수용소에 수용되었다가 포로교환 때 북쪽을 선택한 이쾌대. 이들 세 사람은 모두 뛰어난 재능을 지닌 화가였지만 각자의 길은 이렇게 극단적으로 갈라졌다. 또 오랫동안 한국에서 조양규와 이쾌대는 금기시되었다.

이런 일들을 생각하면 '우리/미술'이라는 말에 집어넣은 '빗금'이 마치 한반도에 여전히 그어져 있는 군사분계선처럼 보이기도 한다. 실제로 해방 이후 70년이 다 된 지금까지도 이중섭, 조양규, 이쾌대, 세 작가의 작품을 한자리에 모아 감상할 수 있는 전시회조차 마련된 적이 없다. 이것이 군사분계선이라는 '빗금'을 넣은 '우리/미술'의 현실이다. 마치 이 '빗금'이 존재하지 않는 듯 '우리 미술'을 말하는 일은 현실에 눈을 감아버리는 자기만족일 따름이다.

식민지 지배에서 벗어난 해방이 곧바로 분단이라는 암전으로 이어진 그 시대, '해방공간'으로 불리는 그 시대를 이 세 화가는 어떻게 살아갔는가? 그 시대와 현실을 어떻게 자신의 예술로 투영시켰는가? 교차하는 작가 각각의 궤적을 이러한 질문에 비춰 보는 일은 '우리/미술'의 콘텍스트를 이해하는 데 매우 중요한 작업이다. 나는 이 책에서 그 작업을 이뤄내지 못했다. 그리고 앞으로도 달성할 수 있을지는 자신할 수 없는 무거운 숙제로 남았다.

그 밖에 이 책에서 미처 다루지 못한 미술가들도 적지 않다. 하차연 작가는 2013년 1월부터 도치기현립미술관에서 열린 '아시아를 잇다: 경계에서 살아가는 여성들 전'의 출품을 위해 일본에 왔을 때 처음 만났다. 양혜규 작가와는 2013년 여름, 독일 뮌헨의 '예술의 집Haus der Kunst'에서 대형 설치작품을 전시한 기획전 관련 행사에 강연자로 초청을 받아 만나게 되었다. 이 두 여성 작가에 대해서도 이야기하고 싶었지만 알게 된 지 아직 얼마 지나지 않았고 하차연 작가는 파리, 양혜규 작가는 베를린에 활동거점을 두고 있어, 천천히 시간을 가지며 대화를 나눌 기회를 갖지 못했다.

사진가 정주하 선생은 2011년 3월 11일 동일본대지진과 뒤이은 후쿠시마 원자력발전소 사고에 깊은 관심을 기울이며 몇 번이나 피해 지역으로 들어와 촬영 작업을 했다. 그가 처음 후쿠시마에 왔을 때 내가 안내를 맡게 된 인연으로 가까워졌다. 후쿠시마 원전 사고를 모티프로 제작한 그의 작품들은, 이상화의 시에서 제목을 빌린 '빼앗긴 들에도 봄은 오는가'라는 전시회를 통해 2013년 3월부터 2014년 7월까지 일본의 여섯 개 지역을 순회했다. 나는 이 사진전의 실행위원회에 참가하면서 정주하 작가와 자주 대화를 나눴고, 사진예술이란 무엇이며 한국의 사진계가 어디로 갈 것인가에 대해 많은 가르침을 받았다. 그런 의미에서 정주하 작가도 이 책에서 당연히 다루었어야 할 작가 중 하나이다. 그렇지만 따로 한 장을 마련할 수 없었던 이유는 그에 대해 이미 여러 지면에서 소개했기 때문이기도 하고, 무엇보다 아직 내가 사진예술에 대해 발언하기에는 공부가 부족한 탓이 크다.

중국 옌볜 조선족 자치주의 화가들을 소개하지 못한 것도 아쉽다. 신경호 선생의 안내로 2003년 3월 옌볜을 여행하며 그곳에서 활동하는 화가들과 만남을 가졌다. 조장록 선생은 1937년 당시 만주국 간도성 화룽현 옥석촌이라는 '집단부락'에서 태어났다. 아버지는 포수였다고 한다. 집단부락이란 일본이 항일무장 세력과 일반 민중(일본 측의 입장에서 볼 때 양민)을 분리시키기 위해 촌민을 한 장소에 모아 격리시킨 마을을 의미한다. 해방과 중화인민공화국 성립 이후, 그는 루쉰미술학원에서 그림을 배우고 미술교사가 되었다.

옌볜대학 미술과의 이부일 교수는 옌볜 미술계의 지도자 같은 존재다. 그보다 위 세대는 소련에서 유학했지만 이 교수의 세대는 문화대혁명으로 인해 유학이 불가능했다고 한다. 그는 작품을 판다는 발상이 자신들에게 생겨난 것은 한중 국교 수립으로 한국에 왕래하면서부터였고 그 이전에는 작품이 상품이라는 관념 자체가 없었다고 말하며 웃었다. 그의 화풍은 현재 한국에서 유통되고 있는 현대미술과는 무척 대조적이다. 옌볜 미술계의 원로인 안광웅 선생은 왼쪽 다리를 조금 절며 걷는다. 원래 함경북도 부령군 출신인데 일본이 조선을 병합하기 전인 1906년, 할아버지가 간도로 이

주했다고 한다. 1927년에 태어난 안광웅 선생은 만주국의 수도 신경(현재의 창춘)에서 회사원으로 근무하다가 해방 직후 옌볜 룽징 시에 자생적으로 만들어진 화란강미술연구소에서 그림을 배운 후 중국인민해방군에 입대하여 선전대 미술선전원이 되었다. 흥미롭게도 당시 인민해방군에 오카무라 가즈오岡村一夫라는 일본인 화가가 있어 안광웅 선생은 젊은 시절 그의 지도를 받았다는 일화를 들려주었다. 도쿄에서 미대를 나온 오카무라는 만주국 시대, 펑톈(현재의 선양)에서 남만주철도회사(만철)의 포스터를 그리다가 관동군에 소집되었고 일본의 패전과 더불어 포로가 되었다. 만주에 거주하던 일본인 가운데 특별한 기술을 가진 자는 전후에도 중국에 잔류하여 중화인민공화국의 건국 사업에 협력하기도 했는데 오카무라도 그런 인물 중 하나였다. 1950년에 한국전쟁이 발발하자 안광웅 씨는 미술 선전대원으로 종군했다고 한다. 종군 당시의 스케치북에서는 사회주의 리얼리즘이라기보다 독일 표현주의와 러시아 아방가르드의 영향이 느껴졌다. 아마 오카무라 가즈오에게 받은 영향일지도 모른다. 안광웅 선생은 서울 노량진 부근에서 왼쪽 허벅지에 총상을 입었다. "지금 이야기한 내용은 모두 여기에 쓰여 있어요."라며 나에게 자신의 저서를 선물했다. 제목은 『지팡이 짚고 천만리』였다.

옌볜 미술계 초창기의 지도자는 석희만이라는 인물이다. 석희만 선생은 1914년 함경북도 무산에서 태어났다. 룽징시 중학교에 진학해 1930년에는 전조선중학생미술전람회에 입선했다. 형제의 도움을 받아 일본의 도쿄미술학교에 입학하여 고학한 후 1940년 룽징으로 돌아와 중학교의 미술교사가 되었다. 해방 후 옌볜대학 미술학원의 교수가 되어 중국미술가협회 옌볜 분회 주석, 지린 분회 부주석 등을 역임했지만 자본주의 사회에서 생활했고 일본으로 유학하여 대학까지 졸업했다는 이력 때문에 격렬한 사상투쟁이 벌어졌을 때 호된 비판을 받았다.(리철호, 『중국조선회화사연구』 참조.) 결국 석희만 선생은 만년에 일본인 아내와 함께 일본으로 건너와 도쿄에서 삶을 마쳤다고 한다. 일본 식민지 시대에 교육을 받은 석희만 세대는 일본을 경유하여 서양 회화를 배웠다. 중화인민공화국 성립 후의 세대인 이부일 선생은 소련 식 사회주의 리얼리즘을 습득했다. 그 중간 세대에 해당하는 안광웅 선생은 석희만이 도입했던, 일본을 거친 서양화법을 배웠지만 다른 한편으로는 전장에서 포로 출신 일본인 화가와 함께 실천을 결합한 선전미술 기법을 몸에 익혔다. 이런 모든 일화는 침략과 전쟁, 혁명이라는 거친 파도와 몇 번이나 맞부딪힌, 옌볜이라는 지역이었기에 가능했던 독특한 일들이다.

여기서 언급한 옌볜의 조선족 미술가들은 '중국미술'로 분류되어야 할 사람들일까? 나는 그들의 파란만장한 삶의 궤적 또한 '우리 미술'의 콘텍스트라고 생각한다. 이런 풍부한 맥락들을 깊이 다룰 수 없었던 것은 모두 나의 능력 부족 탓이다.

'글쟁이'로서의 출발이 언제였는지 잘라 말하기는 어렵지만 『나의 서양미술 순례』(일본판)가 나온 1991년이 시발점일지도 모른다. 그때로부터 23년이 지난 지금, '우리/미술' 순례의 펜을 일단 내려놓으려고 한다. 『나의 서양미술 순례』 이후 23년의 시간 동안 나는 일본과 한국에서 여러 권의 책을 펴냈는데, 이 책은 그중에서도 각별히 어려운 작업이었다. 솔직히 말하면 조금 지쳤다. 이 근처에서 잠시 순례의 지팡이를 내려놓고 나무 등걸에라도 앉아 쉬고 싶다.

이렇게 힘들었던 여정을 여기까지 이어올 수 있었던 것은 번역자 최재혁 씨 덕분이다. 도쿄예술대학에서 박사학위를 받은 미술사 연구자 최재혁 씨는 단지 번역자에 그치지 않고 내가 쓴 내용을 검증해주고 자료와 도판을 찾는 작업에 이르기까지 공저자라 해도 과하지 않을 만큼 협력을 아끼지 않았다.

책의 첫머리에 다룬 신경호 선생과는 현재 대구미술관 관장인 김선희 씨의 소개로 만날 수 있었다. 게으른 내가 이쾌대에 대한 글을 쓸 수 있었던 것도 김선희 씨의 강한 권유 때문이며 송현숙, 홍성담 작가도 덕분에 만날 수 있었다. 한국과 세계의 미술계에 대해 그녀와 나누었던 대화는 큰 자극이 되었다.

신경호, 윤석남, 미희=나탈리 르무안, 세 사람은 전부터 친하게 지내던 지인이었지만 정연두 작가와는 알게 된 지 얼마 되지 않았다. 그럼에도 불구하고 작가 본인이 마음을 열고 일본의 우리 집까지 찾아와준 덕에 많은 이야기를 나눌 수 있었다. 11월 8일부터 일본 미토예술관에서 개최된 그의 개인전 개막식에서는 내가 '판타지와 리얼리티의 사이'라는 제목으로 기념 강연도 하게 되었다. 신윤복을 대신해 인터뷰 요청에 응해준 이정명 작가까지 포함하여 모두들 바쁜 시간을 쪼개서 오랜 시간 진지하게 대화를 나누어주셨다. 마음 깊이 감사드린다.

이 책의 담당 편집자는 김희진 씨이다. 김희진 씨는 『소년의 눈물』이후 오랫동안 인연을 맺어온 공동작업자이다. 자칫 장거리 레이스를 중도에 포기해버릴 뻔한 나를 이번에도 끈기 있게 다독여 목적지까지 이끌어주었다. 또 한 사람의 편집자 김선아 씨, 사진과 디자인을 담당해준 박대성 씨, 이렇게 서로 마음을 알아주는 사람들과의 협동 작업을 통해 이 책은 비로소 세상에 나올 수 있었다.

일단 지팡이를 내려놓는다고 해도 물론 여기가 도착점이라 할 수는 없다. 삶이 다하는 날까지 순례의 여행은 끝나지 않을 것이다. 이 책은 끝나지 않은 여행의 중간 보고이다.

2014년 가을
신슈에서

미술가들과의 대화에서 비집고 나온 사유

한동안 서경식의 글을 읽거나, 혹은 그가 이야기해준 그림을 볼 때면 삶은 계란을 떠올렸다. 뻑뻑하여 쉽게 넘기기 힘든, 멍울 같은 글과 그림. 『나의 서양미술 순례』의 마지막 여정이던 스트라스부르, 달빛이 어슴푸레 드는 호텔 방에서 그가 먹었던 "목이 멜 뿐 맛이고 뭐고 없었던" 그 달걀 때문이다. 집요하게 죽음을 상기시키는 서양의 옛 성당에서 지렁이와 뱀이 살을 파먹어 들어가는 참혹한 그림 「죽은 연인들」을 보고 온 다음 날 새벽이었다고 한다. 두 무릎 사이에 휴지통을 끼고 조심조심 계란 껍질을 벗기던 그는 등 뒤 어둠 속에서 누군가 웅크리고 있는 기척을 느낀다.

돌아보지 마라, 하고 나는 자신에게 말한다. 돌아보면 훌쩍 사라져버릴는지 모른다. 그건 서운한 일이다. (……) 아무래도 아버지같이 여겨졌다. 아버지는 몹시 괴로워하시다가 반년 전에 돌아가셨다. (……) 이런 데까지 오셨습니까, 보세요, 여기는 스트라스부르예요……. 등 뒤의 아버지에게 말하듯 중얼거려본다. 대답은 없다.(「죽은 연인들: 프랑스 스트라스부르」, 『나의 서양미술 순례』 168~169 쪽, 창작과 비평사, 1992.)

이이는 어찌 이렇게 어두운 세계 속에 홀로 있는 걸까. 유학생 간첩단의 누명을 쓰고 수감되어 전향을 강요당하며 20년 가까이 옥에서 싸웠던 그의 두 형 서승과 서준식에 대해서는 이미 들은 바 있었다. 하지만 막 스무 살에 접어든 그때의 나는 철없는 희망에 차 있는 쪽이어서 글 전체에 점점이 드러나던 실존의 아픔과 시대의 상처가 조금 낯설고 벅찼다. 동시에 그 고통스런 고백 같은 그림 감상문을 읽고 아름답다고 느끼는 나는, 역시 한참 철이 없다고 자책했던 것도 같다. 책의 에필로그에서 서경식은 죽음에 관한 감각을 "자신의 것은 아니라 하더라도, 언제나 내 몸 가까이에 있다는 느낌"이자 자신 속의 불분명한 응어리라고 표현했다. 그 응어리가 서양미술을 접하고 작품들과 대화하면서 조금씩 표현할 수 있는 형상을 갖기 시작했다고도 했다. 이후 내게 서경식의 글을 읽는 독서 체험은 소금도 물도 없이 삶은 달걀을 넘기는 듯한 그 응어리를 확인하는 작업이기도 했다. 그리고 2012년 2월 21일, 함께 이쾌대 전시를 보러 대구로 내려가던 KTX 열차 안에서 누렇게 바랜 『나의 서양미술 순례』 문고본을 머뭇머뭇 내밀었다. 책 앞날개에는 형형한 눈빛을 한, 지금의 나보다 젊은 시절의 서경식이 있었다. 쑥스러운 소년 같은 표정을 지으며 그는 사진 옆의 면지에 사인을 해주었다.

　서경식의 글을 옮겼던 많은 번역자들과 마찬가지로 그와의 첫 만남(정확히는 『나의 서양미술 순례』라는 책을 통한)에 대한 이야기로 이 글을 시작했다. 아마 1993년이 저물던 무렵이었을 것이다. 책을 읽으며 미술이란 그저 '아름다운 기술'에 머무르지 않는다는 것을, 도리어 우리를 불편하게 함으로써 자신의 존재증명을 할 수도 있음을 처음 배웠지만 그때는 내가 미술사를 공부하게 될줄은, 더구나 20년도 더 지나 그 책과 짝을 이룰 또 하나의 '미술 순례기'를 번역하게 될줄은 생각도 못 했다.

　제목 그대로 이 책은 '조선'미술을 찾아 떠난 순례의 기록이다.(조선이라는 용어 사용에 대해서는 머리글에서 저자가 충분히 언급했기에 따로 덧붙일 필요는 없겠다.) '서양미술 순례' 이후 20년이 넘는 세월 동안 저자와 독자가 함께 바라고 기다려왔던 흔치 않은 기획이 실현된 셈이다. 그간 서경식은 독자에게 예습의 기회를 주는 몇 권의 미술 에세이를 발표해왔다. 그 책들은 억압받고 추방당한 자로서의 예술가, 즉 근대(와 그 흔적이 여전히 인장처럼 남은 현재)라는 폭력의 시대를 자기만의 조형 언어로 시각화한 사람들에 대한 진혼과 사유, 그리고 연대 표명이었다. 이번 책은 그 연장선 위에 서서 또 다른 출발선을 긋는다. 바로 '우리(의 미의식)'라는 아이덴티티의 문제이다. 이 책은 규정할 필요도 없는 소여所與의 존재로서 당연시 여겨지는 '우리'라는 개념을, 미술이라는 매개를 통해 '누구인가?'라는 지난한 질문으로 전환한다. 그 싹은 지난 책 『고뇌의 원근법』 머리글에서 던졌던 문제제기에서 이미 보였다. 즉 우리 미술이 지닌 한계와 가능성을 가늠하면서, 정치적인 차원을 넘어 미의식의 차원까지 성찰을 이어가 이곳의 독자들과 소통과 연대를 모색하려는 시도였다.

서경식은 우리의 미의식을 고유의 고정된 어떤 것으로 추출할 수는 없다고 단언한다. 그러면서 수많은 우리를 구성하는 맥락, 즉 "우리 속으로 흘러 들어와 모순적으로 뒤얽혀 있는" 콘텍스트를 강조한다. 그런 이유에서 그는 아이덴티티를 '정체성'으로 번역하는 데 위화감을 표한다. 이는 나/너/그/그녀의 '정체'를 묻고 즉각적인 답변을 요구하는 번역어이기 때문이다. 아이덴티티를 자신이 무엇에 동일화identify하느냐에 대한 문제의식이라고 한다면 하나의 국가와 단일한 혈통과 변치 않을 전통만이 기거하기에는 '우리'라는 영토는 너무나 넓다. 또 '나'의 아이덴티티가 '자신은 누구인가?'라는 끊임없는 질문과 대답이라고 한다면, '우리'의 아이덴티티는 자신이 귀속하고 있는 공동체의 자명성에 대해 끊임없이 질문을 던지고 답을 공유하는 일과 다르지 않을 터이다.

이 책이 미술을 '매개'로 그러한 작업을 수행했다고 앞서 말했지만 미술을 단지 도구와 수단만으로 삼지 않았음도 분명하다. 어느 인터뷰에서 서경식은 미술이란 언어로는 전부 건져낼 수 없는, '비집고 나오는' 것이라고 말했다.(『경향 아티클』 25호, 2013년 8월) 미술작품은 글의 삽화가 아니며 글도 작품의 해설이 아니기에 둘 사이의 긴장감 있는 대화를 바란다는 취지의 발언이다. 그가 선, 색, 형태와 같이 이른바 형식적인 요소에 대한 접근보다 그것을 제작하는 인간, 향수하는 인간을 향해 관심을 두어왔음은 잘 알려진 사실이지만 "어디까지나 중요한 것은 완성된 작품의 힘이며, 다만 그 작품의 힘은 예술가의 생활 배경과 그가 몸담은 사회의 역사적, 정치적 맥락과 무관하지 않다."라는 그의 언급은 사실 미술사 연구에서 가장 정통적이면서 누구도 이의를 제기하기 힘든 필수 관점이기도 하다.

『나의 조선미술 순례』가 이전 기행서와 특히 달랐던 점은, 미술과 글 사이의 대화를 넘어 살아 있는 미술가들과의 대화에서 '비집고 나온' 사유를 기록했다는 점이다. 이번 순례 길에선 서경식은 스산한 거리를 고독하게 걷지 않아도, 호텔방에서 홀로 앓다 일어나 계란에 목 메지 않아도 되었다. 저자가 "하나로 이어진 가족의 이야기"라고도 표현하기도 했지만 윤석남, 신경호, 미희, 정연두, 이정명 작가와 나눈 대화는 핏줄에 의한 가족이 아니라, 얼마든지 확장되고 넘나들 수 있는 '우리'가 벌이는 가족회의와도 같은 풍경이었다. 나는 그 만남과 대화 속에서 20여 년 전 그를 무겁게 짓누르던 고통과 어둠과는 또 다른 환한 웃음을 종종 볼 수 있어서 좋았다. 근본적인 시대상황은 그때와 그리 다르지 않을지도 모르며 오히려 더 절망적일 수도 있을 것이다. 자신과 가족 앞에 펼쳐진 운명을 겪으며 "희망이라는 것의 공허함을 배웠다."던 그는 "뒤집어 생각하면 그것이 도리어 쉽게 절망하는 것의 어리석음이라고도 할 수 있다."고 했다. 그리고 서양미술 순례 길을 "그 희망과 절망의 틈바구니에서, 역사 앞에서 자신에게 부과된 책무를 이행할 뿐"이라며 맺는다. 책무를 이행하며 살아온 자가 저렇게나마 웃을 수 있는 것이 기뻤다. 무엇보다 인터뷰를 통해 미술가와 작가 들이 지닌 열정과 명징한 사고를 바로 곁에서 들을 수 있었던 것은 이 특별한 번역 작업이 누리게 해준 즐거운 사치였다.

마지막으로 변명 같은 말을 덧붙여두고 싶다. 지금껏 몇 권의 번역을 통해 깨우친 점이 있다면 저자의 뜻은 최대한 지키면서도 부드러운 흐름 또한 놓치지 않기 위해 역자의 호흡도 그 위에 포개어야 한다는 것이다. 하지만 이번은 좀처럼 쉽지 않았다. 특수 상황이다. 저자 자신이 몇 번이나 강조하던 '언어의 수인囚人'이라는 말을 가장 가까이서 목도했기 때문이다. 식민지 지배자의 언어인 일본어를 모어로 써야 더 정밀하고 또한 아름답게 뜻을 전할 수 있다는 역설은 그를 평생 따라다닐 것이다. 작가들과의 자리에서 조금씩 끊기던, 신슈에 있는 그의 산장에서 밤늦게도록 나눴던 대화 속 '조선말'의 감각이 자꾸 떠올라 옮긴 글투가 마냥 매끄러울 수 없었다.

조금 지쳤을 그는 일단 지팡이를 내려놓고 근처의 나무 등걸에서라도 앉아 쉬고 싶다고 했다. 하지만 끝나지 않을 미술 순례 길이 다시 마련된다면, 언제든 따라 나서서 다음 번 중간 보고를 돕고 싶다고 말하고 싶다. 서경식 선생님께 마음 깊이 감사를 전한다.

2014년 11월
최재혁

나의 조선미술 순례

1판 1쇄 펴냄 2014년 11월 26일
1판 5쇄 펴냄 2024년 9월 12일

지은이 서경식
옮긴이 최재혁
펴낸이 박상준
펴낸곳 반비

출판등록 1997. 3. 24.(제16-1444호)
서울특별시 강남구 도산대로1길 62
대표전화 515-2000, 팩시밀리 515-2007
편집부 517-4263, 팩시밀리 514-2329

글ⓒ 서경식, 2014. Printed in Seoul, Korea.
ISBN 978-89-8371-707-8 (03810)

반비는 민음사 출판그룹의 인문·교양 브랜드입니다.